Jeanette Winterson · Auf den Körper geschrieben

Jeanette Winterson

Auf den Körper geschrieben

Roman

Aus dem Englischen von
Stefanie Schaffer-de Vries

KEIN & ABER
POCKET

Ebenfalls von Jeanette Winterson:
Frankissstein
Orangen sind nicht die einzige Frucht

Die Gedichtzeilen auf S. 201 stammen aus dem Sonett Nr. 116 von William Shakespeare

Die englische Originalausgabe erschien 1992 unter dem Titel *Written on the Body* bei Jonathan Cape, London.
Coverbild: Christopher Wilson
Satz: Fotosatz Amann, Memmingen
Druck und Bindung: CPI books GmbH, Leck
ISBN 978-3-0369-6102-6
Auch als eBook erhältlich

www.keinundaber.ch

Für Peggy Reynolds in Liebe

Warum ist das Maß der Liebe Verlust?

Es hat seit drei Monaten nicht mehr geregnet. Die Bäume tun sich unterirdisch um und schicken Reservewurzeln in den trockenen Boden, Wurzeln scharf wie Rasiermesser, um vielleicht irgendwo eine wasserreiche Ader anzuzapfen.

Die Trauben sind auf den Weinstöcken verdorrt. Was prall und fest sein sollte, dem Druck der Finger Widerstand entgegensetzend, um auf der Zunge zu zergehen, ist matschig und verschrumpelt. Nichts mit dem Vergnügen, die blauen Trauben zwischen Daumen und Zeigefinger zu rollen und mir die Handfläche mit Moschus zu bespritzen. Sogar die Wespen machen dieses Jahr einen Bogen um das spärliche braune Geträufel. Sogar die Wespen. Es war nicht immer so.

Ich denke an einen bestimmten September: Ringeltaube Roter Admiral Gelbe Ernte Orange Nacht. Du sagtest: »Ich liebe dich«. Warum ist das Unoriginellste, was wir einander sagen können, immer noch das, was wir unbedingt hören wollen? »Ich liebe dich« ist stets ein Zitat. Du bist nicht der erste Mensch, der es gesagt hat, ich auch nicht, und dennoch: Wenn du es sagst und wenn ich es sage, sprechen wir wie Wilde, die drei Wörter entdeckt haben und sie anbeten. Ich habe sie angebetet, doch nun bin ich allein auf einem Fels, aus meinem eigenen Körper gehauen.

CALIBAN: Ihr lehrtet Sprache mich, und mein Gewinn ist, dass ich weiß zu fluchen. Hol die Pest Euch fürs Lehren Eurer Sprache.

Liebe verlangt nach Ausdruck. Sie will nicht still und stumm bleiben, brav und bescheiden, gesehen, aber nicht gehört, nein. Sie will in Zungen der Lobpreisung ausbrechen, in den hohen Ton, der das Glas splittern lässt und die Flüssigkeit zum Überlaufen bringt. Liebe ist kein Denkmalpfleger. Sie ist ein Großwildjäger, und du bist das Wild. Verflucht sei dieses Jagdspiel. Wie kann man ein Spiel spielen, wenn die Regeln sich ständig ändern? Ich werde mich Alice nennen und mit den Flamingos Krocket spielen. Im Wunderland mogeln alle, und die Liebe ist das Wunderland, nicht wahr? Liebe macht, dass die Welt sich dreht. Liebe ist blind. *All you need is love.* An einem gebrochenen Herzen ist noch keiner gestorben. Du wirst darüber hinwegkommen. Wenn du erst verheiratet bist, ist alles wieder gut. Denk an die Kinder. Die Zeit heilt alle Wunden. Du wartest immer noch auf Herrn Richtig? Auf Fräulein Richtig? Und vielleicht all die kleinen Richtigs?

Es sind die Klischees, die schuld sind an der Misere. Ein präzises Gefühl verlangt nach einem präzisen Ausdruck. Wenn das, was ich fühle, nicht präzise ist, soll ich es dann Liebe nennen? Sie ist so erschreckend, die Liebe, dass ich nur eines tun kann: sie ganz tief in eine Truhe voller kuscheligem rosa Spielzeug stopfen und mir selbst eine Karte mit der Aufschrift »Herzlichen Glückwunsch zur Verlobung« schicken. Aber ich bin nicht verlobt. Ich bin zutiefst verwirrt. Ich schaue verzweifelt in die andere Richtung, damit die Liebe mich nicht sieht. Ich will die verwässerte Version, die sentimentalen Sprüche, die bedeutungslosen Gesten. Den durchgesessenen Lehnstuhl der Klischees. Er ist in Ordnung, Millionen von Hinterteilen haben schon vor mir drin gesessen. Die Federn sind ausgeleiert, der Bezug riecht muffig und vertraut. Ich brauche keine Angst zu haben, meine Oma und mein Opa haben es getan, er in einem steifen Kragen mit einer Clubkrawatte, sie in weißem Musselin, der sich ein wenig über dem Leben darunter spannte. Sie haben es getan, meine Eltern haben es getan, und jetzt werde eben ich es tun, mit ausgestreckten Armen, nicht um dich festzuhalten, nur um mein Gleichgewicht zu halten, während ich wie ein Schlafwandler auf diesen Lehnstuhl zugehe. Wie glücklich wir sein werden. Wie glücklich alle sein werden. Und wenn sie nicht gestorben sind, dann leben sie noch heute.

Es war ein heißer Augustsonntag. Ich paddelte durch das seichte Wasser des Flusses, wo die kleinen Fische sich verwegen den Bauch sonnen. Zu beiden Seiten des Flusses war das saubere Grün des Rasens einer psychedelischen Spritzmalerei giftiger Lycra-Radlershorts und Hawaii-Shirts, *made in Taiwan*, gewichen. Sie waren gruppiert, wie Familien sich gerne gruppieren; Dad mit der Zeitung auf dem Bauch, Mum über die Thermosflasche gebeugt. Kinder, dünn und rot wie Zuckerstangen. Mum sah dich ins Wasser gehen und stemmte sich aus dem gestreiften, zusammenklappbaren Campingstuhl hoch. »Sie sollten sich was schämen. Es sind Leute mit kleinen Kindern da.«

Du hast gelacht und gewunken, dein Körper schimmerte unter dem klaren grünen Wasser, seine Form passte dir wie angegossen, hielt dich, war dir treu. Du drehtest dich auf den Rücken, deine Brustwarzen streiften die Wasseroberfläche, und das Wasser schmückte dein Haar mit Perlen. Du bist cremefarben bis auf dein Haar, dein rotes Haar, das dich zu beiden Seiten umrahmt.

»Warten Sie, ich hol meinen Mann, der wird Ihnen Bescheid sagen. George, komm her. Komm her, George.«

»Siehst du nicht, dass ich fernsehe?«, sagte George, ohne sich umzudrehen.

Du bist aufgestanden, und das Wasser rieselte in silbernen Bächlein von dir herab. Ich überlegte nicht, ich watete hinein und küsste dich. Du schlangst deine Arme um meinen brennenden Rücken. Du sagtest, »Es ist keiner da außer uns«. Ich blickte auf, und die Ufer waren leer.

Du hast es sorgsam vermieden, jene Worte zu sagen, die bald zu unserem Privataltar wurden. Ich hatte sie vorher oft gesagt, sie fallen lassen wie Münzen in einen Wunschbrunnen, in der Hoffnung, sie würden mich wahr werden lassen. Ich hatte sie oft gesagt, aber nicht zu dir. Ich hatte sie als Vergissmeinnichts an Mädchen verschenkt, die es besser hätten wissen müssen. Ich hatte sie als Geschosse benutzt und als Tauschobjekt. Ich betrachte mich nicht gerne als unaufrichtigen Menschen, aber wenn ich sage, ich liebe dich, und es nicht meine, was bin ich dann?

Werde ich dich ehren und lieben, für dich zur Seite stehen, mich dir zuliebe bessern, dich immer sehen, wenn ich dich anschaue, dir die Wahrheit sagen? Und wenn Liebe nicht all das ist, was dann?

August. Wir diskutierten. Du willst, dass die Liebe immer so ist, jeden Tag, nicht wahr? Über 30 Grad, sogar im Schatten. Diese Intensität, diese Hitze, die Sonne, die sich wie eine Kreissäge in den Körper schneidet. Liegt es daran, dass du aus Australien kommst?

Du hast nicht geantwortet, hast nur meine heiße Hand in deinen kühlen Fingern gehalten und bist leichtfüßig dahingeschritten in Leinen und Seide. Ich kam mir lächerlich vor. Ich trug Shorts, die auf einem Bein das Wort RECYCLE aufgedruckt hatten. Ich erinnerte mich dunkel an eine ehemalige Freundin, die es ungehörig fand, in Shorts vor öffentliche Denkmäler zu treten. Wenn wir uns trafen, band ich mein Rad am Charing Cross an und zog mich in der Toilette um, bevor ich mich bei der Nelsonsäule mit ihr traf.

»Wozu die Mühe?«, sagte ich. »Er hatte nur ein Auge.«

»Ich habe zwei«, sagte sie und küsste mich. Es ist ein Fehler, Unlogik mit einem Kuss zu besiegeln, aber ich mache es selbst immer wieder.

Du hast nicht geantwortet. Warum brauchen Menschen Antworten? Zum Teil wohl, weil eine Frage ohne Antwort, und sei es auch nur irgendeine, dumm klingt. Versuch es einmal. Stell dich vor eine Klasse und frag: Wie heißt die Hauptstadt von Kanada? Die Augen starren dich an, gleichgültig, feindlich, manche blicken in die andere Richtung. Du wiederholst: »Wie heißt die Hauptstadt von Kanada?« Und während du in dem Schweigen wartest, ganz entschieden das Opfer, beginnt dein eigener Geist zu zweifeln. Wie heißt sie wirklich, die Hauptstadt von Kanada? Warum Quebec und nicht Montreal? Montreal ist viel hübscher, sie machen einen besseren Espresso, du hast einen Freund dort. Und überhaupt, wen kümmert es schon, welche Stadt die Hauptstadt ist, nächstes Jahr ändern sie es wahrscheinlich. Vielleicht kommt Gloria heute Abend zum Swimmingpool. Etc. etc.

Größere Fragen, Fragen mit mehr als einer Antwort, Fragen ohne Antwort, sind schwerer zu bewältigen, wenn sie auf Schweigen stoßen. Einmal gestellt, lösen sie sich nicht in nichts auf, um den Geist seinen gelasseneren Betrachtungen zu überlassen. Einmal gestellt, gewinnen sie an Dimension und Substanz, bringen dich auf der Treppe zum Stolpern, wecken dich des Nachts. Ein schwarzes Loch schluckt ihre gesamte Umgebung, und nicht einmal das Licht entkommt ihm. Ist es also besser, keine Fragen zu stellen? Besser, ein zufriedenes Schwein zu sein als ein unglücklicher Sokrates? Da die Großmästerei für Schweine härter ist als für Philosophen, will ich es darauf ankommen lassen.

Wir kehrten zurück in unser gemietetes Zimmer und legten uns auf eines der Einzelbetten. In Mietzimmern von Brighton bis Bangkok passt die Bettdecke nie zum Teppich, und die Handtücher sind zu dünn. Ich legte eines unter dich, um das Laken zu schonen. Du hast geblutet.

Wir hatten dieses Zimmer gemietet, deine Idee, um mehr als bloß für ein Abendessen oder eine Nacht oder eine Tasse Tee hinter der Bibliothek zusammen sein zu können. Du warst immer noch verheiratet, und wenn ich auch nicht viele Skrupel kenne, habe ich es doch gelernt, mir einige zu machen, was diesen geheiligten Zustand angeht. Früher betrachtete ich die Ehe als ein Fenster aus Tafelglas, das nur um einen Ziegelstein bittet. Die Selbstdarstellung, die Selbstzufriedenheit, die Scheinheiligkeit, die Enge, die Kleinkariertheit. Die Art und Weise, in der Ehepaare zu viert ausgehen wie ein Pantomimenpferd, die beiden Männer vorne, die Frauen ein Stückchen weiter hinten. Die Männer holen die Gin Tonics von der Bar, und die Frauen führen inzwischen ihre Handtaschen auf die Toilette. Es muss nicht immer so sein, aber meistens ist es so. Ich habe viele Ehen durchgemacht. Nicht auf dem Weg zum Altar hinunter, immer die Treppe zum Schlafzimmer hinauf. Und mit der Zeit fiel mir auf, dass ich jedes Mal die gleiche Geschichte hörte. Sie ging so:

Innen. Nachmittag.
Ein Schlafzimmer. Vorhänge halb zugezogen. Zurückgeschlagenes Bettzeug. Eine Frau mittleren Alters liegt nackt auf dem Bett, den Blick zur Zimmerdecke gerichtet. Sie will etwas sagen, aber es fällt ihr schwer. Ein Kassettenrekorder spielt Ella Fitzgerald Lady sings the Blues.

NACKTE FRAU: Ich möchte dir sagen, dass ich so etwas normalerweise nicht tu. Man nennt es wohl Ehebruch *(sie lacht)*. Ich hab es noch nie vorher getan. Ich glaube nicht, dass ich es noch einmal tun könnte. Mit jemand anderem, meine ich. Oh, mit dir schon. Mit dir möchte ich es wieder tun. Wieder und wieder. *(Lässt sich auf den Bauch rollen.)* Ich liebe meinen Mann, weißt du. Ich liebe ihn wirklich. Er ist nicht wie andere Männer. Wenn er so wäre, hätte ich ihn nicht heiraten können.

Er ist anders, wir haben viel gemeinsam. Wir reden miteinander.

Geliebte/r fährt der nackten Frau mit einem Finger über die bloßen Lippen. Legt sich auf sie, schaut sie an. Sagt nichts.

NACKTE FRAU: Wahrscheinlich hätte ich mich nach irgendetwas umgesehen, wenn ich dich nicht getroffen hätte. Ich hätte zum Beispiel an die Open University gehen und ein Studium absolvieren können. Aber an *das* habe ich nicht gedacht. Ich habe ihm nie auch nur einen Augenblick Kummer bereiten wollen. Und darum kann ich es ihm nicht sagen. Wir müssen vorsichtig sein. Ich will nicht grausam und egoistisch sein. Das verstehst du doch, nicht wahr?

Geliebte/r steht auf und geht zur Toilette. Nackte Frau stützt sich auf die Ellbogen und setzt den Monolog in Richtung Badezimmer fort.

NACKTE FRAU: Beeil dich, Darling. *(kurze Pause)* Ich hab versucht, dich mir aus dem Kopf zu schlagen, aber ich krieg dich nicht aus dem Blut. Ich denke Tag und Nacht an deinen Körper. Wenn ich zu lesen versuche, lese ich dich. Wenn ich mich zum Essen setze, esse ich dich. Wenn er mich berührt, denke ich an dich. Ich bin eine glücklich verheiratete Frau mittleren Alters, aber ich sehe nichts anderes mehr als dein Gesicht. Was hast du mit mir gemacht?

Schnitt zum Badezimmer. Geliebte/r weint. Ende der Szene.

Es ist schmeichelhaft zu glauben, du und nur du allein, könntest das vollbracht haben. Ohne dich wäre die Ehe, so unvollkommen sie auch ist, so kläglich in vieler Hinsicht, mit ihrer mageren Kost ausgekommen und weiter gediehen. Und wenn schon nicht gediehen, so doch zumindest nicht verkümmert. Aber sie ist verkümmert, schlapp und unbenutzt liegt sie da, die leere Muschelschale einer Ehe, deren Bewohner beide geflohen sind. Aber manche Leute sammeln schließlich Muscheln. Sie geben sogar Geld dafür aus und dekorieren damit ihre Fensterbänke. Andere bewundern sie. Ich habe ein paar sehr berühmte Muscheln gesehen und in die Öffnungen vieler weiterer hineingeblasen. Wo ich Risse hinterließ, die nicht mehr zu flicken waren, haben die Besitzer ganz einfach die schlechte Seite weggedreht.

Sehen Sie? Selbst hier, an diesem einsamen Ort, ist meine Syntax ein Opfer der Täuschung geworden. Nicht ich war es, der diese Dinge tat; den Knoten durchschnitt, das Schloss aufbrach, mit Dingen davonging, die zu nehmen mir nicht zustand. Die Tür war offen. Zugegeben, sie hat sie nicht selbst geöffnet. Ihr Butler hat es für sie getan. Sein Name war Langeweile. Sie sagte, »Langeweile, bring mir ein Spielzeug«. Er sagte, »Sehr wohl, Ma'am«, legte seine weißen Handschuhe an, um keine Fingerabdrücke zu hinterlassen, pochte an mein Herz, und ich verstand, sein Name sei Liebe.

Sie glauben, ich wolle mich vor der Verantwortung drücken? Nein, ich weiß, was ich getan habe, und ich wusste es auch, als ich es tat. Aber ich bin nicht vor den Altar getreten, habe mich nicht in der Schlange vor dem Standesamt angestellt und geschworen, treu zu sein bis in den Tod. Das würde ich nie wagen. Ich habe nicht gesagt: »Mit diesem Ring vermähle ich mich dir.« Ich habe nicht gesagt: »Mit diesem Körper huldige ich dir.« Wie kann man so etwas zu einem Menschen sagen und vergnügt einen anderen vögeln? Sollte man diesen Schwur nicht nehmen und auf dieselbe Weise brechen, wie man ihn geleistet hat – in aller Öffentlichkeit?

Seltsam, dass die Ehe, eine öffentliche Zurschaustellung und allen frei zugänglich, dieser heimlichsten aller Liaisons Tür und Tor öffnet: einer ehebrecherischen Affäre.

Ich hatte einmal eine Geliebte. Sie hieß Bathseba. Sie war eine glücklich verheiratete Frau. Ich bekam langsam das Gefühl, als befände ich mich mit ihr in einem Unterseeboot. Wir konnten es unseren Freunden nicht sagen, zumindest konnte sie es ihren nicht sagen, weil sie auch seine waren. Ich konnte es meinen nicht sagen, weil sie mich darum gebeten hatte. Wir sanken tiefer und tiefer in unserem mit Liebe und Blei ausgekleideten Sarg. Die Wahrheit zu sagen, erklärte sie, sei ein Luxus, den wir uns nicht leisten könnten, und so wurde das Lügen zu einer Tugend, einer Einschränkung, die wir uns auferlegen mussten. Die Wahrheit zu sagen hätte wehgetan, und so wurde das Lügen zu einer guten Tat. Eines Tages erklärte ich: »Ich werde es ihm selbst sagen.« Das war nach zwei Jahren, zwei Jahre, nach denen ich mir dachte, sie müsste ihn endlich, endlich einmal doch verlassen. Das Wort, das sie benutzte, war »monströs«. Es ihm zu sagen wäre monströs. Monströs. Ich dachte an den an seinen ausgehöhlten Felsen geketteten Caliban. »Hol die Pest Euch fürs Lehren Eurer Sprache.«

Später, als ich frei war von ihrer Welt der Doppeldeutigkeiten und Freimaurersymbole, wurde ich zum Dieb. Ich hatte ihr nie etwas gestohlen, sie hatte ihre Ware auf einer Bettdecke ausgebreitet und mich zu wählen gebeten. (In Klammern jedoch stand der Preis dabei.) Als es vorbei war, wollte ich meine Briefe zurück. Mein Copyright, sagte sie, aber ihr Eigentum. Von meinem Körper hatte sie dasselbe gesagt. Vielleicht war es falsch, in ihre Rumpelkammer zu klettern und mir das Letzte zurückzuholen, was noch von mir da war. Sie waren leicht zu finden, in einen großen gepolsterten Umschlag mit einem Etikett aus einem Dritte-Welt-Laden gestopft, auf dem vermerkt war, dass sie im Falle ihres Todes an mich zurückzusenden seien. Ein netter Zug; sicher hätte er sie gelesen, aber dann wäre sie nicht mehr da gewesen, um die Folgen zu tragen. Und hätte ich sie gelesen? Wahrscheinlich. Ein netter Zug.

Ich ging damit in den Garten und verbrannte sie einen nach dem anderen, und ich dachte, wie leicht es doch ist, die Vergangenheit zu vernichten, und wie schwer es ist, sie zu vergessen.

Habe ich gesagt, dass mir so etwas immer wieder passiert ist? Sie werden denken, dass ich ständig in den Rumpelkammern verheirateter Frauen aus und ein gegangen bin. Ich habe Sinn für Höhen, das ist wahr, aber mein Magen verträgt keine Tiefen. Komisch, dass ich dann so viele ergründet habe.

Wir lagen auf unserem Bett in dem gemieteten Zimmer, und ich fütterte dich mit Pflaumen von der Farbe blauer

Flecken. Die Natur ist fruchtbar, aber launisch. In einem Jahr lässt sie dich verhungern, im nächsten erstickt sie dich in Liebe. In jenem Jahr hingen die Zweige tief herab unter dem Gewicht, in diesem Jahr singen sie im Wind. Es gibt keine reifen Pflaumen im August. Habe ich einen Fehler gemacht in dieser zögernden Chronologie? Vielleicht sollte ich sie Emma Bovarys Augen nennen oder Jane Eyres Kleid. Ich weiß nicht. Hier sitze ich in einem anderen gemieteten Zimmer und versuche zurückzufinden zu der Stelle, wo die Dinge sich verfahren haben. Wo ich mich verfahren habe. Du warst am Steuer, aber ich habe mich auf der Suche nach meinem eigenen Kurs verirrt.

Wie dem auch sei, machen wir weiter. Es waren Pflaumen da, und ich brach sie über dir. Du sagtest: »Warum mache ich dir Angst?«

Mir Angst machen? Ja, du machst mir Angst. Du tust, als würden wir für immer zusammenbleiben. Du tust, als wäre die Freude unendlich und als hätten wir Zeit ohne Ende. Woher soll ich das kennen? Ich habe die Erfahrung gemacht, dass die Zeit immer endet. Theoretisch hast du recht, die Quantenphysiker haben recht, die Romantiker und die Religiösen haben recht. Zeit ohne Ende. In der Praxis tragen wir beide eine Uhr. Wenn ich mich in diese Beziehung stürze, dann weil ich um sie fürchte. Ich fürchte, du hast eine Tür, die ich nicht sehen kann, und diese Tür kann jederzeit aufgehen und du bist fort. Was dann? Was dann, während ich auf die Wände einschlage wie die Inquisition, die nach einem Heiligen sucht? Wo werde ich den geheimen Ausgang finden? Für mich werden es nur dieselben vier Wände sein.

Du sagtest: »Ich werde gehen.«

Ich dachte: »Ja, natürlich, du kehrst zurück in die Muschelschale. Ich bin ein Idiot. Ich habe es wieder getan, und ich hatte gesagt, ich würde es nie wieder tun.«

Du sagtest: »Ich habe es ihm gesagt, bevor wir weg sind. Ich habe ihm gesagt, dass ich meine Absicht nicht ändern werde, auch dann nicht, wenn du deine ändern solltest.«

Das ist das falsche Skript. Das ist der Augenblick, in dem ich selbstgerecht und zornig sein müsste. Das ist der Augenblick, in dem du mir tränenüberströmt erklären müsstest, wie schwer es ist, diese Dinge zu sagen, aber was kannst du denn machen, was kannst du denn machen, und ich werde dich hassen und, ja, du weißt, dass ich dich hassen werde, und es gibt keine Fragezeichen in dieser Rede, denn sie ist ein *fait accompli*.

Aber du starrst mich an, wie Gott Adam anstarrte, und ich werde verlegen unter deinem Blick voller Liebe und Besitzergreifung und Stolz. Ich möchte gehen und mich mit Feigenblättern bedecken. Es ist eine Sünde, dieses Nichtbereitsein, dieses Der-Situation-nicht-gewachsen-Sein.

Du sagtest: »Ich liebe dich, und meine Liebe zu dir macht jedes andere Leben zu einer Lüge.«

Kann das wahr sein, diese einfache, klare Botschaft, oder bin ich wie jene schiffbrüchigen Seefahrer, die nach einer leeren Flasche greifen und eifrig herauslesen, was nicht drinnen ist? Aber du bist da, bist hier, wie ein Geist aus der Flasche zu zehnfacher Größe angewachsen, hoch überragst du mich, und deine Arme halten mich umfangen wie Gebirgshänge. Dein rotes Haar leuchtet, und du sagst, »Sprich drei Wünsche aus, und sie werden alle drei wahr werden. Sprich dreihundert aus, und ich werde jeden einzelnen davon erfüllen«.

Was taten wir in dieser Nacht? Wir müssen eng umschlungen zu einem Café gegangen sein, das eine Kirche war, wo wir einen griechischen Salat aßen, der wie ein Hochzeitsmahl schmeckte. Wir begegneten einer Katze, die bereit war, als Trauzeuge einzuspringen, und das Brautbouquet war ein Strauß Kuckucksnelken vom Rand des Kanals. Wir hatten etwa zweitausend Gäste, hauptsächlich Mücken, und wir fanden, dass wir alt genug wären, uns einander selbst zu vermählen. Es wäre schön gewesen, mich mit dir auf den Boden zu legen und dich unter dem Mond zu lieben, aber die Liebe in freier Natur ist nur in Filmen und in Country- und Westernsongs schön, in Wirklichkeit ist es eine kratzige Angelegenheit.

Ich hatte einmal eine Freundin, die auf sternenhelle Nächte stand. Betten gehörten ihrer Meinung nach in Krankenhäuser. Sie fuhr auf alles ab, was ungefedert war. Sobald man ihr eine Steppdecke zeigte, drehte sie den Fernseher an. Ich schlug mich auf Campingplätzen und in Kanus, in den Zügen der British Rail und in Flugzeugen der Aeroflot mit diesem Problem herum. Ich kaufte einen Futon und schließlich eine Turnmatte. Ich musste extradicke Teppiche auf den Boden legen. Ich gewöhnte mir an, wohin ich auch ging, stets ein Plaid bei mir zu haben, wie ein radikaler Parteigänger der schottischen Nationalisten. Als ich schließlich zum fünften Mal zum Arzt kam, um mir eine Distel entfernen zu lassen, sagte er: »Wissen Sie, die Liebe ist ja eine sehr schöne Sache, aber für Leute wie Sie gibt es Kliniken.« Na ja, es ist kein Spaß, wenn man in den Akten des staatlichen Gesundheitsdienstes als Perverser geführt wird, und Demütigungen dieser Art gehen wohl doch um eine Romanze zu weit. Wir mussten Abschied nehmen voneinander, und wenn es auch einiges an ihr gab, was mir fehlte, war es doch angenehm, wieder durch die Gegend zu spazieren, ohne in jedem Busch und jedem Gestrüpp einen potenziellen Aggressor zu sehen.

Louise, in diesem Einzelbett, zwischen diesen knallbunten Laken, werde ich eine Schatzkarte voller Verheißungen finden. Ich werde dich erforschen und in dir schürfen, und du wirst mich nach deinem Willen neu kartografieren. Wir werden jeder des anderen Grenzen überschreiten und uns zu einer Nation machen. Schöpf mich in deine Hände, denn ich bin gute Erde. Iss von mir und lass mich dir süß munden.

Juni. Der nasseste Juni aller Zeiten. Wir liebten uns jeden Tag. Wir waren glücklich wie die Fohlen, schamlos wie die Kaninchen und unschuldig wie Tauben in unserer Jagd nach Lust. Keiner von uns dachte darüber nach, und wir hatten keine Zeit, darüber zu reden. Die Zeit, die wir hatten, nutzten wir. Diese kurzen Tage und noch kürzeren Stunden waren kleine Opfergaben an einen Gott, der durch brennendes Fleisch nicht besänftigt werden konnte. Wir verzehrten einander, und gleich darauf waren wir wieder hungrig. Es gab kurze Weilen der Entspannung, Augenblicke der Ruhe, still wie ein künstlicher See, aber hinter uns immer die donnernde Flut.

Es gibt Menschen, die behaupten, Sex sei ohne Bedeutung für eine Beziehung. Was einen durch die Jahre bringt, seien Freundschaft und miteinander auskommen. Sicher ist das eine Aussage nach bestem Wissen und Gewissen, aber ist sie auch wahr? Ich war selbst zu dieser Überzeugung gelangt. Man kommt dahin, wenn man jahrelang den Lothario gespielt hat und nichts sieht als ein leeres Bankkonto und einen Stapel alter Liebesbriefe, der vor sich hin gilbt wie ein Stapel von Schuldscheinen. Ich hatte die Kerzen und den Champagner, die Rosen und das Frühstück im Morgengrauen, die transatlantischen Telefongespräche und die impulsiven Flugreisen zu Tode geritten. Ich hatte das alles getan, um dem Kakao und den Wärmflaschen zu entgehen. Ich hatte es getan, weil ich geglaubt hatte, der Feuerofen müsse besser sein als die Zentralheizung. Ich konnte wohl nicht zugeben, dass auch ich in einem Klischee befangen war, und es war um nichts weniger abgedroschen als die Rosen über der Tür meiner Eltern. Was ich suchte, war die perfekte Paarung; der von keinem Schlaf unterbrochene, gewaltige Nonstop-Orgasmus. Ekstase ohne Ende. Mein Karren steckte tief in der Rührseligkeit der Romantik. Klar, dass er ein bisschen rassiger war als die meisten, ich bin immer einen Sportwagen gefahren, aber auch wenn man den Motor noch so hinaufjagt, dem wirklichen Leben entkommt man ja doch nicht. Das nette, häusliche Mädchen kriegt einen am Ende ja doch. Und so ist es passiert.

Ich lag in den letzten Zuckungen einer Affäre mit einer Holländerin namens Inge. Sie war eine engagierte Romantikerin und anarchistische Feministin. Das war hart für sie, denn es bedeutete, dass sie es nicht über sich brachte, schöne Bauwerke in die Luft zu sprengen. Sie wusste, dass der Eiffelturm ein abscheuliches Symbol phallischer Unterdrückung war, aber als ihr aufgetragen wurde, den Lift zu sprengen, damit niemand mehr gedankenlos eine Erektion erklimmen konnte, kamen ihr all die jungen Romantiker in den Sinn, die ihren Blick über Paris schweifen ließen und Luftpostbriefe öffneten, in denen stand: Je t'aime.

Wir gingen in den Louvre, um uns eine Renoir-Ausstellung anzusehen. Inge trug eine Guerillakappe und Stiefel, um nicht irrtümlich für eine Touristin gehalten zu werden. Den Preis für ihre Eintrittskarte rechtfertigte sie als »politische Forschungstätigkeit«. »Schau dir diese Akte an«, sagte sie, obwohl ich keiner Aufforderung bedurfte. »Überall Körper, nackt, missbraucht, den Blicken preisgegeben. Weißt du, wie viel diese Modelle bezahlt bekamen? Kaum genug, um sich ein Baguette zu kaufen. Ich sollte die Bilder aus den Rahmen reißen und mich mit dem Ruf ›Vive la résistance‹ ins Gefängnis bringen lassen.«

Renoirs Akte sind nicht die schönsten der Welt, aber trotzdem, als wir zu seinem Bild *La Boulangère* kamen, weinte Inge. Sie sagte: »Ich hasse es, weil es mich berührt.« Ich sagte nicht, dass aus diesem Holz Tyrannen gemacht sind, ich sagte, »Es geht nicht um den Maler, es geht um das Gemälde. Vergiss Renoir, halt dich an das Bild«.

Sie sagte: »Weißt du nicht, dass Renoir behauptet hat, er würde mit dem Penis malen?« »Keine Sorge«, sagte ich. »Es stimmt. Als er starb, fanden sie nur einen alten Pinsel zwischen seinen Eiern.«

»Das hast du erfunden.«

Habe ich?

Schließlich fanden wir eine Lösung für Inges ästhetische Krise, indem wir ihr Semtex in eine Reihe sorgfältig ausgewählter Pissoirs brachten. Sie waren alle absolut hässliche Betonbaracken und eindeutig Funktionsstätten des Penis. Sie sagte, ich würde mich nicht zum Helfer im Kampf für ein neues Matriarchat eignen, weil ich SKRUPEL hätte. Das war eine KAPITALE Beleidigung. Trotzdem war es nicht der Terrorismus, der uns auseinanderbrachte, es waren die Tauben …

Meine Aufgabe bestand darin, mit einem von Inges Strümpfen über dem Kopf in die Pissoirs zu gehen. Das allein hätte vielleicht nicht viel Aufsehen erregt, Herrentoiletten sind ziemlich liberale Orte, aber dann musste ich die Reihe der Burschen dazu auffordern, sofort den Raum zu verlassen, wenn sie nicht riskieren wollten, dass man ihnen die Eier wegsprengte. Meist fand ich folgende Situation vor: Fünf Männer, Schwänze in der Hand, starrten auf das braun gestreifte Porzellan, als wäre es der Heilige Gral. Warum eigentlich machen Männer wirklich alles so gerne gemeinsam? Ich sagte (Inge zitierend): »Dieses Pissoir ist ein Symbol des Patriarchats und muss zerstört werden.« Dann (mit meiner eigenen Stimme): »Meine Freundin hat soeben den Sprengstoff verlegt, wärt ihr so nett, zum Ende zu kommen?«

Was würden Sie unter solchen Umständen tun? Man sollte doch meinen, die drohende Kastrierung, gefolgt vom sicheren Tod, müsste genügen, um einen normalen Mann dazu zu bringen, seinen Schwanz abzuwischen und um sein Leben zu rennen? Aber sie taten es nicht. Immer und immer wieder kam es vor, dass sie es nicht taten, bloß verächtlich die Tropfen wegschnalzten und Renntipps austauschten. Ich bin ein gesitteter Mensch, aber Unverschämtheit kann ich nicht leiden. Ich kam zu dem Schluss, dass es bei diesem Job recht hilfreich war, wenn ich eine Pistole bei mir hatte.

Ich zog sie aus dem Bund meiner RECYCLE-Shorts (ja, die habe ich schon lange) und richtete den Lauf auf den nächsten Pimmel. Das löste ein wenig Unruhe aus, und einer sagte: »Spinnst du oder was?« Er sagte es, aber er zog den Reißverschluss seiner Hosenklappe zu und zischte ab. »Hände hoch, Jungs«, sagte ich. »Nein, rührt sie nicht an, sie werden im Wind trocknen müssen.«

In diesem Augenblick hörte ich die ersten Takte von *Strangers in the Night*. Es war Inges Signal, dass es in fünf Minuten krachen würde, ob die fertig waren oder nicht. Ich schob meine zweifelnden Schlappschwänze durch die Tür und rannte los. Ich musste die fahrbare Hamburger-Bude erreichen, die Inge sich als Versteck gewählt hatte. Ich warf mich neben sie und blickte zwischen den Brötchen hindurch zurück. Es war eine sehr schöne Explosion. Eine herrliche Explosion, viel zu gut für ein paar mickrige Pissbuden. Wir waren allein am Rand der Welt, Terroristen im guten Kampf für eine gerechtere Gesellschaft. Ich dachte, ich liebte sie, und dann kamen die Tauben.

Sie verbot mir, sie anzurufen. Sie sagte, Telefone wären für Rezeptionistinnen, das heißt, für Frauen ohne Rang. Ich sagte, gut, dann schreibe ich. Falsch, sagte sie. Der Postbetrieb liege in den Händen von Despoten, die nicht gewerkschaftlich organisierte Arbeitskräfte ausbeuteten. Was sollten wir tun? Ich wollte nicht in Holland leben.

Sie wollte nicht in London leben. Wie konnten wir in Verbindung bleiben?

Tauben, sagte sie.

Und so kam es, dass ich das Dachgeschoss des Pimlico Women's Institute mietete. Ich habe weder etwas für noch gegen das Women's Institute, sie waren die Ersten, die eine Kampagne gegen FCKW-haltige Aerosolsprays unternahmen, und sie backen einen gemein guten Biskuitkuchen, aber das ist mir im Grunde egal. Worauf es ankam, war, dass die Fenster ihres Dachgeschosses ungefähr in Richtung Amsterdam liegen.

Ich kann mir vorstellen, dass Sie sich mittlerweile fragen, ob ich als Erzählerinstanz vertrauenswürdig bin. Warum habe ich Inge nicht einfach stehen lassen und mich auf den Weg in eine Single's Bar gemacht? Die Antwort sind ihre Brüste.

Es waren keine Superbrüste, nicht von der aufrechten Art, die manche Frauen wie Epauletten tragen, als Rangabzeichen. Sie waren auch nicht von der Art pubertärer Playboyfantasien. Sie hatten ihre Zeit gedient und begannen den hartnäckigen Gesetzen der Schwerkraft nachzugeben. Das Fleisch war braun, der Hof um die Brustwarzen noch brauner, die Brustwarzen selbst perlschwarz. Meine Zigeunerschwestern nannte ich sie, wenn auch nicht vor ihr. Ich vergötterte sie schlicht und aufrichtig, nicht als Muttersatz oder weil ich ein Mutterschoßtrauma habe, sondern einfach um ihrer selbst willen. Freud hatte nicht in allem recht. Manchmal ist ein Busen ein Busen und nichts als ein Busen.

Ein halbes Dutzend Mal griff ich zum Telefon. Sechsmal legte ich den Hörer wieder hin. Wahrscheinlich hätte sie nicht abgehoben. Wahrscheinlich hätte sie das Telefon abgemeldet, wäre da nicht ihre Mutter in Rotterdam gewesen. Sie hat mir nie erklärt, woher sie wissen wollte, dass ihre Mutter dran war und keine Rezeptionistin. Woher sie wissen wollte, dass eine Rezeptionistin dran war und nicht ich. Ich wollte mit ihr sprechen.

Die Tauben – Adam, Eva und Küssmichrasch – schafften den Weg nach Holland nicht. Eva kam bis Folkestone, Adam stieg sogleich aus und siedelte sich am Trafalgar Square an, ein weiterer Sieg für Nelson. Küssmichrasch hatte Höhenangst, ein Hindernis für einen Vogel, aber das Women's Institute behielt ihn als Maskottchen und gab ihm einen neuen Namen: Boadicea. Und wenn er nicht gestorben ist, dann lebt er noch heute. Ich weiß nicht, was mit Inges Vögeln geschehen ist. Sie kamen nie bei mir an.

Und dann lernte ich Jacqueline kennen.

Ich musste in meiner neuen Wohnung einen Teppich verlegen, und ein paar Freunde kamen, um mir zu helfen. Sie brachten Jacqueline mit. Sie war die Geliebte von einem meiner Helfer und die Vertraute von beiden. Eine Art Haustier. Sie handelte mit Sex und Anteilnahme für 50 Pfund, um sich über das Wochenende zu bringen und für ein anständiges Essen am Sonntag. Es war ein zivilisiertes, wenn auch brutales Arrangement. Ich hatte mir eine neue Wohnung gekauft, um einen neuen Anfang zu machen nach einer üblen Liebesaffäre, von der ich mir den Tripper geholt hatte. Nicht körperlich, mit meinen Organen war alles in Ordnung, es war seelischer Tripper. Ich musste mein Herz für mich behalten, um niemanden anzustecken. Die Wohnung war groß und verwahrlost. Ich hoffte, sie und mich zugleich wieder instand zu setzen. Die Dame, von der ich den Tripper hatte, lebte immer noch mit ihrem Mann in ihrem geschmackvollen Haus, aber sie hatte mir 10 000 Pfund zukommen lassen, um mir bei der Finanzierung des Wohnungskaufes zu helfen. Geben/Borgen hatte sie es genannt. Blutgeld nannte ich es. Sie kaufte ihr Gewissen frei, soweit sie eines hatte. Ich hatte vor, sie nie wieder zu sehen. Unglücklicherweise war sie meine Zahnärztin.

Jacqueline arbeitete im Zoo. Sie arbeitete mit kleinen pelzigen Tieren, die nicht nett sein wollten zu den Besuchern. Besucher, die 5 Pfund bezahlt haben, bringen nicht viel Geduld auf für kleine pelzige Tiere, die Angst haben und sich bloß verstecken wollen. Es war Jacquelines Aufgabe, alles wieder hell und strahlend zu machen. Sie konnte gut mit Eltern umgehen, sie konnte gut mit Kindern umgehen, sie konnte gut mit Tieren umgehen, sie konnte gut mit verstörten Wesen aller Art umgehen. Sie konnte gut mit mir umgehen.

Als sie ankam, flott, aber nicht hypermodern, geschminkt, aber nur dezent, flache Stimme, ulkige Brille, dachte ich, dieser Frau habe ich nichts zu sagen. Nach Inge und einem kurzen, suchtartigen Rückfall in meine Beziehung zu Bathseba, der Zahnärztin, konnte ich mir nicht vorstellen, an irgendeiner Frau Gefallen zu finden, schon gar nicht an einer, die das Opfer ihres Friseurs geworden war. Ich dachte: Du kannst den Tee machen, und ich werde mit meinen alten Freunden über die Gefahren eines gebrochenen Herzens scherzen, und dann könnt ihr alle drei heimgehen, glücklich über eure gute Tat, während ich mir eine Dose Linsen aufmache und mir im Radio *Wissenschaft heute* anhöre.

Ich Unglückswurm. Nichts ist so süß, wie darin zu schwelgen! Darin zu schwelgen ist Sex für Depressive. Ich hätte an meine Großmutter und ihr Motto denken sollen, das sie Unglücklichen als seelsorgerischen Rat zuteilwerden ließ. Das schmerzliche Dilemma, die Qual der Wahl, das war nichts für sie. »Entweder du machst dein Geschäft, oder du gehst runter vom Topf.« Recht hatte sie. Na ja, zumindest hatte ich im Augenblick Geschäftspause.

Jacqueline machte mir ein belegtes Brot und fragte, ob es Geschirr zum Abwaschen gebe. Sie kam am folgenden Tag und am Tag danach, sie erzählte mir alles über die Probleme der Lemuren im Zoo. Sie brachte ihren eigenen Mopp mit. Sie arbeitete von neun bis fünf, Montag bis Freitag, fuhr einen Mini und bezog ihren Lesestoff aus Buchclubs. Sie hatte offenbar keinerlei Macken und Marotten, war weder ausgeflippt noch verkorkst, vor allem war sie unverheiratet und war immer unverheiratet gewesen. Keine Kinder, kein Mann.

Ich begann sie in Betracht zu ziehen. Ich liebte sie nicht, und ich wollte sie nicht lieben. Ich begehrte sie nicht und konnte mir nicht vorstellen, sie zu begehren. Das alles sprach zu ihren Gunsten. Ich hatte in letzter Zeit die Erfahrung gemacht, dass SICH VERLIEBEN nur eine andere Ausdrucksweise dafür war, über die Schiffsplanke getrieben zu werden. Ich hatte es satt, mit verbundenen Augen über einen schmalen Steg zu balancieren, ein kleiner Ausrutscher und schon landet man in unbekannten Tiefen. Ich wollte die Klischees, den Lehnstuhl. Ich wollte die breite Straße und Normalsichtigkeit. Was ist schon dabei? Man nennt es Erwachsenwerden. Mag sein, dass die meisten Menschen ihre Tröstungen mit einer Patina von Romantik verschönern, aber die wetzt sich bald ab. Sie haben sich auf einen langen Weg eingelassen; den zunehmenden Taillenumfang und das kleine Reihenhäuschen in der Vorstadt. Was ist dabei? Fernsehen bis spät in die Nacht und Seite an Seite ins Jahrtausend hineinschnarchen. Bis dass der Tod uns scheidet. Hochzeitstag, Liebling? Warum nicht?

Ich begann sie in Betracht zu ziehen. Sie hatte keinen kostspieligen Geschmack, verstand nichts von Wein, wollte nie in die Oper ausgeführt werden und hatte sich in mich verliebt. Ich hatte kein Geld und keine Moral. Es war eine im Himmel geschlossene Ehe.

Wir kamen überein, dass wir gut zueinander passten, während wir in ihrem Mini saßen und eine Kleinigkeit aßen, die wir uns beim Chinesen geholt hatten. Es war eine bewölkte Nacht, also konnten wir nicht zu den Sternen hinaufblicken, außerdem musste sie um halb sieben aufstehen, um zur Arbeit zu gehen. Ich glaube, wir haben nicht einmal miteinander geschlafen in dieser Nacht. Erst in der nächsten, einer eiskalten Novembernacht, und ich hatte Feuer gemacht. Auch ein paar Blumen hatte ich hingestellt, denn das mache ich sowieso gerne, aber als es soweit war, das Tischtuch herauszuholen und die guten Gläser, konnte ich mich nicht dazu aufraffen. Wir brauchen das nicht, sagte ich mir. Was wir miteinander haben, ist einfach und durchschnittlich. Und darum mag ich es. Sein Wert liegt in seiner schlichten Klarheit. Kein unkontrolliertes Wuchern mehr. Wir halten es mit Gartenbau im Blumenkasten. In den darauffolgenden Monaten heilte mein Gemüt, und ich seufzte und stöhnte nicht mehr über verlorene Liebe und unmögliche Entscheidungen. Ich hatte einen Schiffbruch überlebt, und ich mochte meine neue Insel mit heißem und kaltem fließendem Wasser und regelmäßigen Besuchen des Milchmannes. Ich wurde ein Apostel der Durchschnittlichkeit. Ich hielt meinen Freunden Vorträge über die Tugenden der Monotonie, pries die sanften Fesseln meines Daseins und hatte das Gefühl, dass ich zum ersten Mal erfuhr, wovon alle mir gesagt hatten, ich würde es schon noch erfahren; dass die Leidenschaft etwas für die Ferien ist und nicht für die Heimkehr.

Meine Freunde waren vorsichtiger als ich. Sie betrachteten Jacqueline mit abwartender Zustimmung, betrachteten mich, wie man einen psychisch Kranken betrachten mochte, der sich ein paar Monate lang normal benommen hat. Ein paar Monate? Eher schon ein Jahr. Ich war streng mit mir, arbeitete hart und … und … wie hieß doch dieses Wort, das mit L beginnt?

»Du langweilst dich«, sagten meine Freunde.

Ich protestierte mit dem ganzen Eifer eines Abstinenzlers, der bei einem Blick auf die Flasche ertappt wird. Ich war zufrieden. Ich war zur Ruhe gekommen.

»Und was tut sich in Sachen Sex?«

»Na ja, nicht viel. Sex spielt keine große Rolle, weißt du. Wir machen es hin und wieder, wenn uns beiden danach ist. Wir arbeiten hart. Wir haben nicht viel Zeit.«

»Begehrst du sie, wenn du sie ansiehst? Bemerkst du sie, wenn du sie ansiehst?«

Ich verlor die Geduld. Warum nahmen plötzlich alle, die sich ohne jeden Vorwurf mit meinen unzähligen gebrochenen Herzen abgefunden hatten, mein glücklich sesshaftes, glücklich glückliches Heidihaus unter Beschuss? Ich kämpfte in Gedanken mit allen möglichen Verteidigungen. Sollte ich verletzt sein? Überrascht? Sollte ich es mit einem Lachen abtun? Ich hätte gerne etwas Grausames gesagt, um meinen Zorn abzulassen und mich zu rechtfertigen. Aber es ist schwierig mit alten Freunden; schwierig, weil es so leicht ist. Man kennt einander so gut wie ein Liebespaar, und man hat sich weniger vormachen müssen. Ich goss mir einen Drink ein, zuckte die Achseln. »Nichts ist perfekt.«

Der Wurm in der Knospe. Na und? Die meisten Knospen haben Würmer. Man sprayt, man macht ein riesiges Tamtam, man hofft, dass das Loch nicht zu groß sein wird, und betet um Sonne. Man denkt sich: Lass die Blume einfach blühen, und keiner wird die ausgefransten Ränder bemerken. Das dachte ich über mich und Jacqueline. Ich machte verzweifelte Anstrengungen, uns zu hegen und zu pflegen. Ich wollte, dass die Beziehung funktioniert, und meine Gründe dafür waren nicht sehr nobel; schließlich war es meine letzte Rettung. Keine strapaziösen Rennen mehr für mich. Und sie liebte mich auch, ja, sie liebte mich auf ihre unkomplizierte, anspruchslose Art. Sie belästigte mich nie, wenn ich sagte, »Lass mich in Ruhe«, und sie weinte nicht, wenn ich sie anschrie. Sie schrie sogar zurück. Sie behandelte mich wie eine Wildkatze im Zoo. Sie war sehr stolz auf mich.

Meine Freunde sagten: »Leg dich mit jemandem von deinem eigenen Format an.«

Und dann lernte ich Louise kennen.

Wollte ich Louise malen, würde ich ihr Haar als einen Schwarm von Schmetterlingen malen. Eine Million Roter Admirale in einer Aureole von Bewegung und Licht. Es gibt zahlreiche Legenden über Frauen, die sich in Bäume verwandeln, aber gibt es irgendwelche über Bäume, die sich in Frauen verwandeln? Ist es seltsam zu sagen, dass deine Geliebte dich an einen Baum erinnert? Nun, sie tut es; es ist die Art, wie ihr Haar sich im Wind füllt und ihren Kopf umweht. Sehr oft warte ich darauf, dass sie raschelt. Sie raschelt nicht, aber ihre Haut hat die Farbe einer Silberbirke im Mondlicht. Ach, hätte ich doch eine Hecke solch junger Bäume, nackt und schlicht. Anfangs spielte es keine Rolle. Wir kamen recht gut zu dritt zurecht. Louise war nett zu Jacqueline und versuchte nie, sich zwischen uns zu drängen, nicht einmal als Freundin. Warum sollte sie auch? Sie war glücklich verheiratet, und das seit zehn Jahren. Ich hatte ihren Mann kennengelernt, einen Arzt mit genau den richtigen Krankenbettmanieren, er war nicht bemerkenswert, aber das ist kein Laster.

»Sie ist sehr schön, nicht?«, sagte Jacqueline.

»Wer?«

»Louise.«

»Ja, ja, vermutlich, wenn man diese Art mag.«

»Magst du diese Art?«

»Ja, ich mag Louise. Du doch auch.«

»Ja.«

Sie widmete sich wieder ihrem *World Wildlife Magazine*, und ich machte einen Spaziergang.

Ich machte bloß einen Spaziergang, irgendeinen Spaziergang, keinen besonderen Spaziergang, aber auf einmal fand ich mich vor Louises Haustür wieder. Lieber Himmel. Was tu ich hier? Ich bin doch in die andere Richtung gegangen.

Ich klingelte. Louise kam zur Tür. Ihr Mann Elgin war in seinem Arbeitszimmer und spielte ein Computerspiel namens »Krankenhaus«. Dabei musste man einen Patienten operieren, der einen anschrie, wenn man einen Fehler machte.

»Hallo, Louise. Ich bin zufällig vorbeigekommen und dachte, ich könnte kurz mal reingucken?«

Kurz mal reingucken. Was für eine lächerliche Redensart. Was bin ich, eine Kuckucksuhr?

Wir gingen miteinander durch die Diele. Elgin steckte den Kopf aus der Tür des Arbeitszimmers. »Hallo, ihr. Hallo, hallo, sehr nett. Komm gleich zu euch, kleines Problem mit der Leber, kann sie einfach nicht finden.« In der Küche gab Louise mir einen Drink und einen keuschen Kuss auf die Wange. Er wäre keusch gewesen, hätte sie ihre Lippen gleich wieder fortgenommen, wie man das tut bei einem flüchtigen Kuss, aber sie bewegte sie unmerklich über die Stelle. Es dauerte etwa doppelt so lang, wie es hätte dauern sollen, was immer noch nicht sehr lange ist. Es sei denn, es ist die eigene Wange. Es sei denn, man denkt bereits in eine bestimmte Richtung und fragt sich, ob jemand anderer auch in diese Richtung denkt. Sie ließ sich nichts anmerken. Ich ließ mir nichts anmerken. Wir setzten uns und redeten und hörten Musik, und ich bemerkte weder, dass es dunkel wurde, noch, wie spät es war, noch die mittlerweile leere Flasche und meinen mittlerweile leeren Magen. Das Telefon klingelte, schamlos laut, wir sprangen beide hoch. Louise nahm den Hörer auf ihre ruhige Art ab, hörte einen Augenblick zu und gab ihn dann an mich weiter. Es war Jacqueline. Sie sagte, sehr traurig, nicht vorwurfsvoll, aber traurig: »Ich habe mich gewundert, wo du bist. Es ist fast Mitternacht. Ich habe mich gewundert, wo du bist.«

»Es tut mir leid. Ich nehme mir ein Taxi. Ich bin gleich bei dir.«

Ich stand auf und lächelte. »Kannst du mir ein Taxi rufen?«

»Ich fahre dich«, sagte sie. »Es wäre nett, Jacqueline zu sehen.«

Wir redeten nicht während der Fahrt. Die Straßen waren ruhig und leer. Vor meinem Haus hielten wir an, ich bedankte mich, wir verabredeten uns zum Tee für die kommende Woche, und dann sagte sie: »Ich habe Opernkarten für morgen Abend. Elgin hat keine Zeit. Willst du mitkommen?«

»Eigentlich wollten wir morgen Abend zu Hause bleiben.«

Sie nickte, und ich stieg aus. Kein Kuss.

Was tun? Mit Jacqueline daheim bleiben und es hassen und den Motor in Gang setzen, der mich langsam dahinbringen würde, sie zu hassen? Eine Ausrede finden und weggehen? Die Wahrheit sagen und weggehen? Ich kann nicht alles tun, was mir beliebt, zu einer Beziehung gehören Kompromisse. Geben und nehmen. Gut, ich habe keine Lust, daheim zu bleiben, aber sie möchte gerne, dass ich daheim bleibe. Ich sollte ihr diesen Wunsch gerne erfüllen. Es wird unsere Beziehung vertiefen und versüßen. So dachte ich, während sie neben mir schlief, und wenn sie irgendwelche Befürchtungen hatte, so ließ sie sich in diesen Nachtstunden nichts davon anmerken. Ich betrachtete sie, wie sie vertrauensvoll auf der Stelle lag, wo sie so viele Nächte gelegen hatte. Konnte dieses Bett verräterisch sein?

Am Morgen war ich schlecht gelaunt und erschöpft. Jacqueline, fröhlich wie immer, stieg in ihren Mini und fuhr zu ihrer Mutter. Mittags rief sie an und bat mich, hinüberzukommen. Ihrer Mutter ging es nicht gut, und sie wollte die Nacht bei ihr bleiben.

»Jacqueline«, sagte ich. »Bleib dort. Wir sehen uns dann morgen.«

Ich fühlte mich begnadigt und tugendhaft. Nun konnte ich allein in meiner eigenen Wohnung sitzen und pragmatisch sein. Manchmal ist die eigene Gesellschaft die beste.

In der Pause von Mozarts *Figaro* fiel mir auf, wie oft andere Leute Louise ansahen. Wir wurden von allen Seiten von Pailletten bestürmt, von Gold geblendet. Die Frauen trugen ihren Schmuck wie Medaillen. Da ein Ehemann, dort eine Scheidung, ein Palimpsest von Liebesaffären. Die Halsbänder, die Brosche, die Ringe, der Stirnreif, die diamantenbesetzte Uhr, von der bestimmt keiner ohne Vergrößerungsglas die Zeit ablesen konnte. Die Armbänder, die Fußkettchen, der mit Staubperlen besetzte Schleier und die Ohrringe, die weit zahlreicher waren als die Ohren. All dieser Schmuck wurde von großzügig geschnittenen grauen Anzügen und flott getupften Krawatten eskortiert. Die Krawatten zuckten, wenn Louise vorbeiging, und die Anzüge zogen sich ein wenig ein. Die

Schmuckstücke glitzerten Louises nacktem Hals ihre eigene Warnung entgegen. Sie trug ein einfaches Kleid aus moosgrüner Seide, ein Paar Ohrringe aus Jade und einen Ehering. Lass diesen Ring nicht aus den Augen, sagte ich mir. Wenn du das Gefühl hast, schwach zu werden, denk daran, dass dieser Ring heiß gegossen wurde und dich versengen wird durch und durch.

»Wohin schaust du?«, fragte Louise.

»Du verdammter Idiot«, sagten meine Freunde. »Wieder eine verheiratete Frau.«

Louise und ich sprachen über Elgin.

»Er wurde als orthodoxer Jude geboren«, sagte sie. »Er fühlt sich ausgenutzt und überlegen zugleich.«

Elgins Eltern lebten immer noch in einem Reihenhaus aus dem Jahr 1930 in Stamford Hill. Sie hatten sich während des Krieges dort einquartiert und mit der Cockney-Familie arrangiert, die eines Tages heimkam, um festzustellen, dass die Schlösser ausgewechselt worden waren und ein Schild an der Wohnzimmertür verkündete: SABBAT. ZUTRITT VERBOTEN. Das war an einem Freitagabend des Jahres 1946 gewesen. Am Samstagabend des Jahres 1946 standen sich Arnold und Betty Small von Angesicht zu Angesicht Esau und Sarah Rosenthal gegenüber. Geld wechselte die Hände, oder genauer gesagt, eine gewisse Menge Gold, und die Smalls nahmen größere Dinge in Angriff. Die Rosenthals machten eine Drogerie auf und weigerten sich, liberale oder reformierte Juden zu bedienen. »Wir sind Gottes auserwähltes Volk«, sagten sie und meinten damit sich selbst. Aus solchen bescheidenen, arroganten Anfängen wurde Elgin geboren. Sie hatten ihn Samuel nennen wollen, aber als Sarah schwanger war, besuchte sie einmal das Britische Museum und kam schließlich, ungerührt von den Mumien, bei der Herrlichkeit Griechenlands an. Das allein hätte noch keinen Einfluss auf das Schicksal ihres Sohnes haben müssen, aber in den vierzehn Stunden dauernden Geburtswehen kam es zu ernsthaften Komplikationen, und es sah aus, als müsse Sarah sterben. Schwitzend und von Fieber geschüttelt drehte sie den Kopf von einer Seite zur anderen und brachte nichts anderes heraus als immer wieder das eine, einzige Wort: ELGIN. Esau, verstört und mitgenommen, drehte nervös an seinem Gebetsschal unter dem schwarzen Rock. Er hatte eine abergläubische Seite. Wenn dieses Wort das letzte seiner Frau war, dann musste es zweifellos etwas bedeuten, musste etwas daraus werden. Und so wurde das Wort zu Fleisch. Samuel wurde zu Elgin, und Sarah starb nicht. Sie lebte weiter, um Tausende Liter Hühnersuppe zu produzieren, und jedes Mal, wenn sie sie in den Suppenteller schöpfte, sagte sie, »Elgin, Jehova hat mich verschont, damit ich dir dienen kann«.

Und so wuchs Elgin in der Überzeugung auf, dass die Welt ihm dienen musste, und hasste den dunklen Ladentisch in dem kleinen Laden seines Vaters und hasste es, anders zu sein als die anderen Jungen, und wollte es zugleich mehr als alles andere.

»Du bist nichts, du bist Staub«, sagte Esau. »Erhebe dich und sei ein Mann.«

Elgin erhielt ein Stipendium für eine Privatschule. Er war klein, schmalbrüstig, kurzsichtig und furchtbar gescheit. Unglücklicherweise schloss seine Religion ihn von den samstäglichen Sportveranstaltungen aus, und wenn es ihm auch gelang, Schikanen zu entgehen, so forderte er doch seine Isolierung heraus. Er wusste, dass er besser war als diese breitschultrigen, aufrechten Schönlinge, die ob ihres guten Aussehens und ungezwungenen Benehmens Zuneigung und Respekt genossen. Außerdem waren sie alle schwul, und Elgin hatte gesehen, wie sie einander mit offenen Mündern und steifen Schwänzen begrapschten. Keiner versuchte ihn anzufassen.

Er verliebte sich in Louise, als sie ihn in der Schlussrunde des Debattierclubs im Zweikampf schlug. Ihre Schule war nur eine Meile von der seinen entfernt, und auf dem Heimweg musste er daran vorbei. Er begann es sich so einzurichten, dass er genau dann vorbeiging, wenn Louise die Schule verließ. Er war liebenswürdig zu ihr, er gab sich große Mühe, er spielte sich nicht auf, er war nicht sarkastisch. Sie war erst seit einem Jahr in England, und es war kalt. Sie waren beide Flüchtlinge, und sie fanden Trost aneinander. Dann ging Elgin nach Cambridge, in ein College, das für seine überragenden sportlichen Leistungen bekannt war. Louise, die ihm ein Jahr später folgte, war inzwischen der Verdacht gekommen, er könnte ein Masochist sein. Der Verdacht bestätigte sich, als Elgin sich auf sein Bett legte, die Beine spreizte und sie bat, seinen Penis mit Büroklammern einzurüsten.

»Ich kann es aushalten«, sagte er. »Ich will Arzt werden.«

Daheim in Stamford Hill fragten sich derweil Esau und Sarah, für die vierundzwanzig Stunden des Sabbat ins Gebet versenkt, was aus ihrem Jungen werden würde, der einer flammenhaarigen Verführerin in die Klauen gefallen war. »Sie wird ihn ruinieren«, sagte Esau, »er ist dem Untergang geweiht. Wir sind alle dem Untergang geweiht.«

»Mein Bub, mein Bub«, sagte Sarah, »und nur 1,73 groß.«

Sie kamen nicht zu der Hochzeit, die in einem Standesamt in Cambridge stattfand. Wie hätten sie können, wo Elgin sie für einen Samstag festgesetzt hatte?

Da war Louise in einem Charlestonkleid aus elfenbeinfarbener Seide und mit silbernem Stirnband. Ihre beste Freundin Janet mit einer Kamera und den Ringen. Elgins bester Freund, dessen Namen er sich nicht merken konnte. Und Elgin, in einem geborgten Cutaway, der ihm um gerade eine Nummer zu eng war.

»Weißt du«, sagte Louise, »ich wusste, dass er harmlos war, dass ich ihn in der Hand hatte, dass ich es sein würde, die das Sagen hat.«

»Und er? Was dachte er?«

»Er wusste, dass ich schön bin, ein Gewinn für ihn. Er wollte etwas Aufsehenerregendes, aber nichts Vulgäres. Er wollte der Welt entgegentreten und sagen können: ›Seht her, was ich da habe.‹«

Ich dachte über Elgin nach. Er war sehr bedeutend, sehr langweilig, sehr reich. Louise bezauberte alle. Sie brachte ihm Aufmerksamkeit und Kontakte ein, sie kochte, sie dekorierte das Haus, sie war klug, und sie war vor allem schön. Elgin war linkisch und passte nirgendwo hin. Es lag ein gewisser Rassismus in der Art, wie man ihn behandelte. Seine Kollegen waren vor allem jene jungen Männer, mit denen er studiert und die er innerlich verachtet hatte. Natürlich kannte er andere Juden, aber in seinem Beruf waren sie alle wohletabliert, kultiviert, liberal. Es waren keine orthodoxen Juden aus Stamford Hill mit nichts als einem okkupierten Reihenhaus zwischen sich und der Gaskammer. Elgin sprach nie über seine Vergangenheit, und mit Louise an seiner Seite wurde sie im Lauf der Zeit irrelevant. Auch er wurde wohletabliert und kultiviert und liberal. Er ging in die Oper und kaufte Antiquitäten. Er machte Witze über fromme Juden und Matze und verlor sogar seinen Akzent. Als Louise ihm zuredete, doch mit seinen Eltern Verbindung aufzunehmen, schickte er ihnen eine Weihnachtskarte.

»Da steckt sie dahinter«, sagte Esau hinter dem dunklen Ladentisch. »Verflucht seien alle Frauen seit dem Sündenfall Evas.«

Und Sarah, die putzte und zusammenräumte, flickte und bediente, spürte den Fluch und wurde noch ein wenig verlorener.

»Hallo, Elgin«, sagte ich, als er in seiner marineblauen Cordsamthose (Größe M) und seinem Freizeithemd aus Viyella (Größe S) in die Küche kam. Er lehnte sich an den Herd und feuerte ein Stakkato von Fragen auf mich ab. Das war seine bevorzugte Art der Konversation; es bedeutete, dass er sich nicht zu exponieren brauchte. Louise schnitt Gemüse. »Elgin fährt nächste Woche weg«, sagte sie, seinen Redefluss ebenso gewandt durchschneidend, wie er es mit einer Luftröhre gemacht hätte. »Genau, genau«, sagte er vergnügt. »Muss in Washington einen Vortrag halten. Bist du schon mal in Washington gewesen?«

Dienstag, 12. Mai, 10.40 Uhr. Flug der British Airways nach Washington zum Start freigegeben. Da ist Elgin in der Club-Klasse mit seinem Glas Champagner und hört Wagner über seinen Kopfhörer. Bye bye, Elgin.

Dienstag, 12. Mai, 13 Uhr. Klopf, klopf.

»Wer ist da?«

»Hallo, Louise.«

Sie lächelte. »Gerade recht zum Mittagessen.«

Ist Essen sexy? Der Playboy bringt regelmäßig Features über Spargel, Bananen, Lauch und Zucchini oder über das Beschmieren gewisser Körperteile mit Honig oder Eiscreme mit Schokostückchen. Ich habe mir einmal ein erotisches Körperöl gekauft, echt Piña-colada-Aroma, und mich ausgiebig damit eingerieben, aber meine Freundin bekam davon Ausschlag auf der Zunge. Dann gibt es die Soupers bei Kerzenlicht und die anzüglich grinsenden bewamsten Kellner mit überdimensionalen Pfefferstreuern. Und es gibt auch einfache Picknicks am Strand, aber die funktionieren nur, wenn man verliebt ist, denn andernfalls könnte man den Sand im Brie nicht ertragen. Kontext ist alles, dachte ich, bis ich mit Louise zu essen begann.

Als sie den Suppenlöffel zu den Lippen führte, wie sehr wünschte ich mir, dieses unschuldige Stück rostfreier Stahl zu sein. Mit Freuden hätte ich das Blut in meinem Leib gegen einen Viertelliter Gemüsebrühe eingetauscht. Lass mich gewürfelte Karotten und Fadennudeln sein, nur damit du mich in deinen Mund nimmst. Ich beneidete das Baguette. Ich sah zu, wie sie davon abbrach und jedes Stück mit Butter bestrich, es langsam in die Schüssel tauchte, schwimmen ließ, schwer und fett werden ließ, unter dem tiefroten Gewicht versinken ließ, um es dann zum glorreichen Genuss ihrer Zähne wieder auferstehen zu lassen.

Die Kartoffeln, der Sellerie, die Tomaten, alles war durch ihre Hände gegangen. Als ich meine Suppe aß, strengte ich meine Sinne an, um ihre Haut zu schmecken. Sie war da gewesen, es musste etwas von ihr übrig sein. Ich würde sie im Öl und in den Zwiebeln finden, sie durch den Knoblauch hindurch gewahren. Ich wusste, dass sie in die Bratpfanne spuckte, um festzustellen, ob das Öl heiß genug ist. Ein alter Trick, jeder Küchenchef tut es, oder hat es getan. Und daher wusste ich, als ich sie fragte, was in der Suppe war, dass sie die wichtigste Zutat weggelassen hatte. Ich werde dich schmecken, wenn auch nur durch das Essen hindurch, das du gekocht hast.

Sie teilte eine Birne; eine ihrer eigenen Birnen aus dem Garten. Wo sie wohnte, war früher einmal ein Obstgarten gewesen, und ihr spezieller Baum war zweihundertzwanzig Jahre alt. Älter als die Französische Revolution. Alt genug, um Wordsworth und Napoleon mit Früchten versorgt zu haben. Wer war in diesen Garten gegangen, um das Obst zu pflücken? Hatte ihr Herz ebenso heftig geklopft wie das meine? Sie reichte mir eine halbe Birne und ein Stück Parmesan. Birnen wie diese haben die Welt gesehen, das heißt, sie haben sich nicht vom Fleck gerührt, und die Welt hat sie gesehen. Bei jedem Biss brachen Krieg und Leidenschaft hervor. Geschichte war in die Kerne und die froschfarbene Schale hineingerollt. Sie besabberte sich das Kinn mit klebrigem Saft und wischte ihn weg, bevor ich ihr helfen konnte. Ich musterte die

Serviette; konnte ich sie stehlen? Schon kroch meine Hand über das Tischtuch wie etwas aus Edgar Allan Poe. Sie berührte mich, und ich jaulte auf.

»Habe ich dich gekratzt?«, sagte sie, ganz Besorgnis und Zerknirschung.

»Nein, du hast mich durch einen Stromschlag getötet.« Sie erhob sich und setzte den Kaffee auf. Die Engländer verstehen sich vorzüglich auf solche Gesten.

»Werden wir etwas miteinander haben?«, sagte sie.

Sie ist keine Engländerin, sie ist Australierin.

»Nein, werden wir nicht«, sagte ich. »Du bist verheiratet, und ich bin mit Jacqueline zusammen. Wir werden Freunde sein.«

Sie sagte: »Freunde sind wir schon.«

Ja, das sind wir, und ich verbringe gerne den Tag mit dir bei ernstem und belanglosem Geplauder. Es würde mir nichts ausmachen, neben dir das Geschirr zu spülen, neben dir Staub zu wischen, die Rückseite der Zeitung zu lesen, während du die Vorderseite liest. Wir sind Freunde, und du würdest mir fehlen, fehlst mir, und ich denke sehr oft an dich. Ich will diesen Winkel des Glücks nicht verlieren, wo ich jemanden gefunden habe, der klug und unkompliziert ist und nicht erst lange im Terminkalender nachsieht, wenn wir ein Rendezvous ausmachen. Den ganzen Heimweg über sagte ich mir diese Dinge vor, und diese Dinge waren das feste Pflaster unter meinen Füßen und die sauber geschnittenen Hecken und der Laden an der Ecke und Jacquelines Auto. Alles an seinem Platz; die Geliebte, die Freundin, das Leben, die Requisiten. Daheim stehen die Frühstückstassen, wo wir sie stehen ließen, und ich weiß mit geschlossenen Augen, wo Jacquelines Pyjama liegt. Ich habe immer gefunden, dass Christus im Unrecht sei, viel zu hart, wenn er sagt, der Gedanke an einen Ehebruch sei ebenso schlimm, wie ihn zu begehen. Aber wie ich jetzt hier in diesem vertrauten, noch heilen Raum stehe, habe ich meine Welt und Jacquelines Welt bereits für immer verändert. Sie weiß es noch nicht. Sie weiß nicht, dass die Landkarte heute revidiert wird. Dass das Gebiet, welches sie für das ihre hielt, annektiert wurde. Man verschenkt sein Herz nie; man verborgt es von Zeit zu Zeit. Wenn das nicht so wäre, wie könnten wir es dann zurücknehmen, ohne zu fragen?

Ich begrüßte die stillen Stunden des späten Nachmittags. Niemand würde mich stören, ich konnte mir rauchigen Tee machen, mich an meinen gewohnten Platz setzen und hoffen, dass die Weisheit der Dinge auf mich einwirken würde. Hier, umgeben von meinen Tischen, Stühlen und Büchern, würde ich gewiss die Notwendigkeit einsehen, an einem Ort zu bleiben. Ich war zu lange ein seelischer Nomade gewesen. War ich nicht schwach und verletzt hierhergekommen, um einen Zaun um den Raum zu errichten, den Louise bedrohte?

Oh Louise, ich sage nicht die Wahrheit. Du bedrohst mich nicht, ich bedrohe mich selbst. Mein vorsichtiges, wohlverdientes Leben bedeutet nichts. Die Uhr tickte. Ich dachte: Wie lange noch, bis die Schreierei losgeht? Wie lange noch bis zu den Tränen, den Vorwürfen und dem Schmerz? Diesem besonderen, wie ein Stein im Magen liegenden Schmerz, den man empfindet, wenn man etwas verliert, was man nie wirklich zu schätzen gelernt hat. Warum ist das Maß der Liebe Verlust?

Dieser Auftakt, diese Auseinandersetzung mit dem Bevorstehenden sind nichts Ungewöhnliches, aber sie zulassen heißt, sich den einzigen Ausweg aus dem Dilemma zu bahnen; die große Entschuldigung, die da Leidenschaft heißt. Man hatte keine Wahl, man wurde fortgerissen. Von Kräften gepackt und in Besitz genommen. Und man hat es getan, aber nun gehöre alles der Vergangenheit an, man verstehe es selbst nicht etc. etc. Man wolle einen neuen Anfang machen etc. etc. Vergib mir. Im späten zwanzigsten Jahrhundert schielen wir immer noch nach den alten Dämonen, um unsere gewöhnlichsten Handlungen zu erklären. Ehebruch ist etwas sehr Gewöhnliches. Er hat keinen Seltenheitswert und wird doch im Einzelfall wieder und wieder als UFO hinwegerklärt. Ich kann das nicht mehr. Ich kann mir selbst nichts mehr vorlügen. Ich habe es immer getan, aber jetzt nicht mehr. Ich weiß genau, was geschieht, und ich weiß auch, dass ich aus freien Stücken aus diesem Flugzeug springe. Nein, ich habe keinen Fallschirm, aber was schlimmer ist, Jacqueline hat auch keinen. Wenn man geht, nimmt man einen anderen mit sich.

Ich schnitt mir ein Stück Rosinenbrot ab. Im Zweifelsfall iss. Ich verstehe, warum für manche Menschen der Kühlschrank der beste Sozialarbeiter ist. Mein Beichtstuhl ist im Allgemeinen ein Macallan pur, aber nicht vor fünf. Vielleicht setze ich deshalb immer alles daran, meine Krisen abends zu haben. Nun denn, da bin ich um halb fünf Uhr nachmittags, mit einem Stück Rosinenbrot und einer Tasse Tee, und anstatt mich in den Griff zu bekommen, denke ich nur daran, Louise in die Hände zu bekommen. Daran ist nur das Essen schuld. Es könnte keinen weniger romantischen Augenblick geben als diesen, und dennoch erregt mich der hefige Geruch von Rosinen und Roggen mehr als jede Playboy-Banane. Alles nur eine Frage der Zeit. Ists edler, sich eine Woche abzukämpfen, ehe man durch die Tür entflieht, oder soll ich gleich meine Zahnbürste holen? Ich ertrinke in Unvermeidlichkeit.

Ich rief bei Freunden an und bekam den Rat, den Matrosen zu spielen, mit einer Frau in jedem Hafen. Wenn ich es Jacqueline sagte, würde ich alles kaputt machen, und wozu? Wenn ich es Jacqueline sagte, würde ich sie so verletzen, dass es nie wiedergutzumachen wäre, und hatte ich dazu das Recht? Wahrscheinlich war ich nur scharf wie Nachbars Köter, nach zwei Wochen würde alles vorbei sein, ich wärs wieder los und könnte heimkehren in meine Hundehütte.

Sei vernünftig. Mach keinen Blödsinn. Sei ein braves Hündchen.

Was lese ich in den Teeblättern? Nichts als ein großes L.

Als Jacqueline heimkam, küsste ich sie und sagte: »Wenn du doch nicht so nach Zoo riechen würdest.«

Sie sah mich erstaunt an. »Was soll ich dagegen tun? In einem Zoo stinkt es nun mal.«

Sie ließ sich sofort ein Bad ein. Ich machte ihr einen Drink und dachte daran, wie sehr mir ihre Kleider missfielen und ihre Gewohnheit, sofort das Radio anzudrehen, kaum dass sie durch die Tür war. Grimmig begann ich, unser Abendessen zu richten. Was würden wir heute Abend tun? Ich kam mir vor wie ein Verbrecher, der ein Gewehr im Mund versteckt hat. Wenn ich zu reden anfinge, käme alles heraus. Also besser nicht reden. Essen, lächeln, Raum machen für Jacqueline. Das war doch gewiss richtig?

Das Telefon läutete. Ich stürzte mich darauf und machte hinter mir die Schlafzimmertür zu. Es war Louise. »Komm morgen her«, sagte sie. »Ich möchte dir etwas sagen.«

»Louise, wenn es mit heute zu tun hat, ich kann nicht … verstehst du, ich bin zu dem Schluss gekommen, dass ich nicht kann. Das heißt, ich könnte nicht, weil, was ist, wenn, du weißt ja …« Es klickte, und die Leitung war tot. Ich starrte das Telefon an wie Lauren Bacall es in diesen Filmen mit Humphrey Bogart macht. Was ich jetzt brauche, ist ein Auto mit Trittbrett und Nebelscheinwerfern. Ich könnte in zehn Minuten bei dir sein, Louise. Das Problem ist nur, dass das Einzige, was ich habe, ein Mini ist, der meiner Freundin gehört.

Wir aßen unsere Spaghetti. Ich dachte: Solange ich ihren Namen nicht ausspreche, ist alles gut. Ich begann ein Spiel mit mir selbst: Das zynische Zifferblatt der Uhr zeigte mir meinen Punktestand. Was bin ich? Ich komme mir vor wie ein Schüler im Prüfungsraum, der vor einem Testbogen sitzt, den er nicht ausfüllen kann. Wenn doch die Uhr schneller ginge! Wenn ich doch hier rauskönnte! Um neun Uhr erklärte ich Jacqueline, dass ich todmüde sei. Sie griff herüber und nahm meine Hand. Ich empfand nichts. Und dann lagen wir Seite an Seite in unseren Pyjamas, und meine Lippen waren versiegelt, und meine Wangen müssen angeschwollen gewesen sein wie die einer Wüstenrennmaus, denn mein Mund war voll von Louise.

Überflüssig zu sagen, wohin ich tags darauf ging.

In der Nacht hatte ich einen schaurigen Traum über eine Ex-Freundin, die einen Papiermaché-Tick gehabt hatte. Es hatte als Hobby begonnen; und was ist schon einzuwenden gegen ein paar Eimer Mehl und Wasser und eine Rolle Hühnerdraht? Ich bin liberal und glaube an den freien Ausdruck.

Als ich eines Tages zu ihrem Haus kam, steckte eine gelbgrüne Schlange den Kopf aus dem Briefkasten. Genau in Höhe des Unterleibs. Keine echte, aber bedrohlich genug mit ihrer roten Zunge und ihren Zähnen aus Silberfolie. Ich war unschlüssig, ob ich klingeln sollte. Unschlüssig, weil ich meinen intimsten Körperteil gegen den Kopf der Schlange hätte drücken müssen, um die Klingel zu erreichen. Ich hielt ein kleines Zwiegespräch mit mir selbst.

MEIN EGO: Sei doch nicht dumm, es ist nur ein Spaß.
ICH: Was soll das heißen, ein Spaß? Es ist tödlich.
MEIN EGO: Die Zähne sind ja nicht echt.
ICH: Sie müssen nicht echt sein, um dir wehzutun.
MEIN EGO: Was wird sie von dir denken, wenn du die ganze Nacht da stehst?
ICH: Was denkt sie überhaupt von dir? Was ist das für ein Mädchen, das mit einer Schlange auf deine Genitalien zielt?
MEIN EGO: Ein Mädchen mit Sinn für Humor.
ICH: Haha.

Die Tür flog auf, und Amy stand auf dem Fußabtreter. Sie trug einen Kaftan und eine lange Perlenkette. »Sie tut dir nichts«, sagte sie. »Sie ist für den Briefträger. Er belästigt mich.«

»Ich glaube nicht, dass er sich vor ihr fürchten wird«, sagte ich. »Ist ja nur ein Spielzeug. Ich hab mich jedenfalls nicht gefürchtet.«

»Du brauchst dich auch nicht zu fürchten«, sagte sie. »Sie hat eine Mausefalle im Maul.« Sie verschwand im Haus, und ich blieb zögernd mit meiner Flasche Beaujolais Nouveau auf den Eingangsstufen stehen. Sie kam mit einer Lauchstange zurück und steckte sie der Schlange ins Maul. Ein grässliches Klappern und die untere Hälfte des Lauchs fiel schlaff auf den Fußabstreifer. »Bring ihn mit rein«, sagte sie. »Wir essen ihn später.«

Ich erwachte in kaltem Schweiß gebadet. Jacqueline schlief friedlich neben mir, durch die alten Vorhänge sickerte Licht. In meinen Morgenmantel gehüllt ging ich in den Garten, froh über die jähe Feuchtigkeit unter den Füßen. Die Luft war sauber, mit einem Hauch von Wärme, und über den Himmel zogen sich rosarote Kratzer. Es lag ein erlesenes Vergnügen in dem Wissen, dass ich der Einzige war, der diese Luft einatmete. Das unerbittliche Ein-Aus-Ein-Aus von Millionen Lungen deprimiert mich. Wir sind zu viele auf diesem Planeten, und das beginnt sich bemerkbar zu machen. Bei meinen Nachbarn waren die Fensterläden heruntergelassen. Was hatten sie für Träume und Albträume? Wie anders es wäre, sie jetzt zu sehen, mit schlaffen Kinnbacken und wehrlosen Körpern. Vielleicht könnten wir uns etwas Ehrliches sagen anstelle der üblichen, wohlverpackten Guten-Morgen-Grüße.

Ich ging hinüber zu meinen Sonnenblumen, die unerschütterlich wuchsen, sich selbst auf die richtige Weise und zur richtigen Zeit erfüllend, in der Überzeugung, dass die Sonne für sie da sein würde. Nur wenige Menschen bringen jemals zustande, was die Natur ohne Anstrengung und zumeist ohne Fehlschlag zustande bringt. Wir wissen nicht, wer wir sind und wie wir funktionieren, noch viel weniger verstehen wir zu blühen. Blinde Natur. Homo sapiens. Wer macht hier wem etwas vor?

Was werde ich also tun?, fragte ich das Rotkehlchen auf der Mauer. Rotkehlchen sind sehr treue Geschöpfe, die sich Jahr um Jahr mit demselben Partner paaren. Ich liebe den tapferen roten Schild auf ihrer Brust und die entschlossene Art, mit der sie auf der Suche nach Würmern dem Spaten folgen. Da plage ich mich mit dem Umstechen, und dann kommt das kleine Rotkehlchen und macht sich mit dem Wurm auf und davon. Homo sapiens. Blinde Natur.

Ich fühle mich nicht weise. Warum wird das zugelassen, dass der Mensch heranwächst ohne die nötige Ausrüstung, um gesunde ethische Entscheidungen zu treffen? Die Fakten meines Falles sind nicht ungewöhnlich:

1) Ich habe mich in eine verheiratete Frau verliebt.
2) Sie hat sich in mich verliebt.
3) Ich bin an jemand anderen gebunden.
4) Wie soll ich wissen, ob Louise das ist, was ich tun oder was ich vermeiden muss?

Die Kirche könnte es mir sagen, meine Freunde haben versucht, mir zu helfen, ich könnte den stoischen Kurs einschlagen und vor der Versuchung davonlaufen, oder ich könnte die Segel hissen und in diesen aufkommenden Wind hineinkreuzen.

Zum ersten Mal in meinem Leben ist mir mehr daran gelegen, das Richtige zu tun, als meinen Willen durchzusetzen. Vermutlich verdanke ich das Bathseba …

Ich erinnere mich, wie sie bald nach ihrer Rückkehr von einer sechswöchigen Reise nach Südafrika zu mir ins Haus kam. Bevor sie abgereist war, hatte ich ihr ein Ultimatum gestellt: Er oder ich. Wieder so ein Halbnelson eines Menschen, der vorgibt, dass er einen liebt, hatten ihre Augen, die sich sehr oft mit Tränen des Selbstmitleids füllten, voller Vorwurf gesagt. Aber ich blieb dabei, und natürlich entschied sie sich für ihn. Okay. Sechs Wochen. Ich kam mir vor wie das Mädchen in der Geschichte von Rumpelstilzchen, das in einen Keller voller Stroh gesteckt wird, das es bis zum folgenden Morgen zu Gold spinnen soll. Alles, was ich je von Bathseba bekommen hatte, waren Strohballen gewesen, aber wenn sie bei mir war, glaubte ich, es wären in Edelstein geschnittene Versprechen. So musste ich also mit der Vergeudung und dem Mist fertigwerden, und ich arbeitete hart, um den Häcksel wegzukehren. Und dann kam sie, reulos, zur Tür herein, erinnerte sich, wie immer, an nichts und wollte wissen, warum ich ihre Ferngespräche nicht entgegengenommen und ihr nicht *poste restante* geschrieben hatte.

»Ich habe gemeint, was ich gesagt habe.«

Sie saß etwa eine Viertelstunde schweigend da, während ich die Beine eines Küchenstuhls festleimte. Dann fragte sie mich, ob ich eine andere hätte.

Ich stimmte zu, kurz, vage, hoffnungsvoll.

Sie nickte und wandte sich zum Gehen. Als sie zur Tür kam, sagte sie: »Ich wollte es dir sagen, bevor wir wegfuhren, aber ich habe es vergessen.«

Ich sah sie an, jäh und scharf. Ich hasste dieses »wir«.

»Ja«, fuhr sie fort. »Uriah hat sich in New York von

einer Frau eine Harnleiterentzündung geholt. Natürlich hat er mit ihr geschlafen, um mich zu bestrafen. Aber er hat es mir nicht gesagt, und der Arzt meint, ich hab es auch. Ich habe die Antibiotika genommen, also ist wahrscheinlich alles okay. Ich meine, bei dir ist wahrscheinlich alles okay. Aber vielleicht solltest du dich doch besser untersuchen lassen.«

Ich fuhr mit dem Stuhlbein auf sie los. Ich hatte Lust, ihr damit direkt in ihr perfekt geschminktes Gesicht zu schlagen.

»Du Luder.«

»Sag das nicht.«

»Du hast mir erzählt, du hättest keinen Sex mehr mit ihm.«

»Ich fand es unfair. Ich wollte das bisschen sexuelles Selbstbewusstsein, das er noch hatte, nicht erschüttern.«

»Das ist wohl auch der Grund, warum du es nie über dich gebracht hast, ihm zu sagen, dass er nicht weiß, was er tun muss, damit du kommst.«

Sie antwortete nicht. Sie weinte inzwischen. Ihre Tränen waren für mich wie Blut im Wasser. Ich umkreiste sie.

»Wie lange bist du jetzt verheiratet? Die perfekte Vorzeigeehe. Zehn Jahre, zwölf? Und du sagst ihm nicht, er soll den Kopf zwischen deine Beine stecken, weil du denkst, er könnte es geschmacklos finden. Und dann redest du von sexuellem Selbstbewusstsein.«

»Hör auf«, sagte sie und stieß mich weg. »Ich muss nach Hause.«

»Es muss sieben Uhr sein. Zeit zur Rückkehr ins traute Heim, was? Deshalb bist du immer früher aus der Ordination weg. Anderthalb Stunden, um schnell mal zu bumsen, dann wieder zurechtgemacht und nichts wie nach Hause. ›Hallo, Liebling, gleich gibts was zu essen.‹«

»Du hast mich kommen lassen«, sagte sie.

»Ja, wenn du geblutet hast, wenn du krank warst, immer wieder habe ich dich kommen lassen.«

»Das hab ich nicht gemeint. Ich habe gemeint, wir haben es gemeinsam getan. Du wolltest mich hier.«

»Ich wollte dich überall, und das Traurige ist, dass ich es immer noch will.«

Sie sah mich an. »Bring mich nach Hause, ja?«

Ich erinnere mich dieser Nacht immer noch mit Scham und Zorn. Ich brachte sie nicht mit dem Wagen nach Hause. Ich begleitete sie zu Fuß durch die dunklen Gassen zu ihrem Haus und hörte das Rascheln ihres Trenchcoats und das Reiben ihrer Aktentasche an ihrer Wade. Wie Dirk Bogarde war sie stolz auf ihr Profil, und es kam im matten Licht der Straßenlaternen vorteilhaft zur Geltung.

Ich verließ sie, sobald ich sie in Sicherheit wusste, und horchte auf das leiser werdende Klappern ihrer Absätze. Nach einigen Sekunden hörte es ganz auf. Ich kannte das; sie überprüfte Haar und Gesicht, staubte mich vom Mantel und von den Lenden. Das Gartentor quietschte und schloss sich, Metall auf Metall. Nun waren sie beide drinnen, wie es sich gehörte, alles miteinander teilend, sogar die Krankheit.

Auf dem Heimweg atmete ich in tiefen Zügen; ich wusste, dass ich zitterte, aber ich wusste nicht, wie ich damit aufhören sollte, und ich dachte: Ich bin genauso schuldig wie sie. Hatte ich es nicht geschehen lassen, hatte ich nicht mitgespielt bei dem Betrug und meinen ganzen Stolz verbrennen lassen? Ich war nichts, ein schwaches Stück Scheiße, ich verdiente Bathseba. Selbstachtung. Angeblich lernt man das beim Militär. Vielleicht sollte ich mich zum Militärdienst melden. Aber wäre es eine Empfehlung für mich, wenn ich in die Rubrik »persönliche Interessen« *gebrochenes Herz* schreibe?

Tags darauf in der Tripperklinik sah ich mir meine Leidensgefährten an. Kleine Ganoven und Filous, dicke Geschäftsmänner in Anzügen, deren Schnitt den Bauch kaschierte. Ein paar Frauen, Nutten, ja, aber auch andere. Frauen mit Augen voller Schmerz und Angst. Was war das hier für ein Ort, und warum hatte keiner ihnen gesagt, wie es hier ist? »Wer hat es dir angehängt, Schätzchen?«, hätte ich am liebsten zu einer Frau mittleren Alters in einem geblümten Kleid gesagt. Sie starrte immer wieder auf die Poster über Gonorrhö, während sie sich auf ihre Ausgabe von *Country Life* zu konzentrieren versuchte. »Lass dich von ihm scheiden«, hätte ich gerne gesagt. »Glaubst du, das ist das erste Mal?« Ihr Name wurde aufgerufen, und sie verschwand in einem trostlosen weißen Zimmer. Dieser Ort hier ist wie der Warteraum zum Jüngsten Gericht. Eine Kanne abgestandener Filterkaffee, ein paar vergammelte Kunstlederbänke, Plastikblumen in einer Plastikvase, und auf allen Wänden, von der Decke bis zum Boden, Poster für jede Warze und jede verfärbte Absonderung der Genitalien. Es ist beeindruckend, was ein paar Zentimeter Fleisch alles kriegen können.

Ach, Bathseba, das ist etwas ganz anderes hier als deine elegante Ordination, in der deine Privatpatienten sich zu Vivaldi die Zähne ziehen lassen und danach zwanzig

Minuten auf einer Liege Ruhe genießen können. Deine Blumen werden täglich frisch geliefert, und du servierst nur die aromatischsten Kräutertees. Den Kopf auf deiner Brust, an den weißen Kittel geschmiegt, fürchtet keiner die Spritze und den Bohrer. Ich bin wegen einer Krone zu dir gekommen, und du hast mir ein Königreich angeboten. Leider konnte ich es nur wochentags zwischen fünf und sieben in Besitz nehmen und an dem einen oder anderen Wochenende, wenn er beim Fußball war. Mein Name wurde aufgerufen.

»Hab ich's erwischt?«

Die Krankenschwester guckte mich an, wie man einen platten Reifen anguckt, und sagte: »Nein.« Dann begann sie ein Formular auszufüllen und forderte mich auf, in drei Monaten wiederzukommen.

»Wozu?«

»Durch Geschlechtsverkehr übertragene Krankheiten sind im Allgemeinen kein isoliertes Problem. Wenn Ihre Gewohnheiten danach sind, dass Sie es einmal gekriegt haben, ist anzunehmen, dass Sie es wieder kriegen.« Sie machte eine Pause. »Wir sind Gewohnheitstiere.«

»Aber ich habs nicht gekriegt. Nichts hab ich gekriegt.« Sie öffnete die Tür. »Drei Monate werden reichen.«

Reichen wofür? Ich ging den Gang entlang, vorbei an den Aufschriften CHIRURGIE, MUTTER UND KIND und einem Pfeil mit der Aufschrift AMBULANZ. Es ist typisch, dass die Abteilung für Geschlechtskrankheiten weitab von ehrsamen Patienten gelegen ist, die ärztlicher Hilfe würdig sind. Das listig angelegte Labyrinth bedeutet, dass der Benutzer mindestens fünfmal fragen muss, wie er hinkommt. Obwohl ich die Stimme, vor allem aus Achtung vor der

Tafel MUTTER UND KIND gesenkt hatte, war mir keine derartige Höflichkeit zuteilgeworden. »Venerische Krankheiten? Den Gang hinunter, dann rechts, dann links, dann weiter geradeaus durch die Tore, am Lift vorbei und die Treppe hinauf, dann den Korridor entlang und um die Ecke, durch die Schwingtür und da sind Sie dann«, brüllte der Krankenpfleger und bremste dabei sorgsam seinen mit schmutzigen Hemden beladenen Handwagen an meinem Fuß ab … »Sie haben doch VENERISCH gesagt?« Ja, hatte ich, und ich sagte es noch einmal zu dem jungen Arzt in der AMBULANZ, der lässig sein Stethoskop schwang. »Geschlechtskrankheiten? Ganz einfach, keine fünf Rollstuhlminuten von hier.« Er lachte scheppernd wie ein Milchwagen und deutete hinüber zum Müllschacht. »Da lang gehts am schnellsten. Viel Glück.« Vielleicht liegt es an meinem Gesicht. Vielleicht sehe ich heute aus wie ein Fußabtreter. Ich fühle mich jedenfalls so.

Auf dem Weg hinaus kaufte ich mir einen großen Strauß Blumen.

»Besuchen Sie wen?«, fragte das Mädchen, und ihre Stimme ging an den Ecken hoch wie ein Krankenhaus-Sandwich. Es langweilte sie zu Tode, nett sein zu müssen, da eingeklemmt hinter den Farnen, die rechte Hand von grünem Wasser triefend.

»Ja, mich. Ich möchte wissen, wie's mir geht.«

Sie zog die Brauen hoch und quiekte: »Sind Sie noch zu retten?«

»Ich denke schon«, sagte ich und warf ihr eine Nelke zu. Zu Hause stellte ich die Blumen in eine Vase, wechselte die Laken und legte mich ins Bett. »Was hat Bathseba mir je gegeben außer einer perfekten Garnitur Zähne?«

Damit ich dich besser fressen kann, sagte der Wolf.

Ich holte mir eine Dose Sprühfarbe und schrieb SELBSTACHTUNG über die Tür.

Soll Cupido doch mal versuchen, ob er daran vorbeikommt.

Louise saß beim Frühstück, als ich ankam. Sie trug einen rot-grün gestreiften Morgenmantel, der ihr herrlich zu weit war. Ihr offenes Haar wärmte ihr Hals und Schultern und fiel in Lichtschnüren aufs Tischtuch herab. Es war etwas gefährlich Elektrisches um Louise. Der Gedanke, dass die beständige Flamme, die sie aussandte, von einem weit unbeständigeren Strom gespeist sein könnte, beunruhigte mich. Äußerlich wirkte sie gelassen, aber unter ihrer Beherrschung war eine knisternde Kraft von der Art, die mich nervös macht, wenn ich an Hochspannungsmasten vorbeigehe. Sie hatte mehr von einer viktorianischen Heldin an sich als von einer modernen Frau. Einer Heldin aus einem Schauerroman, Herrin ihres Hauses, aber dazu fähig, es in Brand zu stecken und bei Nacht und Nebel mit einer einzigen Reisetasche auf und davon zu gehen. Es hätte mich nicht überrascht, sie mit einem Schlüsselbund am Gürtel zu sehen. Sie war komprimiert, geballt, ein schlafender Vulkan, aber kein erloschener. Mir kam der Gedanke, dass ich, wenn Louise ein Vulkan war, Pompeji sein könnte.

Ich ging nicht gleich hinein, ich lungerte draußen herum, den Kragen hochgestellt, versteckt, um besser sehen zu können. Wenn sie die Polizei ruft, dachte ich, geschieht es mir ganz recht. Aber sie würde nicht die Polizei rufen, sie würde ihren Revolver mit dem Perlmuttgriff nehmen und mir mitten durchs Herz schießen. Und bei der Autopsie würden sie ein vergrößertes Herz finden und kein Mark in den Knochen.

Das weiße Tischtuch, die braune Teekanne, der verchromte Toaster und die Messer mit den Silberklingen. Gewöhnliche Dinge. Man muss gesehen haben, wie sie sie aufnimmt und wieder zurücklegt, sich munter am Rand des Tischtuchs die Hände abwischt; in Gesellschaft würde sie das nicht tun. Sie ist fertig mit ihrem Ei, ich kann die ausgezackten Schalen auf dem Teller sehen, kann sehen, wie sie sich mit der Messerspitze ein Stück Butter in den Mund steckt. Jetzt ist sie gegangen, um ein Bad zu nehmen, und die Küche ist leer. Dumme Küche ohne Louise.

Es war leicht für mich, hineinzukommen, die Tür war nicht versperrt. Ich kam mir vor wie ein Dieb mit einem Sack voller gestohlener Blicke. Es ist komisch, im Zimmer eines anderen zu sein, wenn dieser andere nicht da ist. Vor allem, wenn man ihn liebt. Jeder Gegenstand bekommt eine andere Bedeutung. Warum hat sie das gekauft? Was mag sie besonders? Warum sitzt sie in diesem Sessel und nicht in jenem? Das Zimmer wird zu einem Code, und man hat nur wenige Minuten Zeit, ihn zu knacken. Wenn sie zurückkommt, wird sie deine ganze Aufmerksamkeit in Anspruch nehmen, und außerdem ist es ungehörig, zu starren. Und trotzdem würde ich am liebsten die Schubladen aufziehen und mit den Fingern unter die staubigen Ränder der Bilder fahren. Im Papierkorb, im Speiseschrank, werde ich einen Schlüssel zu dir finden, ich werde dich entwirren, dich zwischen meine

Finger nehmen und die einzelnen Fäden glatt streichen, um dein Maß kennenzulernen. Der innere Zwang, etwas zu stehlen, ist lächerlich, intensiv. Ich will keinen von deinen versilberten Löffeln, obwohl sie hübsch sind mit dem winzigen Stiefel aus der Zeit Eduards am Stielende. Warum habe ich ihn dann in die Tasche gesteckt? »Gib ihn sofort heraus«, sagt die Schuldirektorin, die ein Auge auf mein Benehmen hat. Es gelang mir, ihn wieder in die Schublade zu zwängen, obwohl er für einen Teelöffel ziemlich viel Widerstand an den Tag legte. Ich setzte mich hin und versuchte mich zu konzentrieren. Direkt in meiner Blickrichtung stand der Wäschekorb. Nicht der Wäschekorb … bitte.

Ich bin nie ein Wäscheschnüffler gewesen. Ich habe kein Bedürfnis danach, meine Jackentaschen mit getragener Unterwäsche vollzustopfen. Ich kenne Leute, die das tun, und ich habe Verständnis für sie. Es ist ein riskantes Unternehmen, in die gespannte Atmosphäre eines Konferenzzimmers zu gehen, ein großes weißes Taschentuch in einer Jackentasche und ein zartes Unterhöschen in der anderen. Wie kann man absolut sicher sein, dass man sich genau erinnert, was wo ist? Ich war von dem Wäschekorb hypnotisiert wie ein arbeitsloser Schlangenbeschwörer.

Ich war gerade aufgestanden, als Louise durch die Tür kam, das Haar hochgetürmt und mit einer Spange aus Schildpatt festgesteckt. Ich konnte den Dampf vom Bad an ihr riechen und den holzigen Duft einer herben Seife. Sie streckte mir die Arme entgegen, ihr Gesicht wurde weich vor Liebe, ich führte ihre Hände an den Mund und küsste jede ganz langsam, um mir die Form ihrer Knöchel einzuprägen. Ich wollte nicht nur Louises Fleisch, ich wollte ihre Knochen, ihr Blut, ihr Gewebe, die Sehnen, die sie zusammenhielten. Ich hätte sie in meinen Armen gehalten, auch wenn die Zeit die Spannkraft und Konsistenz ihrer Haut zerstört hätte. Ich hätte sie tausend Jahre halten können, bis selbst ihr Skelett zu Staub zerfallen wäre. Was bist du, dass ich so empfinde? Wer bist du, für den die Zeit keine Bedeutung hat?

In der Hitze ihrer Hände dachte ich: Das ist das Lagerfeuer, das der Sonne spottet. Hier wird man mich wärmen, nähren und für mich sorgen. An diesem Puls will ich festhalten gegen andere Rhythmen. Die Welt wird kommen und gehen in den Gezeiten eines Tages, doch hier ist ihre Hand, die meine Zukunft umschließt.

Sie sagte: »Komm hinauf.«

Einer hinter dem anderen stiegen wir die Treppe hoch, vorbei am Treppenabsatz im ersten Stock, am Arbeitszimmer im zweiten, und weiter hinauf, wo die Stufen enger wurden und die Räume kleiner waren. Es schien, als würde das Haus nicht enden, als führte die gewundene Treppe höher und höher und hinaus aus dem Haus in eine Mansarde in einem Turm, wo Vögel gegen die Fenster schlugen und der Himmel ein Geschenk war. Es gab ein kleines Bett mit einer Patchwork-Decke. Der Boden senkte sich nach einer Seite, ein Brett klaffte auf wie eine Wunde. Die buckligen, mit Temperafarbe gestrichenen Wände atmeten. Ich spürte, wie sie sich unter meiner Berührung bewegten. Sie waren ein wenig feucht. Das von der dünnen Luft streifig gefilterte Licht brannte auf die Glasscheiben, die zu heiß waren, um sie zu öffnen. Wir waren wie unter einer Lupe hoch oben in diesem kühnen Raum. Wir konnten die Decke, den Boden und alle Seitenwände unserer Liebeszelle erreichen, du und ich. Du küsstest mich, und ich schmeckte die Würze deiner Haut.

Was dann? Dass du deine Kleider, die du vor wenigen Minuten erst angezogen hattest, achtlos zu einem Häufchen fallen ließest und ich feststellte, dass du einen Petticoat trugst. Louise, deine Nacktheit war zu vollkommen für mich. Hatte ich doch noch nicht einmal das Maß deiner Finger kennengelernt. Wie konnte ich die Entfernungen dieses Landes zurücklegen? Ob Kolumbus sich so gefühlt hat, als er Amerika sichtete? Ich träumte nicht davon, dich zu besitzen, ich wollte von dir besessen werden.

Es war lange Zeit später, dass ich den Lärm von Schulkindern auf dem Heimweg hörte. Ihre hohen, eifrigen Stimmen trugen an den ruhigeren Räumen vorbei höher und höher und erreichten schließlich verzerrt unser Haus des Ruhmes. Vielleicht waren wir im Dach der Welt, wo Chaucer mit seinem Adler gewesen war. Vielleicht endeten hier Hast und Eile des Lebens, und die Stimmen, die sich in den Dachsparren fingen, wiederholten sich selbst bis zum Überfluss. Energie kann nicht verloren gehen, sie wird nur umgewandelt; wohin gehen die Worte?

»Louise, ich liebe dich.«

Sehr sanft legte sie mir die Hand über den Mund und schüttelte den Kopf. »Sag das nicht. Nicht jetzt. Noch nicht. Es könnte sein, dass du es nicht meinst.«

Ich protestierte mit einem Schwall von Superlativen und klang wie ein Werbetexter. Klar, dass dieses Modell das Beste, Größte, Wundervollste, ja schlicht und einfach unvergleichlich war. Substantiva haben keinen Wert heutzutage, es sei denn, sie tun sich mit ein paar hochkarätigen Adjektiven zusammen. Je mehr Nachdruck ich in meine Worte legte, desto hohler klangen sie. Louise schwieg, und schließlich verstummte ich.

»Als ich sagte, du könntest es nicht meinen, wollte ich sagen, es könnte dir nicht möglich sein, es zu meinen.«

»Ich bin nicht verheiratet.«

»Glaubst du, dass dich das frei macht?«

»Es macht mich freier.«

»Es macht es dir auch leichter, deine Meinung zu ändern. Ich zweifle nicht daran, dass du Jacqueline verlassen würdest. Aber würdest du bei mir bleiben?«

»Ich liebe dich.«

»Du hast auch andere Menschen geliebt und sie trotzdem verlassen.«

»So einfach ist das nicht.«

»Ich will nicht noch ein Skalp auf deiner Lanze sein.«

»Du hast das angefangen, Louise.«

»Ich habe mich dazu bekannt. Wir beide haben es angefangen.«

Was sollte das alles? Wir hatten einmal miteinander geschlafen. Wir waren seit einigen Monaten Freunde, und sie stellte meine Eignung als Langzeitkandidat infrage? Ich sagte etwas in dieser Richtung.

»Du gibst also zu, dass ich nur eine Trophäe bin?«

Ich war zornig und verwirrt. »Louise, ich weiß nicht, was du bist. Ich habe mein Möglichstes getan, um zu vermeiden, was heute geschehen ist. Du wirkst dich in einer Art und Weise auf mich aus, die ich nicht quantifizieren oder beherrschen kann. Alles, was ich messen kann, ist der Effekt, und der Effekt ist, dass ich mich nicht mehr unter Kontrolle habe.«

»Also versuchst du, die Kontrolle wiederzuerlangen, indem du mir sagst, dass du mich liebst. Das ist ein Territorium, auf dem du dich auskennst, nicht wahr? Romantik, Komplimente und viel Wind.«

»Ich will die Kontrolle nicht wiedererlangen.«

»Das glaube ich dir nicht.«

Du hast recht, mir nicht zu glauben. Im Zweifelsfall sei ehrlich. Das ist ein hübscher kleiner Trick von mir. Ich stand auf und griff nach meinem Hemd. Es lag unter ihrem Petticoat. Ich nahm den Petticoat anstelle des Hemdes.

»Kann ich den haben?«

»Für deine Trophäensammlung?«

Ihre Augen standen voller Tränen. Ich hatte sie verletzt. Es tat mir leid, dass ich ihr diese Geschichten über meine Freundinnen erzählt hatte. Ich hatte sie zum Lachen bringen wollen, und damals hatte sie auch gelacht. Nun hatte ich unseren Weg mit Dornen bestreut. Sie vertraute mir nicht. Mit mir befreundet zu sein war amüsant gewesen. Für eine Liebesbeziehung war ich tödlich. Ich sah das ein. Ich hätte selbst nicht gern allzu viel mit mir zu tun gehabt. Ich kniete nieder, umklammerte ihre Beine und drückte sie an meine Brust.

»Sag mir, was du möchtest, und ich werde es tun.«

Sie strich mir übers Haar. »Ich möchte, dass du ohne Vergangenheit zu mir kommst. Diese Zeilen, die du auswendig gelernt hast, vergiss sie. Vergiss, dass du so etwas schon erlebt hast, in anderen Schlafzimmern, an anderen Orten. Komm zu mir ganz neu. Sag nie, dass du mich liebst, bevor du es bewiesen hast.«

»Wie soll ich es beweisen?«

»Ich kann dir nicht sagen, was du tun sollst.«

Der Irrgarten. Finde dir selbst den Weg hindurch, und du wirst bekommen, was dein Herz begehrt. Wenn du jedoch versagst, wirst du auf immer in diesen gnadenlosen Mauern umherirren. Ist das die Probe? Ich habe schon gesagt, dass Louise mehr als nur einen Anflug von viktorianischer Heldin an sich hatte. Sie schien fest entschlossen, dass ich sie dem Chaos meiner eigenen Vergangenheit abringen musste. In ihrer Mansarde hing ein Druck von Burne-Jones' Bild *Die Liebe und die Pilgerin*. Ein Engel in makellosen Gewändern führt eine müde Wanderin mit wunden Füßen an der Hand. Die Wanderin ist schwarz gekleidet, und ihr Mantel hängt immer noch an dem Dornendickicht, aus dem sie beide herausgetreten sind. Würde Louise mich so führen? Wollte ich geführt werden? Sie hatte recht, ich hatte nicht über die Gewaltigkeit des Ganzen nachgedacht. Aber ich hatte eine Entschuldigung; ich dachte an Jacqueline.

Es regnete, als ich Louises Haus verließ und einen Bus in Richtung Zoo bestieg. Der Bus war voller Frauen und Kinder. Müde, viel beschäftigte Frauen, die mürrische, reizbare Kinder beschwichtigten. Ein Mädchen hatte den Kopf seines Bruders in dessen Schultasche gezwängt, und die Schulbücher waren über den ganzen Kunststoffboden verstreut, was die hübsche junge Mutter in mörderischen Zorn versetzte. Warum ist nichts von dieser Arbeit im Bruttosozialprodukt enthalten? Weil wir nicht wissen, wie wir es quantifizieren sollen, sagen die Wirtschaftswissenschaftler. Sie sollten einmal mit dem Bus fahren.

Beim Haupteingang zum Kleintierhaus stieg ich aus. Der Junge in dem Kiosk am Eingang war gelangweilt und allein. Er hatte die Füße auf das Drehkreuz gestützt, der feuchte Wind blies durch das Fenster und bespuckte seinen Minifernseher. Er schaute mich nicht an, als ich mich schutzsuchend gegen einen Elefanten aus Acrylglas lehnte.

»Wir haben schon gleich zu«, sagte er vage. »Feierabend um 17 Uhr.« Der Traum jeder Sekretärin – »Feierabend um 17 Uhr«. Das amüsierte mich für zwei Sekunden, und dann sah ich Jacqueline auf das Eingangstor zukommen, die Baskenmütze gegen den Nieselregen in die Stirn gezogen. Sie hatte eine Tragetasche voller Einkäufe bei sich, aus der auf der einen Seite Lauchstangen herausragten.

»Nacht«, sagte der Junge, ohne die Lippen zu bewegen. Sie hatte mich nicht gesehen. Ich hatte Lust, mich hinter dem Elefanten aus Acrylglas zu verstecken, um dann hervorzuspringen und zu sagen, »Gehen wir miteinander essen«.

Ich werde oft von derart romantisch-verrückten Ideen heimgesucht. Ich benutze sie als Ausweg aus realen Situationen. Wer zum Teufel will schon um 17.30 Uhr zu Abend essen? Wer will einen erotischen Spaziergang im Regen machen, an der Seite von Tausenden von Pendlern wie du und ich, mit einer Einkaufstasche voller Lebensmittel? Bleib dabei, sagte ich mir, mach weiter. »Jacqueline.« (Ich klinge wie einer von der Kripo.)

Sie hob das Gesicht, ganz Lächeln und Freude, drückte mir die Einkaufstasche in die Hand und wickelte sich in ihren Mantel. Sie begann auf ihr Auto zuzugehen, während sie mir von ihrem Tag erzählte, es gab da ein Wallaby, das seelischen Beistands bedurft hatte, ob ich eigentlich wüsste, dass der Zoo sie für Tierexperimente benutzte? Sie wurden bei lebendigem Leib enthauptet. Es geschah im Interesse der Wissenschaft.

»Aber nicht im Interesse der Wallabys?«

»Nein«, sagte sie. »Und warum sollen sie leiden? Du würdest mir schließlich auch nicht den Kopf abschlagen, oder?«

Ich schaute sie entsetzt an. Sie scherzte, aber ich empfand es nicht als Scherz. »Gehen wir auf einen Kaffee und ein Stückchen Kuchen.« Ich nahm ihren Arm, und wir gingen vom Parkplatz zu einer einfachen Teestube, in der hauptsächlich Zoobesucher verkehrten. Es war angenehm dort, wenn keine Besucher da waren, und es waren keine da an diesem Tag. Die Tiere müssen um Regen beten.

»Du holst mich sonst nicht von der Arbeit ab«, sagte sie.

»Nein.«

»Gibt es etwas zu feiern?«

»Nein.«

Kondenswasser lief die Scheiben herab. Nichts war mehr klar.

»Geht es um Louise?«

Ich nickte, drehte die Kuchengabel zwischen den Fingern und presste meine Knie an die Unterseite des Puppentisches. Alles war aus den Proportionen. Meine Stimme kam mir zu laut vor, Jacqueline zu klein, die Frau, die mit mechanischer Beflissenheit Krapfen servierte, parkte ihren Busen auf der Glastheke und drohte sie mit Brustgewalt zu zerschmettern. Wie sie mit den Schokoladeneclairs kegeln und ihre unachtsamen Kunden mit einem einzigen Platsch in pappigem Sahneersatz ertränken würde! Meine

Mutter hat immer gesagt, es würde ein klebriges Ende mit mir nehmen.

»Siehst du sie öfter?« Jacquelines schüchterne Stimme. Gereiztheit durchfuhr mich von den Eingeweiden bis zur Kehle. Am liebsten hätte ich geknurrt wie die Bestie, die ich bin.

»Natürlich sehe ich sie. Ich sehe ihr Gesicht auf jedem Bretterzaun, auf den Münzen in meiner Tasche. Ich sehe sie, wenn ich dich anschaue. Ich sehe sie, wenn ich dich nicht anschaue.«

Ich sagte nichts von all dem, ich murmelte etwas von ja, wie gewöhnlich, aber die Dinge haben sich verändert. DIE DINGE HABEN SICH VERÄNDERT, was für eine idiotische Bemerkung, ich hatte die Dinge verändert. Dinge verändern sich nicht, sie sind nicht wie die Jahreszeiten, die sich im Kreis bewegen. Die Menschen verändern die Dinge. Es gibt Opfer der Veränderung, aber keine Opfer von Dingen. Warum lasse ich mich in diesen Missbrauch der Sprache ein? Ich kann es Jacqueline nicht leichter machen, egal wie ich es formuliere. Ich kann es mir ein wenig leichter machen, und genau das versuche ich wahrscheinlich.

Sie sagte: »Ich dachte, du hast dich verändert.«

»Ich habe mich verändert, das ist ja eben das Problem.«

»Ich dachte, du hättest dich bereits verändert. Du hast mir gesagt, du würdest das nicht mehr tun. Du hast mir gesagt, dass du ein anderes Leben willst. Es ist leicht, mir wehzutun.« Was sie sagt, ist wahr. Ich hatte wirklich geglaubt, ich könnte mit der Morgenzeitung weggehen und zu den 6-Uhr-Nachrichten wieder heimkommen. Ich hatte Jacqueline nicht belogen, aber es schien, dass ich mich selbst belogen hatte.

»Ich treib mich nicht wieder rum, Jacqueline.«

»Was tust du dann?«

Gute Frage. Ich wünschte, ich hätte den überragenden Geist, um meine Handlungen in einfacher Sprache zu interpretieren. Ich würde gerne mit der ganzen Zuversicht eines Computerprogrammierers zu dir kommen, überzeugt, dass wir die Antworten finden können, wenn wir nur die richtigen Fragen stellen. Warum funktioniere ich nicht nach Plan? Wie dumm das klingt, zu sagen, ich weiß nicht, und die Achseln zu zucken und sich wie jeder andere Idiot zu benehmen, der sich verliebt hat und es nicht erklären kann. Ich habe viel Erfahrung, ich sollte fähig sein, es zu erklären. Aber das einzige Wort, an das ich denken kann, ist Louise.

Jacqueline, schutzlos dem Neonlicht der Teestube ausgesetzt, schließt trostsuchend die Hände um ihre Tasse, aber sie verbrennt sich nur. Der Tee schwappt in die Untertasse, sie wischt mit der unzulänglichen Serviette daran herum und stößt dabei ihren Kuchen zu Boden. Schweigend, aber mit Adlerblick beugt sich der Busen hinunter, um den Boden aufzuwischen. Sie hat das alles schon gesehen, es interessiert sie nicht, das Einzige, was sie interessiert, ist, dass sie in einer Viertelstunde das Lokal schließen will. Sie zieht sich hinter die Theke zurück und dreht das Radio an. Jacqueline putzte ihre Brille.

»Was wirst du tun?«

»Das müssen wir beide entscheiden. Wir müssen einen gemeinsamen Beschluss fassen.«

»Du meinst, wir werden darüber reden, und dann tust du doch, was du willst.«

»Ich weiß nicht, was ich will.«

Sie nickte und erhob sich zum Gehen. Bis ich das Kleingeld beisammenhatte, um unsere Wirtin zu bezahlen, war Jacqueline schon ein ganzes Stück die Straße hinunter, auf dem Weg zu ihrem Auto. Dachte ich.

Ich lief, um sie einzuholen, aber als ich zum Zoo-Parkplatz kam, war er versperrt. Ich fasste in den Maschendraht und rüttelte vergeblich an dem selbstzufriedenen Vorhängeschloss. Eine feuchte Mainacht, die mehr von Februar an sich hatte als von lieblichem Frühling, es hätte mild und hell sein sollen, aber das Licht wurde von einer Reihe müder Straßenlaternen aufgesogen, in deren Schein sich der Regen spiegelte. Jacquelines Mini stand allein in einer Ecke des trostlosen Platzes. Lächerlich, diese vergeudete traurige Zeit.

Ich ging hinüber zu einem kleinen Park und setzte mich auf eine feuchte Bank unter einer tropfenden Weide. Ich trug weite Shorts, die bei solchem Wetter nach einer Werbekampagne für Pfadfinder aussahen. Aber ich bin kein Pfadfinder und war nie einer. Ich beneide sie; sie wissen genau, was eine gute Tat ist.

Die zwanglos geschmackvollen Häuser mir gegenüber zeigten hier ein gelbes, da ein schwarzes Fenster. Eine Gestalt zog die Vorhänge zu, jemand öffnete eine Eingangstür, einen Augenblick hörte ich Musik. Was für ein gesundes, vernünftiges Leben. Lagen diese Menschen nachts wach und versteckten ihre Herzen, während sie ihre Körper hingaben? Wurde die Frau am Fenster von stummer Verzweiflung gepackt, wenn die Uhr sie näher an die Schlafenszeit heranschob? Liebt sie ihren Mann? Begehrt sie ihn? Was empfindet er, wenn er seiner Frau beim Ausziehen zuschaut? Gibt es jemanden in einem anderen

Haus, nach dem er sich sehnt, wie er sich früher nach ihr gesehnt hat?

Auf dem Rummelplatz gab es früher einen Automaten, der hieß: »Was der Butler sah«. Man presste die Augen fest gegen einen gepolsterten Sucher, steckte eine Münze ein, und sofort begann ein Trupp von Tänzerinnen zwinkernd mit den Röcken zu wippen. Nach und nach ließen sie den Großteil ihrer Hüllen fallen, aber wenn man den Knalleffekt wollte, musste man rasch eine weitere Münze einstecken, bevor die weiße Hand des Butlers einen diskreten Vorhang fallen ließ. Das Vergnügen daran war, abgesehen vom Naheliegenden, die Tiefensimulation. Man sollte sich fühlen wie ein feiner Pinkel im Varieté, natürlich auf dem besten Platz. Man sah Reihen von Plüschsitzen und brillantineglänzende Hinterköpfe. Es war köstlich, weil es pueril und unanständig war. Ich hatte immer ein schlechtes Gewissen, aber es war ein heißes, erregendes Schuldgefühl, nicht das schreckliche Gewicht der Sünde. Diese Tage machten mich zum Voyeur, wenn auch von bescheidener Art. Ich gehe gerne an unverhüllten Fenstern vorüber, um einen Blick auf das Leben dahinter zu erhaschen.

Es gibt keine Stummfilme in Farbe, aber Bilder, die man durch ein Fenster sieht, sind genau das. Alles bewegt sich so seltsam aufgezogen. Warum wirft dieser Mann die Arme hoch? Die Hände des Mädchens gleiten geräuschlos über die Klaviertasten. Nur ein Zentimeter Glas trennt mich von der schweigenden Welt, in der ich nicht existiere. Sie wissen nicht, dass ich da bin, aber ich bin inzwischen so vertraut mit ihnen wie jedes beliebige Familienmitglied. Mehr als das, denn während sie die Lippen aufwerfen wie

Goldfische in einem Aquarium, bin ich der Drehbuchschreiber und kann ihnen Worte in den Mund legen. Ich hatte einmal eine Freundin, wir haben dieses Spiel miteinander gespielt, wir sind um die feinen Häuser herumgestrichen, wenn wir pleite waren, und haben uns Geschichten über die Reichen im Schein der Lampen ausgedacht.

Sie hieß Catherine, sie wollte Schriftstellerin werden. Sie sagte, es sei ein gutes Training für ihre Fantasie, kleine Szenarios für die Ahnungslosen zu erfinden. Ich wollte nicht schreiben, aber es machte mir nichts aus, ihr den Schreibblock zu tragen. In diesen dunklen Nächten kam mir der Gedanke, dass Filme eine fürchterliche Farce sind. Im wirklichen Leben, sich selbst überlassen, vor allem nach sieben Uhr abends, bewegen Menschen sich fast nicht. Manchmal geriet ich in Panik und sagte zu Catherine, wir müssten den Notarzt kommen lassen.

»Kein Mensch kann so lange still sitzen«, sagte ich. »Sie muss tot sein. Schau sie dir an, es hat schon die Totenstarre eingesetzt, sie blinzelt ja nicht einmal mehr.«

Dann gingen wir ins Künstlerhaus, wo ein Chabrol oder ein Jean Renoir gezeigt wurde, und alle Mitwirkenden rannten unentwegt in Schlafzimmern aus und ein und schossen aufeinander und ließen sich scheiden. Ich war erschöpft. Die Franzosen spucken immer noch große Töne davon, dass sie ein intellektuelles Reservoir wären, aber für eine Nation von Denkern rennen sie eine Menge herum. Denken ist doch angeblich eine sitzende Tätigkeit. Sie packen mehr Action in ihre auf künstlerisch getrimmten Filme, als es die Amerikaner in einem Dutzend Clint Eastwoods zuwege bringen. *Jules et Jim* ist ein Actionfilm.

Wir waren so glücklich in diesen feuchten, sorglosen

Nächten. Ich kam mir vor, als wären wir Dr. Watson und Sherlock Holmes. Ich wusste, wohin ich gehörte. Und dann sagte Catherine, dass sie mich verlassen würde. Sie wollte eigentlich nicht, aber sie fand, dass eine Schriftstellerin keine gute Gefährtin abgebe. »Es ist nur eine Frage der Zeit«, sagte sie, »bis ich Alkoholikerin werde und das Kochen verlerne.«

Ich schlug vor, es auf einen Versuch ankommen zu lassen. Sie schüttelte traurig den Kopf und tätschelte mich: »Nimm dir einen Hund.«

Natürlich war ich zutiefst getroffen. Ich hatte unsere gemeinsamen nächtlichen Wanderungen genossen, die Station beim Fish-and-Chips-Laden, und wie wir dann im Morgengrauen ins selbe Bett gefallen waren.

»Kann ich irgendetwas für dich tun, bevor du gehst?«, fragte ich.

»Ja«, sagte sie. »Weißt du, warum Henry Miller gesagt hat, ›Ich schreibe mit dem Schwanz‹?«

»Weil es wahr ist. Als er starb, fanden sie nichts als einen Kugelschreiber zwischen seinen Beinen.«

»Das hast du erfunden«, sagte sie.

Habe ich?

Ich saß auf der Bank, nass bis auf die Haut, und lächelte. Ich war nicht glücklich, aber die Kraft der Erinnerung kann die Wirklichkeit eine Zeit lang aufheben. Oder ist die Erinnerung wirklicher? Ich stand auf und wrang die Beine meiner Shorts aus. Es war finster, der Park gehörte anderen Leuten nach Einbruch der Dunkelheit, und ich gehörte nicht zu ihnen. Am besten, ich ging heim und sah nach Jacqueline.

Als ich zu meiner Wohnung kam, war die Tür versperrt. Ich versuchte aufzuschließen, aber die Kette war vorgelegt. Ich schrie und klopfte. Schließlich schnellte der Deckel vom Briefschlitz hoch, und ein Zettel glitt heraus. VERSCHWINDE stand darauf. Ich suchte nach einem Kugelschreiber und schrieb auf die Rückseite: DAS IST MEINE WOHNUNG. Wie befürchtet, kam keine Antwort. Zum zweiten Mal an diesem Tag landete ich bei Louise. »Wir werden heute Nacht in einem anderen Bett schlafen«, sagte sie, während sie das Bad mit Dampfwolken und Duftölen füllte. »Ich werde uns das Zimmer warm machen, und du legst dich inzwischen in die Wanne und trinkst deinen Kakao. Okay, mein Nesthäkchen?« Ja, mit oder ohne Häkchen. Wie liebevoll das ist und wie unwirklich. Ich glaube nichts davon. Jacqueline musste gewusst haben, dass ich keine andere Wahl hätte, als hierherzukommen. Warum sollte sie so etwas tun? Sie machen doch wohl nicht gemeinsame Sache, um mich zu bestrafen? Vielleicht bin ich tot, und das ist der Tag des Jüngsten Gerichts. Gericht oder nicht, ich kann nicht zu Jacqueline zurück. Was immer hier geschieht, und ich hegte keine großen Hoffnungen, ich wusste, dass ich mich von ihr auf eine Art gelöst hatte, die zu tief ging, um wieder zusammenzuheilen. Im Park, im Regen, hatte ich wenigstens eines erkannt; dass Louise die Frau war, die ich wollte, auch wenn ich sie nicht haben konnte. Jacqueline, musste ich zugeben, hatte ich nie gewollt, sie hatte einfach nur ungefähr die richtige Form gehabt, um für eine Weile zu passen.

Molekulares Ankoppeln ist eine ernsthafte Herausforderung für Biochemiker. Es gibt viele Methoden, Moleküle dazu zu bringen, dass sie aneinanderhaften, aber nur wenige, ganz bestimmte Stellungen, in denen sie eine feste Bindung eingehen. Auf molekularer Ebene könnte es Erfolg bedeuten, wenn man entdeckt, welche synthetische Struktur, welche Substanz eine Verbindung mit, sagen wir, der Proteinstruktur auf der Oberfläche einer Tumorzelle eingeht. Setzt man dieses höchst riskante Puzzlespiel richtig zusammen, hat man vielleicht ein Heilmittel gegen den Krebs gefunden. Aber Moleküle und Menschen, die aus ihnen zusammengesetzt sind, existieren in einem Universum der Möglichkeit. Wir berühren einander, gehen Verbindungen ein und lösen sie wieder, treiben auf Kräftefeldern davon, die wir nicht verstehen. Hier, in Louise anzukoppeln kann vielleicht ein beschädigtes Herz heilen, es könnte aber auch ein Experiment sein, das teuer zu stehen kommt.

Ich zog den rauen Frotteebademantel an, den Louise mir gerichtet hatte. Ich hoffte, dass er nicht Elgin gehörte. Im Bestattungsgewerbe gab es einmal den üblen Brauch, dass der Einbalsamierer und seine Gehilfen, wenn ein Mann in einem guten Anzug in die Aufbahrungskapelle kam, sein Zeug anprobierten, während er, der Verstorbene, für das Grab zurechtgemacht wurde. Wem die Kleider am besten passten, der bot einen Shilling dafür; das heißt, der Shilling kam in die Almosenbüchse und die Kleider vom Leib des Toten. Offenbar durfte er sie für die Dauer der öffentlichen Aufbahrung tragen, aber sobald es an der Zeit war, den Sargdeckel festzuschrauben, riss einer der Burschen sie ihm herunter und hüllte den Unglücklichen in ein billiges Leichentuch. Sollte ich Elgin den Dolch in den

Rücken stoßen, wollte ich es nicht in seinem Morgenrock tun.

»Der gehört mir«, sagte Louise, als ich hinaufkam.

»Mach dir keine Gedanken.«

»Wie kommst du darauf?«

»Weißt du noch, wie wir beide auf dem Weg zu deiner Wohnung in diesen fürchterlichen Regenguss gerieten? Jacqueline bestand darauf, dass ich mich ausziehe, und gab mir ihren Morgenmantel. Das war sehr nett, aber ich sehnte mich danach, in deinem zu sein. Es war dein Geruch, hinter dem ich her war.«

»Hab ich meinen nicht selbst angehabt?«

»Ja. Umso verlockender.«

Sie hatte ein Feuer in dem Zimmer mit dem Bett gemacht, das sie »a Lady's Occasional« genannt hatte. Nur die wenigsten Leute haben heutzutage noch offene Kamine; Louise hatte keine Zentralheizung. Sie sagte, dass Elgin sich jeden Winter beklagte, obwohl sie den Brennstoff kaufte und das Feuer schürte und nicht er.

»Er will eigentlich nicht so leben«, sagte sie und meinte damit die strenge Vornehmheit ihres ehelichen Heimes. »Er wäre viel glücklicher in einer Tudorimitation aus dem Jahr 1930 mit Heißluftbodenheizung.«

»Und warum tut er es dann?«

»Es bringt ihm großen Originalitätswert ein.«

»Magst du es?«

»Ich habe es geschaffen.« Sie hielt inne. »Das Einzige, was Elgin je in dieses Haus gesteckt hat, ist Geld.«

»Du verachtest ihn, nicht wahr?«

»Nein, ich verachte ihn nicht. Ich bin enttäuscht von ihm.«

Elgin war ein brillanter Medizinstudent gewesen. Er hatte hart gearbeitet und gut gelernt. Er war innovativ und engagiert gewesen. In seinen ersten Jahren am Krankenhaus, als Louise ihn finanziell unterstützt und alle anfallenden Rechnungen für ihr bescheidenes gemeinsames Leben bezahlt hatte, war Elgin entschlossen gewesen, sein Staatsexamen zu machen und in der Dritten Welt zu arbeiten. Er verachtete, was er den Fachärzterummel nannte, womit er meinte, dass fähige junge Männer aus gutem Haus nach Ableisten ihres Minimums an hartem Klinikdienst die Leiter hinaufgehoben wurden zu leichteren und besseren Dingen. Es gab eine Schnellspur in der Medizin. Nur wenige Frauen waren auf ihr, es war die anerkannte Fahrbahn des Karrierearztes.

»Und was ist geschehen?«

»Elgins Mutter bekam Krebs.«

In Stamford Hill wurde Sarah krank. Immer war sie um fünf Uhr aufgestanden, hatte gebetet und die Kerzen angezündet, sich dann darangemacht, das Essen für den Tag vorzubereiten und Esaus weiße Hemden zu bügeln. Sie trug ein Kopftuch in diesen frühen Stunden, die lange schwarze Perücke setzte sie erst auf, kurz bevor ihr Mann um sieben die Treppe herunterkam. Sie frühstückten miteinander, dann stiegen sie beide in ihr altes Auto und fuhren die fünf Kilometer zum Geschäft. Sarah wischte den Boden auf und staubte den Ladentisch ab, während Esau einen weißen Mantel über den Gebetsschal zog und im Hinterzimmer mit den Pappkartons hantierte. Man kann nicht wirklich sagen, dass sie ihren Laden um neun öffneten, sie sperrten einfach die Tür auf. Sarah verkaufte Zahnbürsten und Hustenpastillen. Esau wickelte Arzneien in Papier ein. So hielten sie es seit fünfzig Jahren.

Der Laden war unverändert. Der Ladentisch aus Mahagoni und die Glasschränke standen immer noch, wo sie schon vor dem Krieg gestanden hatten, schon bevor Esau und Sarah einen Pachtvertrag auf sechzig Jahre abgeschlossen hatten, um für ihre alten Tage vorzusorgen. Aus dem Flickschuster auf der einen Seite der Drogerie war ein Gemischtwarenladen geworden, daraus ein Delikatessengeschäft, daraus ein koscheres Kebab-Restaurant. Aus der Wäscherei auf der anderen Seite eine Trockenreinigung. Sie wurde immer noch von den Kindern ihrer Freunde geführt, den Shiffys.

»Dein Junge«, sagte Shiffy zu Esau, »der ist doch Arzt, ich hab ihn in der Zeitung gesehen. Er könnte eine hübsche Praxis hier aufmachen. Du könntest dein Geschäft vergrößern.«

»Ich bin zweiundsiebzig«, sagte Esau.

»Na und? Denk an Abraham, denk an Isaac, denk an Methusalem. Neunhundertneunundsechzig Jahre. Wenn du die erreicht hast, kannst du anfangen, dir Gedanken über dein Alter zu machen.«

»Er hat eine Schickse geheiratet.«

»Wir machen alle Fehler. Sieh dir Adam an.«

Esau sagte Shiffy nicht, dass er nichts mehr von Elgin hörte. Er rechnete nicht damit, je wieder von ihm zu hören. Zwei Wochen später, als Sarah im Krankenhaus lag und vor Schmerzen nicht sprechen konnte, wählte Esau Elgins Nummer auf seinem Bakelittelefon aus dem Jahre Schnee. Sie hatten es nie der Mühe wert gefunden, sich ein neueres Modell anzuschaffen. Gottes Kinder hatten keinen Fortschritt nötig.

Elgin kam sofort und sprach mit dem Arzt, bevor er am Krankenbett seinen Vater traf. Der Arzt sagte, es gebe keine Hoffnung. Sarah habe Knochenkrebs und würde sterben. Sie müsse schon seit Jahren Schmerzen erlitten haben, sagte der Arzt. Ein langsames Zerbröckeln, Staub zu Staub.

»Weiß es mein Vater?«

»In gewisser Weise.« Der Arzt war beschäftigt und musste weiter. Er übergab Elgin seine Aufzeichnungen und ließ ihn an einem Schreibtisch unter einer Lampe mit einer durchgebrannten Birne zurück.

Sarah starb. Elgin ging zum Begräbnis und brachte dann seinen Vater zurück in den Laden. Esau fummelte mit den Schlüsseln herum und öffnete die schwere Tür. Auf der Glasscheibe waren noch die goldenen Lettern, die einmal Esaus Erfolg verkündet hatten, im oberen Halbkreis hatte ROSENTHAL gestanden, im unteren DROGERIE. Zeit und Witterung hatten auf die Lettern eingewirkt; oben stand zwar noch immer ROSENTHAL, aber darunter nur noch ROGER.

Elgin, dicht hinter seinem Vater, fühlte Übelkeit in sich aufsteigen bei dem Geruch. Es war der Geruch seiner Kindheit: Formaldehyd und Pfefferminze. Es war der Geruch seiner Hausarbeiten hinter dem Ladentisch. Der langen Nächte, in denen er darauf gewartet hatte, von den Eltern nach Hause gebracht zu werden. Manchmal war er in seinen grauen Socken und kurzen Hosen eingeschlafen, den Kopf auf einer Logarithmentafel, und dann hatte Esau ihn an sich gerafft und zum Auto getragen. Die

Zärtlichkeit seines Vaters war ihm nur durch das Netz von Träumen und Halbschlaf in Erinnerung. Esau war streng mit dem Jungen, aber wenn er ihn so sah, Kopf auf dem Tisch, die dünnen Beine vom Stuhl baumelnd, dann liebte er ihn und flüsterte ihm Dinge von der Lilie im Tal und dem Verheißenen Land ins Ohr.

All das stürmte auf Elgin ein, während er zusah, wie sein Vater langsam seinen schwarzen Mantel auf den Haken hängte und die Arme in seinen Apothekerkittel steckte. Er schien Trost zu schöpfen aus dieser gewohnten Handlung. Er schaute Elgin nicht an, sondern nahm sein Auftragsbuch heraus und beugte sich murmelnd darüber. Nach einer Weile hustete Elgin und sagte, dass er gehen müsse. Sein Vater nickte, sagte nichts. »Kann ich irgendetwas für dich tun?«, fragte Elgin, ohne eine Antwort zu wollen.

»Kannst du mir sagen, warum deine Mutter gestorben ist?«

Elgin räusperte sich ein zweites Mal. Er war verzweifelt. »Vater, Mutter war alt, sie hatte nicht die Kraft, gesund zu werden.«

Esau nickte, auf und ab, auf und ab. »Es war Gottes Wille. Der Herr gibt, und der Herr nimmt. Wie viele Male habe ich das heute gesagt?« Ein weiteres langes Schweigen. Elgin hustete.

»Ich muss jetzt wirklich gehen.«

Esau schlurfte um den Ladentisch herum und fuhr mit der Hand in einen großen, fleckig gewordenen Topf. Er gab seinem Sohn ein braunes Papiersäckchen mit Hustenpastillen.

»Du hustest, mein Bub. Nimm das.«

Elgin stopfte das Säckchen in die Manteltasche und ging. Er verließ das jüdische Viertel, so rasch er konnte, und als er eine Hauptstraße erreichte, hielt er ein Taxi an. Bevor er einstieg, warf er das Säckchen in einen Abfallbehälter bei einer Busstation. Es war das letzte Mal, dass er seinen Vater sah.

Es ist wahr, dass Elgin sich, als er mit seiner besessenen Erforschung karzinomatöser Erkrankungen begann, nicht darüber im Klaren war, dass sie ihm selbst größere Vorteile einbringen würde als irgendeinem seiner Patienten. Er simulierte die Auswirkung sich rasch vermehrender bösartiger Zellen auf dem Computer. Er hielt die Gentherapie für den wahrscheinlichsten Ausweg für einen von sich selbst belagerten Körper. Es war eine sehr erotische Medizin. Die Gentherapie ist eine Grenzwelt, in der man sich einen Namen und ein Vermögen machen kann. Elgin wurde von einem amerikanischen Pharmakonzern umworben, der ihn von der harten Knochenarbeit in der Krankenstation weglockte und in ein Labor setzte. Er hatte Krankenhäuser sowieso nie gemocht.

»Elgin«, sagte Louise, »kann dir keinen Verband anlegen, wenn du dich in den Finger geschnitten hast, aber er kann dir alles sagen, was es über Krebs zu wissen gibt. Alles, nur nicht, was ihn verursacht und wie man ihn heilt.«

»Das klingt ein bisschen zynisch, nicht«, sagte ich.

»Elgin macht sich nichts aus Menschen. Er sieht ja auch kaum Menschen. Er ist seit zehn Jahren auf keiner Sterbestation mehr gewesen. Er sitzt das halbe Jahr in einem Zig-Millionen-Labor in der Schweiz und starrt auf einen Computer. Er will die große Entdeckung machen. Den Nobelpreis kriegen.«

»Was ist an Ehrgeiz auszusetzen?«

Sie lachte. »An Elgin ist allerhand auszusetzen.«

Ich fragte mich, ob ich Louises Anforderungen gerecht werden konnte.

Wir legten uns nebeneinander, und ich folgte mit dem Finger dem Schwung ihrer Lippen. Sie hatte eine feine gerade Nase, ernst und anspruchsvoll.

Der Mund stand im Widerspruch zur Nase, nicht, weil er nicht ernst war, sondern weil er sinnlich war. Er war voll, lasziv in seiner Tiefe, mit einem Anflug von Grausamkeit. Das Zusammenspiel von Nase und Mund ergab den seltsamen Effekt asketischer Sinnlichkeit. Es lag kritisches Urteilsvermögen und Begierde zugleich in dem Bild. Sie war ein römischer Kardinal, keusch, es sei denn, es käme der perfekte Chorknabe.

Louises Neigungen hatten keinen Platz im späten zwanzigsten Jahrhundert, wo Sex keine Sache des Verhüllens, sondern des Enthüllens ist. Sie genoss den Kitzel der Andeutung. Ihre Lust lag in der langsamen, sicheren Erregung, einem Spiel zwischen zwei Gleichberechtigten, die vielleicht nicht immer den Wunsch haben würden, gleichberechtigt zu sein. Sie war kein D.-H.-Lawrence-Typ; niemand konnte Louise mit animalischer Unvermeidlichkeit nehmen. Es war nötig, ihre ganze Person zu fesseln. Ihr Geist, ihr Herz, ihre Seele und ihr Körper konnten nur als zwei Zwillingspaare präsent sein. Sie ließ sich nicht von sich selbst trennen. Sie zog das Zölibat der nackten Triebbefriedigung vor. Elgin und Louise schliefen nicht mehr miteinander. Hin und wieder holte sie ihm den Saft heraus, aber sie weigerte sich, ihn in sich hineinzunehmen. Elgin akzeptierte das als Teil ihrer Abmachung, und Louise wusste, dass er sich an Prostituierte hielt. Selbst in einer traditionelleren Ehe hätten seine Neigungen das unvermeidlich gemacht. Sein augenblickliches Hobby bestand darin, nach Schottland zu fliegen, wo er sich in ein Bad aus Haferbrei tauchen ließ, während ein paar keltische Geishas seinen Schwanz mit Gummihandschuhen massierten.

»Er würde sich nie nackt vor Fremden zeigen«, sagte Louise. »Außer seiner Mutter bin ich die Einzige, die ihn je unbekleidet gesehen hat.«

»Warum bleibst du bei ihm?«

»Er war einmal ein guter Freund, bevor er anfing, die ganze Zeit zu arbeiten. Ich wäre gern bei ihm geblieben und hätte mein eigenes Leben geführt, wenn nicht etwas dazwischengekommen wäre.«

»Was?«

»Ich sah dich im Park. Lange bevor wir einander kennenlernten.«

Ich wollte ihr so viele Fragen stellen. Aber mein Herz klopfte zu rasch, und ich fühlte mich entnervt und erschöpft, wie wenn ich trinke, ohne zu essen. Was immer Louise zu sagen hatte, es hätte mich überfordert. Ich lag auf dem Rücken und betrachtete die Lichtspiele des Feuers. Es stand eine Zierpalme in dem Raum, deren Blätter ihre Schatten in grotesker Übergröße an die Wand warfen. Dieser Raum war keine brave, biedere Stube.

In den folgenden Stunden, in denen ich abwechselnd wachte und schlief, leicht fiebrig vor Erregung und Kummer, schien mir, als wäre der kleine Raum voller Gespenster. Da waren Gestalten am Fenster, die durch die Musselinvorhänge hinausstarrten und sich leise miteinander unterhielten. Neben dem niedrigen Kamin stand ein Mann und wärmte sich. Es gab keine Möbel in dem Raum außer dem Bett, und das Bett schwebte. Wir waren von Händen und Gesichtern umgeben, die auseinanderschwebten und sich wieder verbanden, einmal verschwommen und bedrohlich groß ins Blickfeld rückten, dann wieder zerstoben wie Blasen, die Kinder aus Seifenlauge pusten.

Die Gestalten nahmen Formen an, die ich erkannte; Inge, Catherine, Bathseba, Jacqueline. Andere, von denen Louise nichts wusste. Sie rückten zu nahe heran, steckten mir ihre Finger in Mund und Nasenlöcher, zogen mir die Augenlider hoch. Sie bezichtigten mich der Lüge und des Betrugs. Ich öffnete den Mund, um etwas zu sagen, aber ich hatte keine Zunge, nur eine ausgeweidete Höhle. Und da muss ich aufgeschrien haben, denn ich war in Louises Armen, und sie beugte sich über mich, die Finger auf meiner Stirn, tröstete mich, flüsterte mir zu: »Ich lass dich nie wieder fort.«

Wie sollte ich wieder in meine Wohnung kommen? Ich rief am folgenden Morgen im Zoo an und verlangte Jacqueline zu sprechen. Sie sagten, sie sei nicht zur Arbeit gekommen. Ich hatte leichtes Fieber und nur Shorts bei mir, aber ich hielt es für das Beste, die Sache mit ihr so rasch wie möglich zu regeln. Es gab keinen Weg heraus, nur einen mitten hindurch.

Louise borgte mir ihren Wagen. Als ich zu meiner Wohnung kam, waren die Vorhänge immer noch zugezogen, aber die Kette lag nicht mehr vor der Tür. Vorsichtig stieß ich sie auf. Halb und halb rechnete ich damit, dass

Jacqueline mit dem Fleischwolf auf mich losgehen würde. Ich stand im Vorzimmer und rief nach ihr. Keine Antwort. Genau genommen lebte Jacqueline nicht bei mir. Sie hatte ihr eigenes Zimmer in einer Wohngemeinschaft. Sie hatte einige Dinge in meiner Wohnung, und soweit ich sehen konnte, waren sie weg. Kein Mantel hinter der Tür. Kein Hut, keine Handschuhe auf der Ablage im Vorzimmer. Ich versuchte es mit dem Schlafzimmer. Es war verwüstet. Was immer Jacqueline in der vergangenen Nacht getan hatte, sie hatte keine Zeit zum Schlafen gehabt. Der Raum sah aus wie ein Hühnerstall. Überall Federn. Die Polster waren aufgeschlitzt, die Steppdecke ausgeweidet. Sie hatte die Schubladen aus den Kästen gerissen und den Inhalt über den ganzen Boden verstreut wie irgendein beliebiger Einbrecher. Ich war zu verblüfft, um auch nur irgendetwas zu empfinden, ich bückte mich, hob ein T-Shirt auf und ließ es wieder fallen. Es war höchstens noch als Staubtuch zu gebrauchen, denn sie hatte ein Loch hineingeschnitten. Ich trat den Rückzug ins Wohnzimmer an. Das war besser, keine Federn, nichts zerbrochen, es war nur einfach alles weg. Der Tisch, die Stühle, die Stereoanlage, die Vasen und Bilder, die Gläser, Flaschen, Spiegel und Lampen. Es war reinstes paradiesisches Zen. Mitten auf dem Boden hatte sie einen Blumenstrauß zurückgelassen. Wahrscheinlich hatte sie keinen Platz mehr dafür in ihrem Wagen gehabt. Ihrem Wagen! Ihr Wagen war eingesperrt gewesen wie ein der Beihilfe Schuldiger. Wie hatte sie meine Sachen fortgeschafft? Ich ging ins Bad, um zu pinkeln. Es schien mir eine vernünftige Maßnahme, vorausgesetzt, die Toilette war noch da. Sie war da, aber den Sitz hatte sie entfernt.

Das Badezimmer sah aus, als wäre es einem verkommenen und sadistischen Klempner zum Opfer gefallen. Die Wasserhähne waren zur Seite gedreht, vom Heißwasserrohr hing ein Schraubenschlüssel herunter; jemand hatte sein Bestes getan, um mir das Wasser abzudrehen. Die Wände waren mit einem dicken Filzschreiber beschmiert. Es war Jacquelines Handschrift. Über der Badewanne befand sich eine lange Liste ihrer Vorzüge. Über dem Waschbecken eine längere meiner Nachteile. Um die Zimmerdecke herum stand wie ein im LSD-Rausch halluzinierter Fries wieder und wieder Jacquelines Name geschrieben. Jacqueline kollidierte mit Jacqueline. Ein endloser Klon von Jacquelines in schwarzer Tinte. Ich verließ den Raum und pinkelte in die Kaffeekanne. Sie mochte keinen Kaffee. Trüben Blicks zur Badezimmertür zurückstarrend sah ich, dass quer darüber SCHEISSE geschmiert war. Das Wort und die Sache. Das erklärte den Geruch.

Der Wurm in der Knospe. Richtig, die meisten Knospen haben Würmer, aber was ist mit den Würmern, die auf einmal Gift speien? Ich hätte gedacht, dass Jacqueline ebenso still davonkriechen würde, wie sie angekrochen war.

Die abgeklärten alten Hasen, die einen vernünftigen Weg befürworten, nicht zu viel Leidenschaft, nicht zu viel Sex, viel Grünes und früh schlafen gehen, wollen einfach nicht wahrhaben, dass ein solches Ende möglich ist. In ihrer Welt obsiegen Vernunft und gute Manieren. Sie können sich nicht vorstellen, dass eine sogenannte vernünftige Entscheidung nichts anderes ist als eine unter sich selbst angebrachte Zeitbombe. Sie können sich nicht vorstellen, dass man reif ist für die Ernte, weil man auf seine

Chance im Leben wartet. Sie denken nicht an die Verwüstung, die ein explodierendes Leben verursacht. Es steht nicht in ihren Spielregeln, obwohl es wieder und wieder passiert. Fang ein geregeltes Leben an, streck die Füße unter den Tisch. Sie ist ein nettes Mädchen, er ist ein netter Junge. Es sind die Klischees, die schuld sind an der Misere.

Ich legte mich auf den harten Holzboden meines neuen Zen-Wohnzimmers und betrachtete eine Spinne, die ein Netz wob. Blinde Natur. Homo sapiens. Im Gegensatz zu Robert the Bruce hatte ich keine genialen Offenbarungen, sondern spürte nur eine gewaltige Traurigkeit. Ich gehöre nicht zu der Art, die Liebe durch Zweckmäßigkeit oder Leidenschaft durch flüchtige Abenteuer ersetzen kann. Ich will keine Hausschuhe daheim und Tanzschuhe in einem kleinen möblierten Zimmer um die Ecke. So läuft das doch, oder? Verpack dein Leben mit der Effizienz eines Supermarkts, vermenge das Herz nicht mit der Leber.

Ich war nie der Hauspantoffel; ich habe nie zu Hause gesessen und verzweifelt an noch so eine bis in die späten Nachtstunden dauernde Konferenz geglaubt. Ich bin nicht um elf allein zu Bett gegangen, habe mich schlafend gestellt und mit gespitzten Ohren wie ein Wachhund auf den Wagen in der Auffahrt gehorcht. Ich habe meine Hand nicht ausgestreckt, um nachzusehen, wie spät es ist, und das kalte Gewicht dieser verlorenen Stunden im Magen ticken gespürt.

Ich war viele Male der Tanzschuh, und wie gern sie getanzt haben, diese Frauen. Freitagabend, eine Wochenendkonferenz, ja, in meiner Wohnung. Sie reißen sich das strenge Kostüm vom Leib, spreizen die Beine, ziehen mich auf ihren Körper herab. Eine Pause für Champagner und englischen Käse. Und während wir das tun, schaut jemand aus dem Fenster, um zu sehen, wie das Wetter sich ändert. Schaut auf die Uhr, schaut auf das Telefon, sie hat gesagt, dass sie anrufen wird nach ihrer letzten Sitzung. Sie ruft an. Sie hebt sich von mir und wählt die Nummer, den Hörer an den Busen gelehnt. Sie ist noch feucht von Sex und Schweiß. »Hallo, Schatz, ja, alles in Ordnung, es regnet.«

Dreh die Lichter herunter. Dies ist außerhalb der Zeit. Der Rand eines schwarzen Loches, in dem wir weder vorwärts können noch zurück. Die Physiker stellen Vermutungen darüber an, was geschehen würde, wenn wir uns auf den Kraterseiten eines solchen Loches ansiedeln könnten. Es scheint, als könnten wir dann aufgrund der Eigentümlichkeiten des Ereignisses »Horizont« die Geschichte vorbeiziehen sehen und niemals selbst Geschichte werden. Wir wären dazu verdammt, ewig zu beobachten, ohne jemandem davon erzählen zu können. Vielleicht ist das der Ort, wo Gott weilt, dann wird Gott die Umstände verstehen, die zur Untreue führen.

Rühr dich nicht. Wir können uns nicht rühren, gefangen wie Hummer im Aquarium eines Restaurants. Das sind die Grenzen unseres gemeinsamen Lebens, dieser Raum, dieses Bett. Das ist das wollüstige Exil, das wir uns frei gewählt haben. Wir wagen es nicht, außer Haus zu essen, wer weiß, wen wir treffen könnten. Wir müssen mit der Vorsorglichkeit eines russischen Bauern Lebensmittel im Voraus kaufen. Wir müssen sie lagern, im Kühlschrank gekühlt, im Backofen gedörrt für jeglichen Tag.

Temperaturen von heiß und kalt, Feuer und Eis, die Extreme, unter denen wir leben.

Wir nehmen keine Drogen, wir sind berauscht von der Gefahr; wo können wir uns treffen, wann können wir miteinander reden, was wird geschehen, wenn wir einander in der Öffentlichkeit sehen. Wir glauben, keiner hat es bemerkt, aber es gibt immer Gesichter hinter den Vorhängen, Augen auf den Straßen. Es gibt nichts zu klatschen, also klatschen sie über uns.

Mach Musik. Wir tanzen, eng aneinandergeklebt wie ein homosexuelles Pärchen der Fünfzigerjahre. Wenn jemand an die Tür klopft, gehen wir nicht hin. Wenn ich hingehen muss, sagen wir einfach, sie ist meine Buchhalterin. Wir hören nichts als die Musik, glatt wie Öl, durch das wir wie geschmiert über den Boden gleiten. Ich habe die ganze Woche auf sie gewartet. Eine Woche, in der Kalender und Uhren das Regime führten. Ich fürchtete, sie könnte Donnerstag anrufen, um mir zu sagen, dass sie nicht kommen kann, das passiert manchmal, obwohl wir nur eines von fünf Wochenenden und diese gestohlenen Stunden nach Dienstschluss für uns haben.

Sie wölbt ihren Körper wie eine Katze, die sich streckt. Sie drückt mir ihre Muschel ins Gesicht wie ein Füllen am Gatter. Sie riecht nach Meer. Sie riecht nach den Felstümpeln meiner Kindheit. Sie hält sich einen Seestern da drin. Ich bücke mich hinunter, um das Salz zu schmecken, mit den Fingern über den Rand zu fahren. Sie öffnet und schließt sich wie eine Seeanemone. Sie füllt sich jeden Tag von Neuem mit frischen Fluten der Begierde.

Die Sonne will nicht hinter dem Rollladen bleiben. Der Raum ist von Licht durchflutet, das Sinuskurven auf den Teppich malt. Der Teppich, der so solide aussah in dem Ausstellungsraum, hat jetzt etwas von Haremsrot an sich. Mir hatte man gesagt, es sei Burgunderrot.

Sie sitzt mit dem Rücken zum Licht, an einen Lichtstrahl gelehnt. Das Licht bricht sich in Farben unter ihren Lidern. Sie möchte, dass das Licht sie durchdringt, die stumpfe Kälte ihrer Seele aufbricht, wo sie seit mehr Sommern, als sie zählen kann, nichts mehr gewärmt hat. Ihr Mann liegt wie ein geteertes Segeltuch auf ihr. Er watet in sie hinein, als wäre sie ein Sumpf. Sie liebt ihn, und er liebt sie. Sie sind schließlich immer noch verheiratet, oder?

Am Sonntag, wenn sie gegangen ist, kann ich die Vorhänge öffnen, meine Uhr aufziehen und die ums Bett herum gestapelten Teller wegräumen. Ich kann mir aus den Resten mein Abendessen bereiten und an sie denken, wie sie zu Hause beim Sonntagsessen sitzt, auf das sanfte Ticken der Uhr und das Geräusch fleißiger Hände horcht, die ihr ein Bad einlassen. Ihr Mann wird sie bemitleiden, mit ihren Tränensäcken unter den Augen, ganz erschöpft. Arme Kleine, kommt ja kaum zum Schlafen. Dann wird er sie in ihr eigenes Bettzeug einpacken, wie nett. Und ich kann unser schmutziges in die Wäscherei bringen.

Dinge dieser Art führen die verwundeten Herzen zu den Jacquelines dieser Welt, aber die Jacquelines dieser Welt führen zu solchen Dingen. Gibt es keinen anderen Weg? Ist Glück immer ein Kompromiss?

Bei meiner Zahnärztin habe ich im Wartezimmer immer die Frauenzeitschriften gelesen. Sie faszinieren mich mit ihrer obskuren Welt von Sextipps und Männerfallen. Ich entnehme den dünnen Hochglanzseiten, wie eine Frau feststellen kann, ob ihr Mann ein Verhältnis hat: Sie prüft seine Unterhosen und sein Cologne. Die Zeitschriften behaupten steif und fest, dass ein Mann, der eine Geliebte hat, seinen Schwanz fürstlicher verpackt als gewöhnlich. Und dass er seine Spuren mit einem neuen Aftershave zu verwischen trachtet. Sicher wissen es die Zeitschriften am besten. Da haben wir Herrn Richtig, wie er verstohlen die Badezimmertür zusperrt, um seine brandneue Sechserpackung Boxershorts, Größe L, anzuprobieren. Seine treuen, etwas ergrauten alten Slips liegen achtlos hingeworfen auf dem Boden. Der Badezimmerspiegel ist in einer Höhe angebracht, in der er sein Gesicht gut sehen kann, aber um einen Blick auf das Wichtige zu erhaschen, muss er auf dem Rand der Badewanne balancieren und sich an der Duschstange festhalten. So ist es schon besser, alles, was er jetzt sehen kann, ist eine Reklame aus einem Herrenmagazin, feiner Baumwollbatist, der sich um einen festen Torso bauscht. Er springt herunter, zufrieden, und begießt sich eimerweise mit »Hommage à l'Homme«. Frau Richtig wird es nicht bemerken, sie kocht ein Curry-Gericht.

Wenn Frau Richtig ein Verhältnis hat, wird es schwieriger sein, ihr auf die Schliche zu kommen, behaupten die Zeitschriften, und sie wissen es am besten. Sie wird sich keine neuen Kleider kaufen, tatsächlich wird sie sich eher einfach kleiden, damit ihr Mann ihr glaubt, wenn sie ihm erzählt, dass sie einen Abendkurs für mittelalterliche Flötenmusik besucht. Wenn sie keinen Beruf hat, wird es schwierig für sie werden, regelmäßig ungeschoren davonzukommen, außer nachmittags. Ist das der Grund, weshalb so viele Frauen sich für eine Karriere entscheiden? Ist das der Grund, weshalb laut Kinsey so viele Sex am Nachmittag bevorzugen?

Ich hatte einmal eine Freundin, die nur zwischen zwei und fünf einen Orgasmus haben konnte. Sie arbeitete im Botanischen Garten in Oxford, wo sie Gummibäume züchtete. Es war eine knifflige Sache, sie zu befriedigen, wenn jeden Augenblick ein zahlender Besucher mit gültiger Eintrittskarte Auskünfte über den Ficus elastica verlangen konnte. Trotzdem besuchte ich sie, von Leidenschaft getrieben, im tiefen Winter, von Kopf bis Fuß eingemummelt und Schneeklumpen von den Stiefeln stampfend wie eine Gestalt aus Anna Karenina.

Ich habe Wronski immer gemocht, aber ich halte nichts davon, nach der Literatur zu leben. Judith war tief in Conrad versunken. Sie saß zwischen den Gummibäumen und las *Herz der Finsternis.* Das Erotischste, was ich zu ihr hätte sagen können, wäre gewesen »Mistah Kurtz, he dead«. Die Sowjets, habe ich mir sagen lassen, leiden sehr darunter, dass sie sich ganz in Pelz vermummen müssen, wenn sie hinausgehen, nur um sich dann drinnen wieder bis auf die Unterhose auszuziehen. Das war mein Problem. Judith lebte in einer ewigen Treibhauswelt von Shorts und T-Shirts. Ich musste meine knappe Bekleidung mitbringen oder einen raschen Lauf durch die Kälte riskieren, nur geschützt von einem Dufflecoat. An einem ruhigen Nachmittag, nach dem Sex auf den Sägespänen unter einem rankenden Wein, hatten wir Krach miteinander, und sie sperrte mich aus dem Glashaus aus. Ich lief von Fenster zu Fenster und klopfte vergeblich gegen die

Scheiben. Es schneite, und ich trug nur meinen Mickey-Mouse-Einteiler.

»Wenn du mich nicht reinlässt, werde ich sterben.«

»Dann stirb.«

Ich kam zu dem Schluss, dass ich zu jung zum Erfrieren war. Ich bot meinen ganzen Mut auf und rannte so unbekümmert wie möglich durch die Straßen nach Hause. Ein Pensionist gab mir 50 Pence für den Trödelmarkt, und ich wurde nicht festgenommen. Wir sollten dankbar sein für kleine Gnaden. Ich rief Judith an, um ihr zu sagen, dass es vorbei sei, und sie möge mir doch bitte meine Sachen zurückgeben.

»Die hab ich verbrannt«, sagte sie.

Vielleicht bin ich nicht für irdische Güter gemacht. Vielleicht behindern sie meine geistige Entwicklung und daher sucht sich mein Über-Ich ständig Situationen aus, in denen mich nichts Materielles belastet. Ein tröstlicher Gedanke, etwas besser als der Gedanke, ein Trottel zu sein … Aber einen Hintern hatte sie. Unvergesslich!

In das Herz meiner kindischen Eitelkeiten hinein Louises Gesicht, Louises Worte: »Ich lass dich nie wieder fort.« Genau davor habe ich Angst gehabt, dem bin ich aus dem Weg gegangen durch so viele lockere Bindungen hindurch. Ich bin süchtig nach den ersten sechs Monaten. Die mitternächtlichen Anrufe, die Energieausbrüche, die Geliebte als Batterie für all diese schwächer werdenden Zellen. Nach meiner letzten Tracht Prügel von Bathseba sagte ich mir, dass ich nichts davon je wieder tun würde. Ich hatte den Verdacht, dass es mir vielleicht gefiel, geprügelt zu werden, wenn dem so war, musste ich zumindest lernen, einen zusätzlichen Mantel zu tragen. Jacqueline war ein Mantel. Sie mummte meine Sinne ein. Bei ihr dachte ich nicht an Gefühle und schwelgte in Zufriedenheit. Zufriedenheit, sagt man, ist auch ein Gefühl? Ich frage mich, ob es nicht eher das Fehlen eines Gefühles ist? Ich möchte es mit dieser speziellen Taubheit vergleichen, die man nach dem Besuch beim Zahnarzt empfindet. Man hat weder Schmerzen noch hat man keine, man ist ganz leicht betäubt. Zufriedenheit ist die positive Seite der Resignation. Sie hat ihren Reiz, aber es tut nicht gut, einen Mantel und Pelzschuhe und dicke Handschuhe zu tragen, wenn der Körper in Wirklichkeit nackt sein will.

Ich hatte nie über meine verflossenen Freundinnen nachgedacht, bevor ich mich mit Jacqueline eingelassen hatte. Ich hatte nie die Zeit dazu gehabt.

Mit Jacqueline richtete ich mich in der Parodie des flotten Oberst ein, des forschen alten Burschen mit einer Reihe von Trophäen und einem Dutzend Erinnerungen an jede. Ich habe mich dabei ertappt, wie ich mich mit Genuss einem Gläschen Sherry widmete und einem kleinen gedanklichen Flirt mit Inge, Catherine, Bathseba, Judith und Estelle … Estelle, seit Jahren habe ich nicht mehr an Estelle gedacht. Sie handelte mit Altmetall. Nein, nein, nein! Ich will nicht zurückgehen in der Zeit wie ein Science-Fiction-Thriller. Was bedeutet es mir, dass Estelle einen klapprigen alten Rolls-Royce mit einem pneumatischen Rücksitz hatte? Ich rieche noch das Leder.

Louises Gesicht. Unter ihrem glühenden Blick verbrennt meine Vergangenheit. Die Geliebte als Salpetersäure. Erhoffe ich mir einen Erlöser in Louise? Ein gewaltiges Reinemachen, das Taten und Missetaten beseitigt und den Tisch wieder rein und weiß hinterlässt? In Japan machen sie mit einem Eiweiß einen ganz guten Jungfrauenersatz. Für mindestens vierundzwanzig Stunden kann man ein neues Hymen haben. Wir in Europa haben immer einer halben Zitrone den Vorzug gegeben. Sie fungiert nicht nur als eine Art primitives Pessar, sie macht es auch dem beharrlichsten Mann sehr schwer, in der scheinbar noch so biegsamsten Frau vor Anker zu gehen. Enge wird für Unberührtheit gehalten; der Mann glaubt, seine kleine Braut hat ihre Tiefen hinlänglich versiegelt gehalten. Er kann sich darauf freuen, sich Zentimeter für Zentimeter in sie hineinzuschieben.

Betrug ist leicht. Man braucht sich nichts einzubilden auf Untreue. Am Anfang kostet es nichts, eine Anleihe zu nehmen auf das Vertrauen, das jemand in dich gesetzt hat. Du kommst damit davon, du nimmst dir ein bisschen mehr und noch ein bisschen mehr, bis es nichts mehr zu nehmen gibt. Das Seltsame ist, dass deine Hände voll sein müssten von all dem Genommenen, aber wenn du sie öffnest, ist nichts da.

Wenn ich sage, »Ich will dir treu sein«, ziehe ich eine Grenze um einen stillen Raum, außerhalb der Reichweite anderer Wünsche und Begierden. Niemand kann die Liebe Gesetzen unterwerfen; man kann sie weder befehlen noch ihre Dienste erschmeicheln. Die Liebe gehört sich selbst, ist taub für Bitten, und auch Gewalt lässt sie kalt. Liebe lässt sich nicht aushandeln. Liebe ist das Einzige, was stärker ist als Begierde, und der einzige gute Grund, der Versuchung zu widerstehen. Es gibt Leute, die da behaupten, man könne der Versuchung die Tür vor der Nase zusperren, die da glauben, verirrte Sehnsüchte ließen sich aus dem Herzen vertreiben wie die Geldwechsler aus dem Tempel. Vielleicht, wenn man seine schwachen Punkte Tag und Nacht unter Bewachung hält, nicht schaut, nicht riecht, nicht träumt. Die verlässlichste Wach- und Schließgesellschaft, von der Kirche sanktioniert, vom Staat gebilligt, ist die Ehe. Schwöre, dass du nur an ihm oder ihr festhalten wirst, und wie durch Zauberei wird es geschehen. Ehebruch hat ebenso viel mit Ernüchterung zu tun wie mit Sex. Der Zauber hat nicht funktioniert. Du hast brav bezahlt, den Kuchen gegessen, und es hat nicht funktioniert. Ist das etwa *deine* Schuld?

Die Ehe ist die schwächste Waffe gegen die Begierde. Ebenso gut könnte man mit einer Spielzeugpistole auf eine Python schießen. Ein Freund von mir, ein Bankier und sehr reich, der in der ganzen Welt herumgereist war, erzählte mir, er würde heiraten. Ich war überrascht, denn ich wusste, dass er seit Jahren verrückt nach einer Tänzerin war, die sich aus ganz persönlichen extravaganten Gründen nicht binden wollte. Schließlich hatte er die Geduld verloren und sich ein nettes solides Mädchen gewählt, das eine Reitschule führte. Ich besuchte ihn am Wochenende vor seiner Hochzeit. Er sagte mir, wie ernst es ihm mit der Ehe sei, er sagte, dass er die Trauungsliturgie gelesen habe und wie schön er sie finde. Innerhalb ihrer Grenzen spüre er das Glück. In diesem Augenblick klingelte es, und er nahm eine Lastwagenladung weißer Lilien in Empfang. Während er sie begeistert arrangierte und mir weiter seine Theorien über die Liebe auseinandersetzte, klingelte es abermals, und eine Kiste Veuve Clicquot und eine große Büchse Kaviar wurden abgegeben. Er ließ den Tisch decken, und mir fiel auf, wie oft er auf die Uhr schaute. »Wenn wir erst verheiratet sind«, sagte er, »kann ich mir nicht vorstellen, je eine andere Frau zu begehren.« Es klingelte ein drittes Mal. Es war die Tänzerin. Sie war für das Wochenende gekommen. »Noch bin ich nicht verheiratet«, sagte er.

Wenn ich sage, »Ich will dir treu sein«, muss ich es meinen; trotz der Formalitäten, anstelle der Formalitäten. Wenn ich in meinem Herzen Ehebruch begehe, habe ich dich ein wenig verloren. Das leuchtende Bild deines Gesichts wird sich trüben. Möglich, dass ich es ein- oder zweimal nicht bemerke, dass ich mich damit brüste, diese fleischlichen Exkursionen auf höchst geistige Weise genossen zu haben. Und dennoch werde ich den scharfen Feuerstein stumpf gemacht haben, der zwischen uns die Funken sprühen lässt: unser alles übersteigendes Verlangen nacheinander.

King Kong. Der Riesengorilla ist auf der Spitze des Empire State Buildings und hält Fay Wray in der Hand. Ein Schwarm von Flugzeugen wurde ausgesandt, um das Monster zu verwunden, aber er wischt sie zur Seite wie unsereins eine Fliege. Der Bestie, in den Klauen der Begierde, wird ein zweisitziger Doppeldecker mit dem Wort JUNGVERMÄHLT an der Seite kaum einen Kratzer zufügen. Du wirst nachts immer noch wach liegen und an deinem Ehering drehen.

Mit Louise möchte ich etwas anderes. Ich will die Ferien und die Heimkehr zugleich. Sie ist der Reiz der Erwartung und die Erregung, aber ich muss es länger als sechs Monate glauben können. Meine biologische Uhr, die mich in einem regelmäßigen 24-Stunden-Rhythmus nachts schlafen lässt und morgens wieder weckt, hat einen größeren Bogen, der auf vierundzwanzig Wochen eingestellt zu sein scheint. Ich kann mich darüber hinwegsetzen, das ist mir gelungen, aber ich kann nicht verhindern, dass es klingelt. Mit Bathseba, meiner längsten Liebe – drei Jahre –, wurde der treue Wecker betrogen. Sie war so wenig da, dass sie meine Tage kaum füllte, auch wenn sie eine hübsche Strecke Zeit belegte. Vielleicht war das ihr Geheimnis. Hätte sie neben mir geschlafen, mit mir gegessen, gewaschen, geschrubbt und gebadet, vielleicht wäre ich nach sechs Monaten auf und davon gegangen, oder es hätte mich zumindest gejuckt. Ich glaube, sie wusste das.

Was also beeinflusst die biologische Uhr? Was unterbricht sie, verlangsamt sie, beschleunigt sie? Diese Fragen beschäftigen einen obskuren Zweig der Wissenschaft namens Chronobiologie. Das Interesse an der Uhr wächst, denn da unsere Lebensweise immer künstlicher wird, würden wir die Natur gerne mit List dazu bringen, für uns ihre Gesetzmäßigkeiten zu ändern. Nachtarbeiter und Menschen, die viel mit dem Flugzeug unterwegs sind, sind entschieden Opfer ihrer hartnäckigen biologischen Uhren. Hormone, soziale Faktoren und Umweltbedingungen bestimmen das Bild. Was sich nach und nach aus dem Konglomerat herauskristallisiert, ist das Licht. Die Menge an Licht, der wir ausgesetzt sind, hat einen entscheidenden Einfluss auf unsere Uhr. Licht. Sonne, die sich wie eine Kreissäge durch den Körper schneidet. Soll ich mich wie die Sonnenuhr Louises direktem Blick aussetzen? Es ist ein Risiko; die Menschen brauchen ein bisschen Schatten, sonst werden sie verrückt, aber wie sonst soll ich mit den Gewohnheiten eines Lebens brechen?

Louise nahm mein Gesicht in ihre Hände. Ich fühlte ihre langen Finger seitlich über meinen Kopf streichen, seine Form nachzeichnend, ihre Daumen unter meinen Kieferknochen. Sie zog mich an sich, küsste mich sanft, ihre Zunge an der Innenseite meiner Unterlippe. Ich legte meine Arme um sie und wusste nicht, ob ich Leidenschaft empfand oder kindliches Glück. Ich wünschte, sie hätte mich unter ihren Röcken versteckt, um mich vor jeder Bedrohung zu schützen. Es waren immer noch scharfe Spitzen des Verlangens da, aber es war eine so schläfrig sichere Ruhe um uns wie in einem Boot, das ich als Kind einmal hatte. Sie wiegte mich, an sich gedrückt, ruhiges Meer, Meer unter einem klaren Himmel, ein Boot mit einem Glasboden und nichts zu befürchten.

»Es kommt ein Wind auf«, sagte sie.

Louise, lass mich segeln in dir auf diesen kühnen Wellen. Ich habe die Hoffnung eines Heiligen in einem aus Weiden geflochtenen Boot. Was hat die Menschen Jahre vor dem Jahr 1000 dazu gebracht, aufs Meer hinauszufahren, mit nichts weiter zwischen sich und dem Wasser als ein bisschen Weidengeflecht mit ein paar Häuten darüber? Was überzeugte sie von der Existenz eines auf keiner Landkarte verzeichneten und nie gesichteten Landes? Ich sehe sie vor mir, wie sie schwarzes Brot essen und Honigwaben, unter einer Tierhaut Schutz vor dem Regen suchen. Ihre Körper sind wettergegerbt, aber ihre Seelen sind durchsichtig. Das Meer ist ein Weg, kein Ziel. Sie vertrauen ihm trotz der Zeichen.

Die frühesten Pilger hatten einen gemeinsamen Dom als Herz. Sie waren der nicht mit Händen gebaute Tempel. Die Ekklesia Gottes. Der Gesang, der sie über die Wellen trug, war die Hymne, die die Dachsparren klingen ließ. Sie hielten ihre bloßen Kehlen Gott entgegen. Seht sie euch an, mit zurückgeworfenen Köpfen und offenen Mündern, allein bis auf die Möwen, die vor dem Bug eintauchen. Über dem zu salzigen Meer, unter dem ungastlichen Himmel, vereinten sich ihre Stimmen zu einem Schirm der Lobpreisung.

Liebe war es, die sie vorantrieb. Liebe, die sie wieder heimbrachte. Liebe machte ihre Hände unempfindlich gegen das Ruder und wärmte ihnen die Muskeln gegen den Regen. Die Fahrten, die sie unternahmen, waren jenseits aller Vernunft; wer tauscht den heimischen Herd gegen das offene Meer? Vor allem ohne Kompass, vor allem im Winter, vor allem allein. Was man riskiert, zeigt, was man wert ist. Angesichts der Liebe werden Heim und Suche eins.

Louise, ich würde mit Freuden meine Vergangenheit aufkündigen für dich, gehen und nicht zurückblicken. Ich bin leichtsinnig gewesen, habe nie die Kosten berechnet, war mir der Kosten nicht bewusst. Nun habe ich im Voraus kalkuliert. Ich weiß, was es heißen wird, mich loszukaufen von allem, was sich so ansammelt im Lauf eines Lebens. Ich weiß es, und es ist mir gleich. Du hast einen Raum vor mich hingestellt, frei von Assoziationen. Er kann eine Leere sein oder eine Erlösung. Auf jeden Fall will ich das Risiko auf mich nehmen. Ich will es auf mich nehmen, weil das Leben, das ich angesammelt habe, langsam schal wird.

Sie küsste mich, und in ihrem Kuss lag die Komplexität der Leidenschaft. Liebende und Kind, Jungfrau und Roué. War ich je zuvor geküsst worden? Ich war schüchtern wie ein ungezähmtes Fohlen. Ich war selbstherrlich wie Mercutio. Das war die Frau, mit der ich gestern geschlafen hatte, ihr Geschmack war noch frisch auf meinem Mund, aber würde sie bei mir bleiben? Ich zitterte wie ein Schulmädchen.

»Du zitterst«, sagte sie.

»Wahrscheinlich ist mir kalt.«

»Lass mich dich wärmen.«

Wir legten uns auf meinen Boden, die Rücken dem Tag zugewandt. Ich brauchte nicht mehr Licht, als in ihrer Berührung war, ihren Fingern, die meine Haut streichelten und die Nervenenden kitzelten. Mit geschlossenen Augen begann ich eine Reise ihre Wirbelsäule entlang, diesen holprigen Weg, der mich zu einer Kluft und einem feuchten Tal führte, und dann zu einer Grube, tief genug, um darin zu ertrinken. Was für andere Orte gibt es auf der Welt als jene, die man auf dem Körper des geliebten Menschen entdeckt?

Wir schwiegen miteinander, nachdem wir uns geliebt hatten. Wir sahen zu, wie die Nachmittagssonne über den Garten fiel, wie die langen Schatten des frühen Abends Muster auf die weiße Wand zeichneten. Ich hielt Louises Hand, und ich war mir dessen bewusst, aber ich spürte auch, dass dies der Anfang einer noch größeren Nähe sein könnte, das Erkennen eines anderen Menschen, das tiefer geht als das Bewusstsein, mehr im Körper sitzt als im Kopf. Ich verstand dieses Gefühl nicht, ich fragte mich, ob es unecht sein konnte. Ich selbst hatte bisher nie dergleichen empfunden, aber ich hatte es an einem Ehepaar gesehen, das schon sehr lange zusammen war. Die Zeit hatte ihre Liebe nicht vermindert. Es schien, als wäre einer der andere geworden, ohne dadurch sein individuelles Ich aufzugeben. Nur einmal hatte ich so etwas gesehen, und ich hatte Neid empfunden. Das Seltsame an Louise, das Seltsame am Zusammensein mit Louise, war ein Gefühl des *déjà-vu*. Ich konnte sie nicht sehr gut kennen, und doch kannte ich sie gut. Es war keine Sache von Fakten und Zahlen, ich war unendlich neugierig auf ihr Leben, es war eher eine besondere Art von Vertrauen. An diesem Nachmittag war mir, als wäre ich immer hier gewesen mit Louise, wir waren Vertraute.

»Ich habe mit Elgin gesprochen«, sagte sie. »Ich habe ihm gesagt, was du mir bedeutest. Ich habe ihm gesagt, dass wir miteinander im Bett waren.«

»Was hat er gesagt?«

»Er hat gefragt, in welchem Bett.«

»In welchem Bett?«

»Unser Ehebett, wie er es wahrscheinlich nennen würde, hat er selbst gezimmert, als wir von meinem Geld in einem kleinen Häuschen lebten. Er war im Praktikum, ich unterrichtete, an den Abenden arbeitete er an dem Bett … es ist sehr unbequem. Ich habe ihm gesagt, dass wir in meinem Bett waren. ›The Lady's Occasional‹ … Da wurde er ruhiger.«

Ich konnte Elgins Gefühle in Bezug auf sein Bett verstehen. Bathseba hatte immer darauf bestanden, dass wir das Ehebett benutzten. Ich musste auf seiner Seite liegen. Es war die Verletzung der Arglosigkeit, gegen die ich protestiert hatte, ein Bett sollte ein sicherer Ort sein. Es ist nicht sicher, wenn man ihm nicht den Rücken kehren kann, ohne dass es gleich wieder besetzt wird. Jetzt formuliere ich meine Skrupel, aber damals haben sie mich nicht abgehalten. Dafür verachte ich mich wirklich.

»Ich habe Elgin gesagt, dass ich die Möglichkeit haben muss, dich zu treffen, dass ich frei sein muss, mit dir zu kommen und zu gehen. Ich habe ihm gesagt, dass ich nicht lügen will und dass ich nicht will, dass er mich belügt … Er fragte mich, ob ich ihn verlassen würde, und ich sagte, dass ich es ehrlich nicht weiß.«

Sie wandte mir ihr ernstes und beunruhigtes Gesicht zu. »Ich weiß es ehrlich nicht. Möchtest du, dass ich ihn verlasse?«

Ich schluckte und rang nach einer Antwort. Die Antwort, die mir direkt aus dem Herzen in die Kehle kam, war: »Ja. Pack sofort deine Sachen.« Aber das konnte ich nicht sagen, ich formulierte die Antwort aus dem Kopf. »Sollen wir vielleicht einmal abwarten, wie es läuft?« Louises Gesicht verriet sie nur für eine Sekunde, aber ich wusste, dass auch sie gewollt hatte, dass ich Ja sage. Ich versuchte uns beiden zu helfen.

»Wir könnten uns in drei Monaten entscheiden. Das wäre fairer, meinst du nicht? Elgin gegenüber, dir gegenüber?«

»Und was ist mit dir?«

Ich zuckte die Achseln. »Mit Jacqueline bin ich fertig. Ich bin da für dich, wenn du mich willst.«

Sie sagte: »Ich will dir mehr bieten als bloß Untreue.«

Ich blickte in ihr schönes Gesicht und dachte: Ich bin noch nicht bereit dafür. Meine Stiefel sind noch voll vom

Schlamm vergangener Zeiten. Ich sagte: »Gestern warst du böse auf mich, du hast mir vorgeworfen, ich würde nach Trophäen jagen, und du hast mir gesagt, ich soll dir meine Liebe nicht erklären, ehe ich mir selbst darüber im Klaren bin. Du hast recht gehabt. Gib mir Zeit für die Arbeit, die ich tun muss. Mach es mir nicht leicht. Ich will sicher sein. Ich will, dass du sicher bist.«

Sie nickte. »Als ich dich vor zwei Jahren sah, dachte ich: Das ist das schönste Geschöpf, das ich je gesehen habe, Mann oder Frau.«

Vor zwei Jahren, wovon redete sie?

»Ich sah dich im Park, du bist allein spazieren gegangen, du hast mit dir selbst gesprochen. Ich bin dir fast eine Stunde gefolgt, und dann bin ich nach Hause gegangen. Ich dachte nicht, dass ich dich je wiedersehen würde. Du warst ein Spiel in meinem Kopf.«

»Gehst du oft Leuten im Park nach?«

Sie lachte. »Ich habe es nie vorher getan und seither nur noch einmal. Als ich dich zum zweiten Mal sah. Du warst in der British Library.«

»Habe ich an einer Übersetzung gearbeitet?«

»Ja. Ich habe die Nummer deines Stuhls notiert und den Portier gefragt, ob er deinen Namen weiß. Als ich ihn hatte, habe ich deine Adresse herausgefunden, und so kam es, dass du vor sechs Monaten ein bis auf die Haut nasses und verzweifeltes Geschöpf auf der Straße vor deiner Tür fandest.«

»Du hast mir erzählt, dir wäre die Handtasche gestohlen worden.«

»Ja.«

»Alles nicht wahr?«

»Ich musste mit dir reden. Es war das Einzige, was mir einfiel. Nicht sehr gescheit. Und dann lernte ich Jacqueline kennen und dachte, ich muss aufhören, und ich dachte auch an Elgin und versuchte aufzuhören. Ich wiegte mich in dem Glauben, dass wir Freunde sein könnten, dass es mir genügen würde, mit dir befreundet zu sein. Wir sind gute Freunde gewesen, nicht wahr?«

Ich dachte an jenen Tag, an dem ich Louise im Regen gefunden hatte. Sie sah aus wie Puck, aus dem Nebel gesprungen. Ihr Haar schimmerte von glänzenden Regentropfen, der Regen rann ihr über die Brüste, deren Umrisse deutlich durch das nasse Musselinkleid hindurch zu sehen waren.

»Es war Emma, Lady Hamilton, die mich auf die Idee gebracht hat«, sagte Louise, mir meine Gedanken stehlend. »Sie hat ihr Kleid immer nass gemacht, bevor sie ausging. Es war sehr provokant, aber es hat seine Wirkung auf Nelson getan.«

Nicht wieder Nelson.

Ja, jener Tag. Ich sah sie aus dem Schlafzimmerfenster und eilte hinaus. Es war ein Akt der Freundlichkeit meinerseits, aber ein sehr angenehmer. Ich war es, der sie am nächsten Tag anrief. Sie lud mich sehr freundlich zum Essen ein. All das leuchtete mir ein, was mir nicht einleuchtete, war der Ursprung ihres Motivs. Es mangelt mir nicht an Selbstvertrauen, aber ich bin nicht schön, das ist ein Wort, das nur sehr wenigen Menschen vorbehalten ist, Menschen wie Louise selbst. Ich sagte ihr das.

»Du kannst nicht sehen, was ich sehe.« Sie streichelte mein Gesicht. »Du bist ein Teich klaren Wassers, in dem das Licht spielt.«

Jemand hämmerte gegen die Tür. Wir sprangen beide hoch.

»Das muss Jacqueline sein«, sagte Louise. »Ich habe mir gedacht, dass sie kommen wird, sobald es dunkel ist.«

»Sie ist kein Vampir.«

Das Hämmern hörte auf, und ein Schlüssel wurde vorsichtig ins Schlüsselloch gesteckt. Hatte Jacqueline sich vergewissern wollen, ob jemand zu Hause war? Ich hörte sie hereinkommen und ins Schlafzimmer gehen. Dann öffnete sie die Tür zum Wohnzimmer. Sie sah Louise und brach in Tränen aus.

»Jacqueline, warum hast du meine Sachen gestohlen?«

»Ich hasse dich.«

Ich versuchte sie dazu zu bringen, sich hinzusetzen und etwas zu trinken, aber kaum hatte sie das Glas in der Hand, schleuderte sie es auf Louise. Es verfehlte sein Ziel und zerschellte an der Wand dahinter. Sie machte einen Satz quer durchs Zimmer, ergriff die größte und schärfste Glasscherbe und ging damit auf Louises Gesicht los. Ich packte sie beim Handgelenk und verdrehte ihr die Hand nach hinten. Sie schrie auf und ließ die Scherbe fallen.

»Raus«, sagte ich, ohne sie loszulassen. »Gib mir die Schlüssel und mach, dass du rauskommst.« Es war, als hätte ich mir nie auch nur das Geringste aus ihr gemacht. Ich hatte nur den Wunsch, sie wegzuwischen. Ihr zorniges, dummes Gesicht auszulöschen. Sie verdiente das nicht, in einem Winkel meines Hirns wusste ich, dass es meine Schwäche war und nicht ihre, die uns zu diesem schmachvollen Tag gebracht hatte. Ich hätte die Wogen glätten sollen, den Angriff parieren, stattdessen schlug ich ihr ins Gesicht und riss ihr meine Schlüssel aus der Tasche.

»Das war fürs Badezimmer«, sagte ich, als sie ihren blutenden Mund betastete. Sie stolperte zur Tür und spuckte mir ins Gesicht. Ich packte sie am Kragen und schleifte sie zu ihrem Wagen. Sie schlitterte davon, ohne die Scheinwerfer einzuschalten.

Ich stand da und sah ihr nach, mit schlaff herabhängenden Armen. Ich stöhnte und setzte mich auf die niedrige Mauer neben dem Haus. Die Luft war kühl und beruhigend. Warum hatte ich sie geschlagen? Ich hatte mir immer etwas darauf zugutegehalten, der überlegene Partner zu sein, der Intelligente, Einfühlsame, der gute Manieren schätzt und sich ihrer befleißigt. Nun hatte ich mich in einer Streiterei als mies und gewalttätig erwiesen. Sie hatte mich in Wut gebracht, und ich hatte zugeschlagen. Wie oft taucht das in den Gerichtssälen auf? Wie oft habe ich über die Gewalttätigkeit anderer verächtlich die Lippen geschürzt?

Ich legte den Kopf in die Hände und weinte. Diese hässliche Sache war meine Schuld. Noch eine verfehlte Beziehung, noch ein verletztes Menschenwesen. Wann würde ich endlich aufhören? Ich fuhr mit den Knöcheln über den rauen Ziegelstein. Es gibt immer eine Entschuldigung, wir finden immer einen guten Grund für unser Benehmen. Aber mir fiel kein guter Grund ein.

Okay, sagte ich mir, Louise ist deine letzte Chance. Wenn du irgendetwas wert bist, zeig es jetzt. Sei ihrer würdig.

Ich ging wieder hinein. Louise saß sehr still da und betrachtete das Glas in ihren Händen, als wäre es eine Kristallkugel.

»Verzeih mir«, sagte ich.

»Mich hast du nicht geschlagen.« Sie wandte sich mir zu, ihre vollen Lippen waren eine lange gerade Linie. »Wenn du mich je schlägst, verlasse ich dich.«

Mein Magen zog sich zusammen. Ich wollte mich verteidigen, aber ich brachte nichts heraus. Ich traute meiner Stimme nicht.

Louise stand auf und ging ins Bad. Ich warnte sie nicht. Ich hörte, wie sie die Tür öffnete und scharf und plötzlich Atem holte. Sie kam und streckte mir die Hand entgegen. Wir verbrachten den Rest der Nacht mit Saubermachen.

Das Interessante an einem Knoten ist seine formale Kompliziertheit. Selbst der einfache klassische Knoten mit seinen drei etwa symmetrischen Schlingen besitzt mathematische und künstlerische Schönheit. Für Gläubige verkörpert der salomonische Knoten den Kern allen Wissens. Für Teppichknüpfer und Stoffweber auf der ganzen Welt liegt die Herausforderung des Knotens in den Gesetzmäßigkeiten seiner Überraschungen. Knoten können ihre Form ändern, aber sie müssen sich an die Spielregeln halten. Ein formloser Knoten ist ein schlampiger Knoten.

Louise und ich wurden von einer einzigen Schlaufe der Liebe zusammengehalten. Die um unsere Körper geschlungene Schnur wies keine scharfen Windungen oder finsteren Biegungen auf. Unsere Handgelenke waren nicht gebunden, und es lag keine Schlinge um unsere Hälse. Im Italien des vierzehnten und fünfzehnten Jahrhunderts gab es einen beliebten Sport, bei dem zwei Kämpfer mit einem starken Strick aneinandergebunden wurden, um sich zu Tode zu prügeln. Oft endete es wirklich mit dem Tod, weil der Verlierer nicht zurückweichen konnte und der Sieger ihn selten schonte. Der Sieger behielt den Strick und knüpfte einen Knoten hinein. Wenn er durch die Straßen ging, brauchte er ihn nur zu schwingen, um den verschreckten Passanten Geld abzuknöpfen.

Ich will nicht dein Spielzeug sein, und ich will nicht, dass du meines bist. Ich will dich nicht zum Spaß schlagen, will nicht die straffen Seile verheddern, die uns binden, dich in die Knie zwingen und wieder hochzerren. Das offizielle Gesicht eines chaotischen Lebens. Ich möchte, dass der Reifen um unsere Herzen uns ein Führer ist und nicht ein Schrecken. Ich will dich nicht näher an mich ziehen, als du ertragen kannst. Aber ich will auch nicht, dass die Leinen schlaff werden, will das Seil nicht ablaufen lassen, bis es lang genug ist, um uns daran zu erhängen.

Ich saß in der Bibliothek und schrieb dies an Louise; dabei betrachtete ich das Faksimile einer illustrierten Handschrift, deren erster Buchstabe ein großes L war. In das L waren Vögel und Engel hineinverwoben, die zwischen den Federstrichen schwebten. Der Buchstabe war ein Labyrinth. Außerhalb, auf dem L obendrauf, stand ein Pilger in Hut und Habit. Im Herzen des Buchstabens, der so geformt war, dass er mit seinem eigenen Gegenstück ein Rechteck bildete, war das Lamm Gottes. Wie würde der Pilger sich zurechtfinden in dem Labyrinth, dem Labyrinth, das kein Problem war für Engel und Vögel? Ich versuchte lange, den Pfad zu erforschen, aber immer wieder wurde mir der Weg von hämisch grinsenden Schlangen versperrt. Ich gab es auf, machte das Buch zu und vergaß, dass das erste Wort Liebe gewesen war.

In den folgenden Wochen waren Louise und ich zusammen, so oft wir konnten. Sie war vorsichtig im Umgang mit Elgin, ich war vorsichtig im Umgang mit ihnen beiden. Die Vorsicht erschöpfte uns.

Eines Nachts, nach einer Lasagne mit Meeresfrüchten und einer Flasche Champagner, liebten wir uns so heftig, dass »The Lady's Occasional« von der Turbine unserer Lust über den Boden getrieben wurde. Wir begannen beim Fenster und endeten bei der Tür. Es ist bekannt, dass Weichtiere Aphrodisiaka sind, Casanova aß seine Muscheln roh, bevor er sich mit einer Dame vergnügte, aber er glaubte auch an die stimulierenden Kräfte heißer Schokolade.

Sprache der Finger, Kommunikationsweise der Taubstummen, die auf den Körper des Körpers Sehnen schreibt. Wer hat dich gelehrt, mit Blut auf meinem Rücken zu schreiben? Wer hat dich gelehrt, deine Hände als Brandeisen zu benutzen? Du hast deinen Namen in meine Schultern geätzt, mir deinen Stempel aufgebrannt. Deine Fingerkuppen sind zu Druckstöcken geworden, du klopfst eine Botschaft auf meine Haut, klopfst Sinn in meinen Körper. Dein Morsecode stört meinen Herzschlag. Ich hatte ein gleichmäßig pochendes Herz, bevor ich dich traf, ich konnte mich darauf verlassen, es war im Einsatz gewesen und stark geworden. Nun änderst du sein Tempo mit deinem eigenen Rhythmus, du spielst auf mir, trommelst mich straff.

Auf dem Körper steht ein geheimer Code geschrieben, sichtbar nur bei bestimmter Beleuchtung. Was im Lauf eines Lebens zusammenkommt, sammelt sich hier. An manchen Stellen ist der Palimpsest so oft bearbeitet, dass die Buchstaben sich anfühlen wie Blindenschrift. Ich halte meinen Körper gerne zusammengerollt den Blicken neugieriger Augen fern. Man soll nie zu viel entfalten, die ganze Geschichte erzählen. Ich wusste nicht, dass Louise lesende Hände haben würde. Sie hat mich in ihr eigenes Buch übersetzt.

Um Elgins willen versuchten wir leise zu sein. Er hatte gesagt, er würde außer Haus sein, aber Louise hatte das Gefühl, er wäre daheim. Schweigend liebten wir uns im Finstern, und als ich mit der Handfläche ihre Knochen nachzeichnete, fragte ich mich, was die Zeit dieser Haut antun würde, die noch so neu für mich war. Könnte ich je weniger für diesen Körper empfinden? Warum geht Leidenschaft vorbei? Die Zeit, die dich verwelken lässt, wird auch mich verwelken lassen. Wir werden fallen wie reife Früchte und zusammen durchs Gras rollen. Liebste Freundin, lass mich neben dir liegen und den Wolken zusehen, bis die Erde uns bedeckt und wir nicht mehr sind.

Am folgenden Morgen war Elgin beim Frühstück. Das war ein Schock für uns. Er war so blass wie sein Hemd. Louise glitt auf ihren Platz am Ende des langen Tisches. Ich nahm eine neutrale Position etwa in der Mitte ein. Ich strich mir Butter auf eine Scheibe Toast und biss hinein. Das Geräusch ließ den Tisch vibrieren. Elgin zuckte zusammen.

»Musst du solchen Krach machen?«

»Tut mir leid, Elgin«, sagte ich und spuckte Brösel über das Tischtuch. Louise reichte mir die Teekanne und lächelte.

»Was macht dich so glücklich?«, sagte Elgin. »Du bist auch nicht viel zum Schlafen gekommen.«

»Du hast mir gesagt, du würdest bis heute wegbleiben«, sagte Louise ruhig.

»Ich bin heimgekommen. Es ist mein Haus. Ich habe dafür bezahlt.«

»Es ist unser Haus, und ich habe dir gestern Abend gesagt, dass wir hier sein werden.«

»Ich hätte ebenso gut in einem Bordell übernachten können.«

»Ich dachte, das würdest du tun«, sagte Louise.

Elgin stand auf und schleuderte seine Serviette auf den Tisch. »Ich bin erschöpft, aber ich werde jetzt trotzdem zur Arbeit gehen. Von meiner Arbeit hängen Leben ab, und deinetwegen werde ich heute nicht in bester Verfassung sein. Du kannst dich als Mörderin betrachten, wenn du willst.«

»Ich kann, aber ich will nicht«, sagte Louise.

Wir hörten Elgin mit seinem Mountainbike durch die Diele poltern. Durchs Fenster im Untergeschoss sah ich, wie er sich seinen rosa Helm festzurrte. Er fuhr gerne mit dem Rad, er war der Ansicht, das sei gut für sein Herz.

Louise war in Gedanken versunken. Ich trank zwei Tassen Tee, wusch das Geschirr und dachte ans Heimgehen, als sie von hinten ihre Arme um mich schlang und ihr Kinn auf meine Schulter legte.

»So geht das nicht«, sagte sie.

Sie bat mich, drei Tage zu warten, und versprach mir eine Nachricht nach Ablauf der Frist. Ich nickte, stumm und folgsam wie ein Hund, und verkroch mich in meine Ecke. Ich war hoffnungslos verliebt in Louise und hatte große Angst. In den drei Tagen versuchte ich abermals, uns der Vernunft unterzuordnen, einen Hafen zu bauen in der tobenden See, wo ich herumflanieren und den Ausblick bewundern könnte. Aber es gab keinen Ausblick, nur Louises Gesicht. Ich sagte mir, dass ihre Intensität jenseits aller Vernunft war. Nie wusste ich, was sie als Nächstes tun würde. Ich lud immer noch meine ganze Angst auf sie ab. Ich wollte immer noch, dass sie der Führer sei auf unserer Expedition. Warum fiel es mir so schwer, zu akzeptieren, dass wir gleich tief verstrickt waren? Verstrickt ineinander? Schicksal ist eine beunruhigende Vorstellung. Ich will nicht dem Schicksal unterworfen sein, ich will wählen. Aber vielleicht musste Louise gewählt werden. Wenn die Wahl schlicht und einfach hieß, Louise oder nicht Louise, dann gab es keine Wahl.

Am ersten Tag saß ich in der Bibliothek und versuchte an meinen Übersetzungen zu arbeiten, doch anstatt zu arbeiten, kritzelte ich gedankenverloren auf dem Löschblatt herum. Ich war krank vor Angst. Der drückenden Angst, sie nicht wiederzusehen. Ich würde mein Wort nicht brechen. Ich würde nicht zum Telefon greifen. Ich ließ den Blick über die Reihe fleißiger Köpfe wandern. Dunkle, blonde, graue, kahle, Perücken. Weit weg eine helle rote Flamme. Ich wusste, dass es nicht Louise war, aber ich konnte den Blick nicht von der Farbe wenden. Sie beruhigte mich, wie ein Teddybär ein Kind beruhigt, das irgendwo fremd ist. Es war nicht meiner, aber er war wie meiner. Wenn ich die Augen zu engen Schlitzen zusammenkniff, erfüllte das Rot den ganzen Raum. Die Kuppel war von rotem Licht erfüllt. Ich kam mir vor wie ein Kern in einem Granatapfel. Manche behaupten, Evas Apfel sei in Wahrheit ein Granatapfel gewesen, Frucht des

Schoßes, ich würde mich in die ewige Verdammnis hineinessen, um dich zu schmecken.

»Ich liebe sie, was soll ich tun?«

Der Herr in der Strickweste mir gegenüber blickte auf und runzelte die Stirn. Ich hatte gegen die Vorschriften verstoßen und laut gesprochen. Schlimmer noch, ich hatte mit mir selbst gesprochen. Ich raffte meine Bücher an mich und verließ fluchtartig den Raum, vorbei an den misstrauisch gaffenden Aufsehern und über die Treppe zwischen den massiven Säulen des Britischen Museums hinunter ins Freie. Ich trat den Heimweg an, mehr und mehr davon überzeugt, dass ich nie wieder von Louise hören würde. Sie würde mit Elgin in die Schweiz gehen und ein Kind bekommen. Vor einem Jahr hatte Louise auf Elgins Bitte ihre Stelle aufgegeben, damit sie eine Familie gründen könnten. Sie hatte eine Fehlgeburt erlitten und hatte keinen Wunsch nach weiteren Versuchen. Sie hatte mir gesagt, ihr Entschluss stehe fest: kein Baby. Glaubte ich ihr? Sie hatte den einzigen Grund angeführt, den ich glaubte. Sie hatte gesagt: »Es könnte Elgin ähnlich sehen.«

Vernunft. Ich war in einem Piranesi-Albtraum gefangen. Die logischen Wege, die richtigen Stufen führten nirgendwohin. Mein Verstand führte mich gewundene Treppen hoch, die in Türen mündeten, die sich ins Nichts öffneten. Ich wusste, dass mein Problem zum Teil alte Kriegswunden waren, die sich bemerkbar machten. Eine Situation brauchte nur im Leisesten nach jener mit Bathseba zu riechen, und schon schlug ich um mich. Bathseba hatte mich immer um Zeit für endgültige Entscheidungen gebeten, nur um mit einer Liste von Kompromissen wiederzukommen. Louise, das wusste ich, würde keine Kompromisse machen. Sie würde verschwinden.

Zehn Jahre Ehe sind eine Menge Ehe. Meine Beschreibung von Elgin ist wahrscheinlich nicht sehr zuverlässig. Was noch wichtiger ist, ich habe den anderen Elgin nie kennengelernt, den, den sie geheiratet hat. Kein Mensch, den Louise geliebt hat, kann wertlos sein. Wenn ich das glaubte, müsste ich akzeptieren, dass ich selbst auch wertlos sein könnte. Zumindest hatte ich sie nie gedrängt, ihn zu verlassen. Es würde ihre eigene Entscheidung sein.

Ich hatte einmal einen Freund, der hieß Crazy Frank. Er war von Liliputanern großgezogen worden, obwohl er selbst 1,80 maß. Er liebte seine Wahleltern und trug sie gerne auf seinen Schultern spazieren. Genau das tat er, als ich ihn bei einer Toulouse-Lautrec-Ausstellung in Paris kennenlernte. Wir gingen von Bar zu Bar und ließen uns ziemlich volllaufen, und in einem durchgelegenen Bett in einer billigen Pension erzählte er mir von seiner Begeisterung für Miniaturen.

»Du wärst perfekt, wenn du kleiner wärst«, sagte er.

Ich fragte ihn, ob er seine Eltern überallhin mitnehme, und er sagte Ja. Sie brauchten nicht viel Platz und machten es ihm leichter, Freundschaften zu schließen. Er sei sehr schüchtern, erklärte er.

Frank hatte den Körper eines Bullen; um dieses Bild zu unterstreichen, hatte er sich große goldene Reifen durch die Brustwarzen gezogen. Leider waren sie durch eine Kette aus schweren Goldgliedern miteinander verbunden, womit er einen besonders maskulinen Effekt erzielen wollte, tatsächlich aber sah es eher aus wie der Griff einer Chanel-Einkaufstasche.

Er wollte nicht sesshaft werden. Sein Ehrgeiz war, in jedem Hafen ein Loch zu finden. Er war nicht kleinlich, was die genaue Lage anging. Frank war der Ansicht, die Liebe sei eine Erfindung, um die Menschen zum Narren zu halten. Seine Theorie lautete, Sex und Freundschaft. »Gehen die Menschen mit ihren Freunden nicht immer besser um als mit ihren Liebhabern?« Er warnte mich davor, mich je zu verlieben, aber seine Worte kamen zu spät, denn ich hatte mein Herz bereits an ihn verloren. Er war der perfekte Vagabund, das Reisebündel in der einen Hand, mit der anderen winkend. Er blieb nirgendwo lange, er war nur zwei Monate in Paris. Ich bat ihn, mit mir nach England zu kommen, aber er lachte und sagte, England sei etwas für Ehepaare. »Ich muss frei sein«, sagte er.

»Aber du nimmst deine Eltern überallhin mit.«

Frank reiste nach Italien ab, und ich kehrte heim nach England. Zwei ganze Tage war ich untröstlich, und dann dachte ich: Ein Mann und seine Liliputaner. Ist es wirklich das, was du willst? Ein Mann, dessen Brustkette bei jedem Schritt klirrt?

Es liegt schon Jahre zurück, aber es lässt mich immer noch erröten. Sex kann sich wie Liebe anfühlen, oder vielleicht ist es das Schuldbewusstsein, das mich Sex Liebe nennen lässt. Ich habe schon so viel erlebt, dass ich eigentlich wissen sollte, was das ist, was ich mit Louise tue. Ich sollte mittlerweile erwachsen sein. Warum komme ich mir wie eine Klosterschülerin vor?

Am zweiten Tag meines Martyriums nahm ich ein Paar Handschellen in die Bibliothek mit und fesselte mich an meinen Stuhl. Den Schlüssel gab ich dem Herrn in der Strickweste und ersuchte ihn, mich um fünf Uhr zu befreien. Ich sagte ihm, ich hätte einen Termin, und wenn ich meine Übersetzung bis dahin nicht fertig hätte, könnte es passieren, dass einem sowjetischen Schriftsteller das Asyl in Großbritannien verweigert werde. Er nahm den Schlüssel, ohne etwas zu sagen, aber ich bemerkte, dass er nach etwa einer Stunde von seinem Platz verschwunden war.

Ich arbeitete weiter, in der konzentrierten Stille der Bibliothek gelang es mir, mich ein wenig aus meinen Gedanken an Louise zu befreien. Warum ist der Geist unfähig, sich selbst für sein Thema zu entscheiden? Warum denken wir, wenn wir verzweifelt über eine bestimmte Sache nachdenken wollen, unweigerlich an eine andere? Der alles überwölbende Gedanke an Louise hatte mich von allen anderen Gedankengebäuden abgelenkt. Ich mag geistige Spiele, das Arbeiten fällt mir leicht, und ich arbeite rasch. Früher war es mir stets gelungen, in meiner Arbeit Frieden zu finden, in welcher Situation ich mich auch befand. Nun hatte mich diese Fähigkeit verlassen. Ich war ein Rowdy, dem man Handschellen anlegen musste.

Sobald mir das Wort Louise in den Kopf kam, ersetzte ich es durch eine Ziegelmauer. Nach einigen Stunden gab es in meinem Kopf nur noch Ziegelmauern. Was schlimmer war, meine linke Hand schwoll an, wahrscheinlich wurde sie nicht richtig durchblutet, so am Stuhlbein festgebunden. Von dem Herrn in der Strickweste war nichts zu sehen. Ich gab einem Aufseher ein Zeichen und teilte ihm flüsternd mein Problem mit. Er kam mit einem Kollegen zurück, und gemeinsam hoben sie mich mitsamt meinem Stuhl hoch und trugen mich wie in einer Sänfte durch den Lesesaal der British Library. Es macht dem Gelehrtentemperament alle Ehre, dass keiner aufblickte.

Im Büro des Bibliotheksvorstands versuchte ich zu erklären.

»Sind Sie Kommunist?«, sagte er.

»Nein, ich bin Wechselwähler.«

Er ließ mich lossägen und beschuldigte mich der »mutwilligen Beschädigung« eines Leseraumstuhles. Ich versuchte, ihn zu einer Abänderung auf »unabsichtliche Beschädigung« zu bewegen, aber da war nichts zu machen. Er legte seinen Bericht sehr feierlich zu den Akten und verlangte, dass ich ihm meinen Bibliotheksausweis aushändige.

»Den kann ich Ihnen nicht aushändigen. Da hängt mein Lebensunterhalt dran.«

»Das hätten Sie sich überlegen sollen, bevor Sie sich an Bibliothekseigentum anketten.«

Ich gab ihm meinen Ausweis und verlangte ein Beschwerdeformular. Konnte ich noch tiefer fallen?

Die Antwort war Ja. Ich verbrachte die ganze Nacht damit, vor Louises Haus herumzulungern wie ein Privatschnüffler. Ich sah die Lichter in einigen Fenstern ausgehen, in anderen angehen. War sie in seinem Bett? Was hatte das mit mir zu tun? Ich führte einen schizophrenen Dialog mit mir bis hinein in die frühen Morgenstunden, die man bei uns die »kleinen Stunden« nennt, weil das Herz auf die Größe einer Erbse schrumpft und keine Hoffnung in ihm bleibt.

Als der Morgen graute, war ich daheim, zitternd und deprimiert. Ich begrüßte das Zittern, denn ich hoffte, es könnte Fieber bedeuten. Wenn ich ein paar Tage im Delirium lag, würde es vielleicht weniger wehtun, wenn sie mich verließ. Mit ein wenig Glück würde ich vielleicht sogar sterben. »Die Menschen sind von Zeit zu Zeit gestorben, und Würmer haben sie verzehrt, aber nicht aus Liebe.« Shakespeare hatte unrecht, ich war der lebende Beweis dafür.

Du solltest ein toter Beweis sein, sagte ich mir. Wenn du ein lebender bist, hat er recht gehabt.

Ich setzte mich hin, um mein Testament zu machen, in dem ich alles Louise hinterließ. War ich noch im Vollbesitz meiner geistigen und körperlichen Kräfte? Ich maß meine Temperatur. Nichts. Ich musterte meinen Kopf im Spiegel. Nichts. Am besten, ich legte mich ins Bett, zog die Vorhänge zu und holte mir die Ginflasche.

So fand Louise mich um sechs Uhr abends des dritten Tages. Sie hatte seit Mittag bei mir angerufen, aber ich war zu besoffen gewesen, um es zu bemerken.

»Sie haben mir meinen Ausweis weggenommen«, sagte ich, als ich sie sah. Ich brach in Tränen aus und lag heulend in ihren Armen. Sie konnte nichts weiter tun, als mir ein Bad einlassen und mir einen Schlaftrunk geben. Im Eindämmern hörte ich sie sagen, »Ich lasse dich niemals wieder fort«.

Niemand weiß, welche Kräfte Menschen zueinander ziehen. Es gibt zahlreiche Theorien; Astrologie, Chemie, Brauchen und Gebrauchtwerden, biologischer Trieb. Zeitschriften und Handbücher auf der ganzen Welt sagen einem, wie man den perfekten Partner findet. Partneragenturen betonen ihre wissenschaftliche Arbeitsweise, obwohl man noch kein Wissenschaftler ist, wenn man einen Computer hat. Die alte romantische Musik wurde digitalisiert. Warum auch sich dem Zufall überlassen, wenn man sich der Wissenschaft überlassen kann? Bald wird die Pseudolabormethode der Partnersuche nach Persönlichkeitsmerkmalen einem echten Experiment weichen, dessen Ergebnisse, seien sie noch so ungewöhnlich, auf jeden Fall kontrollierbar sind. Heißt es. (Dasselbe wird auch von der Atomspaltung, der Genmanipulation, der In-vitro-Befruchtung, der Kreuzung von Hormonen in Zellkulturen, ja sogar vom simplen Kathodenstrahl behauptet). Seis drum. Die virtuelle Wirklichkeit ist nicht mehr aufzuhalten.

Um derzeit eine virtuelle Welt zu betreten, müsstest du einen primitiv aussehenden Taucherhelm aufsetzen, wie man sie in den Vierzigerjahren trug, und einen Spezialhandschuh anziehen, der wie ein klobiger Gartenhandschuh aussieht. So ausgerüstet, befändest du dich im Inneren eines 360°-Fernsehers mit dreidimensionalem Programm, dreidimensionalem Ton und wirklichen Gegenständen, die du aufheben und versetzen könntest. Du würdest einen Film nicht mehr aus einer fixen Perspektive betrachten, sondern könntest den Szenenaufbau erforschen, ja sogar ändern, wenn er dir nicht gefällt. Soweit die Sinne das beurteilen können, befindest du dich in einer realen Welt. Die Tatsache, dass du dabei einen Taucherhelm und einen Gartenhandschuh trägst, würde keine Rolle spielen.

Demnächst wird dieses Gerät durch einen Raum ersetzt werden, in den du hineinspazieren kannst wie in jeden anderen auch. Nur, dass es ein intelligenter Raum sein wird. Eine virtuelle Welt nach Wahl von Wand zu Wand. Wenn du willst, kannst du Tag und Nacht in einer computergeschaffenen Welt leben. Du kannst ein virtuelles Leben mit einem virtuellen Liebespartner ausprobieren. Du kannst in dein virtuelles Haus gehen und virtuelle Hausarbeit machen, ein oder zwei Kinder haben, ja sogar herausfinden, ob du vielleicht lieber als Schwuler oder als Lesbe leben würdest. Oder als Single. Oder stinknormal. Warum zögern, wenn man das alles simulieren kann?

Und Sex? Natürlich. Teledildonik heißt das Wort. Mit einem einfachen Stecker kannst du deine Telepräsenz an das ausgedehnte Faseroptiknetz anschließen, das dann kreuz und quer die Welt durchzieht, und dich mit deinem virtuellen Partner verbinden. Die wirklichen Körper müssten dazu mit einem Bodysuit mit vielen Tausend winzigen Tastdetektoren pro Quadratzentimeter bekleidet sein. Über das Faseroptiknetz können diese Detektoren Berührungen empfangen und senden. Die virtuelle Epidermis wird ebenso empfindungsfähig sein wie die eigene Haut.

Ich für meinen Teil, unrekonstruiert wie ich bin, ziehe es vor, dich in meinen Armen zu halten und mit dir in wirklichem englischem Regen durch den Dunst einer wirklichen englischen Wiese zu gehen. Lieber würde ich durch die ganze Welt reisen, um dich bei mir zu haben, anstatt zu Hause zu liegen und deine Telepräsenz anzuwählen. Die Wissenschaftler sagen, ich kann wählen, aber wie groß ist meine Möglichkeit der Wahl in Bezug auf ihre sonstigen Erfindungen? Mein Leben gehört nicht mir, über kurz oder lang werde ich um meine Wirklichkeit feilschen müssen. Luddit? Nein, ich will die Maschinen nicht zerstören, aber ich will auch nicht, dass die Maschinen mich zerstören.

August. Die Straße gleicht einer Heizplatte, auf der wir gekocht werden. Louise hatte mich nach Oxford gebracht, um von Elgin wegzukommen. Sie sagte mir nicht, was in den vergangenen drei Tagen geschehen war, sie behielt ihr Geheimnis für sich wie ein V-Mann in Kriegszeiten. Sie lächelte, war ruhig, die perfekte Geheimagentin. Ich traute ihr nicht. Ich glaubte, sie würde mit mir Schluss machen, sie hätte sich mit Elgin versöhnt und sich diese Gnadenfrist von ihm erbeten, um mit einem kleinen Frösteln des Bedauerns von mir Abschied zu nehmen. Meine Brust war voller Steine. Wir gingen spazieren, schwammen im Fluss, lasen Rücken an Rücken, wie Liebende das tun. Und wir redeten die ganze Zeit über alles, nur nicht über uns. Wir waren in einer virtuellen Welt, in der das einzige Tabu das wirkliche Leben war. Aber in einer echten virtuellen Welt hätte ich Elgin sachte aufheben und für immer aus dem Rahmen werfen können. Aus den Augenwinkeln sah ich ihn warten, warten. Elgin hockte über dem Leben, bis es sich bewegte.

Wir waren in unserem gemieteten Zimmer, die Fenster weit geöffnet, denn es war heiß. Draußen die dichten Geräusche des Sommers; Stimmen auf der Straße, das Klicken eines Krocketballs, Gelächter, jäh und bruchstückhaft, und über uns Mozart auf einem scheppernden Klavier. Ein Hund, wuff wuff wuff, der dem Rasenmäher nachjagte. Ich hatte meinen Kopf auf deinem Bauch und hörte dein Mittagessen auf dem Weg zu deinen Eingeweiden.

Du sagtest: »Ich werde gehen.«

Ich dachte: Ja, natürlich, du gehst zurück in deine Muschelschale.

Du sagtest: »Ich werde von ihm gehen, weil meine Liebe zu dir jedes andere Leben zu einer Lüge macht.« Ich habe diese Worte im Futter meines Mantels versteckt. Ich nehme sie heraus wie ein Juwelendieb, wenn keiner zusieht. Sie sind nicht verblasst. Nichts, was mit dir zu tun hat, ist verblasst. Du bist immer noch die Farbe meines Blutes. Du bist mein Blut. Wenn ich in den Spiegel schaue, sehe ich nicht mein eigenes Gesicht. Deinen Körper gibt es zweimal. Einmal du, einmal ich. Kann ich sicher sein, welcher welcher ist?

Wir kehrten zurück in meine Wohnung, und du brachtest nichts aus deinem anderen Leben mit als die Kleider, die du am Leib trugst. Elgin hatte darauf bestanden, dass du nichts mitnimmst, bis ihr euch über die Scheidungsmodalitäten geeinigt hättet. Du hattest ihn aufgefordert, die Scheidung wegen Ehebruchs einzureichen, und er hatte auf der Formulierung »unzumutbares Verhalten« bestanden.

»So kann er sein Gesicht wahren«, sagtest du. »Ehebruch würde ihn zum Hahnrei machen. Unzumutbares Verhalten macht ihn zum Märtyrer. Eine verrückte Frau ist besser als eine verworfene. Was soll er denn sonst seinen Freunden sagen?«

Ich weiß nicht, was er seinen Freunden sagte, aber ich weiß, was er mir sagte. Louise und ich hatten fast fünf

Monate sehr glücklich miteinander gelebt. Es war Weihnachten, und wir hatten die Wohnung mit Girlanden geschmückt, gewunden aus Stechpalmenzweigen und Efeu aus den Wäldern. Wir hatten sehr wenig Geld; ich hatte nicht so viel übersetzt, wie ich eigentlich hätte sollen, und Louise konnte ihre Arbeit nicht vor Beginn des neuen Jahres wiederaufnehmen. Sie hatte eine Stelle als Lehrerin für Kunstgeschichte gefunden. Nichts von alledem machte uns etwas aus. Wir waren unverschämt glücklich. Wir sangen und spielten und machten kilometerlange Spaziergänge, bei denen wir uns Häuser ansahen und Leute beobachteten. Ein Schatz war uns in die Hände gefallen, und der Schatz waren wir selbst füreinander.

Jene Tage haben jetzt eine kristallene Klarheit für mich. Wie ich sie auch ans Licht halte, immer brechen sie sich in einer anderen Farbe. Louise in ihrem blauen Kleid, wie sie Tannenzapfen im Rock sammelt. Louise vor dem purpurnen Himmel wie eine präraffaelitische Heroine. Das junge Grün unseres Lebens und die letzten gelben Rosen im November. Die Farben verschwimmen, und ich kann nur ihr Gesicht sehen. Dann höre ich ihre Stimme, spröde und weiß. »Ich lasse dich nie wieder fort.«

Es war Heiligabend, und Louise machte einen Besuch bei ihrer Mutter, die Elgin immer gehasst hatte, bis Louise ihr mitteilte, dass sie sich von ihm scheiden lasse. Louise hoffte, das Fest des guten Willens könnte zu ihren Gunsten wirken, und als die Sterne hart und hell waren, wickelte sie sich in ihre Mähne und machte sich auf den Weg. Ich winkte ihr lächelnd nach; wie schön sie in den Steppen Russlands aussehen würde.

Als ich gerade die Tür schließen wollte, kam ein Schatten auf mich zu. Es war Elgin. Ich hatte keine Lust, ihn hereinzubitten, aber er war bedrohlich auf eine seltsam joviale Art. Ich spürte ein Prickeln im Nacken wie ein Tier. Ich kam zu dem Schluss, dass ich es um Louises willen hinter mich bringen musste.

Ich gab ihm einen Drink, und er redete planlos daher, bis ich es nicht länger ertragen konnte. Ich fragte ihn, was er wolle. Ging es um die Scheidung? »In gewisser Weise«, sagte er lächelnd. »Ich glaube, es gibt da etwas, was du wissen solltest. Etwas, was Louise dir sicher nicht erzählt hat.«

»Louise erzählt mir alles«, sagte ich kalt. »So wie ich ihr.«

»Wie rührend«, sagte er und betrachtete das Eis in seinem Scotch. »Dann wird es dich also nicht überraschen, wenn du hörst, dass sie Krebs hat?«

Zweihundert Meilen über der Erdoberfläche gibt es keine Schwerkraft. Die Gesetze der Bewegung sind aufgehoben. Man könnte Purzelbäume schlagen, langsam, langsam, schwer in die Schwerelosigkeit, nichts, wohin man fallen könnte. Auf dem Rücken durch den Raum rudernd könnte man feststellen, dass die Füße sich vom Kopf entfernt haben. Man streckt sich langsam langsam, wird länger, die Gelenke lösen sich aus ihren gewohnten Verbindungen. Schulter und Arm werden durch nichts mehr zusammengehalten. Man bricht auseinander, Knochen um Knochen, weggebrochen von dem, der man ist, man treibt davon, das Zentrum hat keine Haltekraft mehr.

Wo bin ich? Hier ist nichts, was ich erkenne. Das ist nicht die Welt, die ich kenne, das kleine Schiff, das ich getrimmt und getakelt habe. Was ist das für ein Zeitlupen-Raum, in dem mein Arm sich auf und ab und auf und ab bewegt wie eine Mussoliniparodie? Wer ist dieser Mann, der die Augen rollt und den Mund aufreißt wie eine Gaskammer, dessen Worte ich beißend und widerlich in Kehle und Nasenlöchern spüre? Es stinkt in dem Raum. Die Luft ist schlecht. Er vergiftet mich, und ich kann nicht weg. Meine Füße gehorchen mir nicht. Wo ist der vertraute Ballast meines Lebens? Ich kämpfe hilflos, hoffnungslos. Ich suche nach einem Halt, aber mein Körper treibt davon. Ich möchte mich an etwas Festes klammern, aber hier ist nichts Festes.

Die Fakten, Elgin. Die Fakten.
Leukämie.
Seit wann?
Seit etwa zwei Jahren.
Sie ist nicht krank.
Noch nicht.
Was für eine Art Leukämie?
Chronische lymphozytische Leukämie.
Sie sieht gut aus.
Die Patienten können eine Zeit lang symptomfrei sein.
Es geht ihr gut.
Ich habe eine Blutkörperchenzählung vorgenommen nach ihrer ersten Fehlgeburt.
Ihrer ersten?
Sie war schwer anämisch.
Ich verstehe nicht.

Es ist selten.
Sie ist nicht krank.
Ihre Lymphknoten sind schon vergrößert.
Wird sie sterben?
Sie sind wie aus Gummi, aber sie tun nicht weh.
Wird sie sterben?
Ihre Milz ist überhaupt nicht vergrößert. Das ist gut.
Wird sie sterben?
Sie hat zu viele weiße T-Zellen.
Wird sie sterben?
Das hängt davon ab.
Wovon?
Von dir.
Du meinst, ich kann mich um sie kümmern?
Ich meine, dass ich es kann.

Elgin ging, und ich saß unter dem Christbaum und betrachtete die schaukelnden Engel und die Zuckerkerzen. Sein Plan war einfach: Wenn Louise zu ihm zurückkehrte, würde sie die Betreuung bekommen, die man mit Geld nicht kaufen kann. Sie würde mit ihm in die Schweiz fahren und hätte Zugang zu den neuesten medizinischen Technologien. Als Patientin, egal wie reich, hätte sie das nicht. Als Elgins Frau ja.

Die Krebsbehandlung ist grausam und toxisch. Normalerweise würde Louise mit Steroiden in massiven Dosen behandelt werden, um eine Remission herbeizuführen. Wenn die Milz sich zu vergrößern beginnt, müsste sie sich einer Strahlenbehandlung oder sogar einer Splenektomie unterziehen. Zu diesem Zeitpunkt wäre sie bereits schwer anämisch, würde unter inneren Blutergüssen und

Blutungen leiden und wäre fast immer müde und von Schmerzen gequält. Sie würde unter Verstopfung leiden. Sie würde sich übergeben, und es wäre ihr übel. Schließlich würde die Chemotherapie zum Verfall ihres Knochenmarks beitragen. Sie würde sehr dünn werden, mein schönes Mädchen, dünn und matt und verloren. Es gibt keine Heilung für chronische lymphozytische Leukämie.

Louise kam nach Hause, ihr Gesicht leuchtete vom Frost. Auf ihren Wangen lag ein tiefes Glühen, ihre Lippen waren eisig, als sie mich küsste. Sie schob ihre eiskalten Hände unter mein Hemd und drückte sie mir auf den Rücken wie zwei Brandeisen. Sie schwatzte von der Kälte und den Sternen und wie klar der Himmel sei und vom Mond, der wie ein Eiszapfen vom Dach der Welt hing.

Ich wollte nicht weinen, ich wollte ruhig und freundlich mit ihr reden. Aber ich weinte, rasche heiße Tränen fielen auf ihre kalte Haut und verbrühten sie mit meinem Elend. Unglück ist selbstsüchtig, Kummer ist selbstsüchtig. Für wen sind die Tränen? Vielleicht gibt es keinen anderen Weg?

»Elgin ist hier gewesen«, sagte ich. »Er hat mir gesagt, dass du Blutkrebs hast.«

»Es ist nicht ernst.« Sie sagte es rasch. Was erwartete sie von mir?

»Krebs ist nicht ernst?«

»Ich habe keine Symptome.«

»Warum hast du es mir nicht gesagt? Hättest du es mir nicht sagen können?«

»Es ist nicht ernst.«

Zum ersten Mal herrscht Schweigen zwischen uns. Ich

möchte wütend auf sie sein. Es war zu viel Zorn in mir angestaut.

»Ich habe auf die Ergebnisse gewartet. Ich habe noch ein paar Untersuchungen machen lassen. Ich habe die Ergebnisse noch nicht.«

»Elgin hat sie, er sagt, du willst sie nicht wissen.«

»Ich traue Elgin nicht. Ich hole eine zweite Meinung ein.«

Ich starrte sie an, die Fäuste geballt, sodass ich meine Nägel in die Handflächen bohren konnte. Als ich sie anblickte, sah ich Elgins rechteckiges bebrilltes Gesicht. Nicht Louises geschwungene Lippen, sondern seinen triumphierenden Mund.

»Soll ich dir davon erzählen?«, sagte sie.

In den Nachtstunden, bis der Himmel blauschwarz wurde, dann perlgrau, bis die schwache Wintersonne durchbrach, lagen wir eng umschlungen in eine Reisedecke gewickelt, und sie sprach zu mir von ihren Befürchtungen, und ich sprach zu ihr von meinen Ängsten. Sie würde nicht zu Elgin zurückkehren, dabei blieb sie eisern. Sie wusste ziemlich viel über die Krankheit, und ich würde das Nötige lernen. Gemeinsam würden wir uns ihr stellen. Tapfere Worte und Trost für uns beide, die Trost brauchten in dem kleinen kalten Raum, der in dieser Nacht unser Leben fasste. Wir begannen mit nichts, und Louise war krank. Sie war sicher, dass alle Kosten mit ihrer Abfindung gedeckt werden könnten. Ich war mir da nicht so sicher, aber ich war zu müde und zu erleichtert, um in dieser Nacht weiter zu gehen. Dass wir einander wieder erreicht hatten, war weit genug.

Tags darauf, als Louise fortgegangen war, suchte ich Elgin auf. Er schien mich zu erwarten. Wir gingen in sein Arbeitszimmer. Er hatte ein neues Spiel auf seinem Bildschirm. Es hieß »Laboratorium«. Ein guter Wissenschaftler (gespielt vom Operator) und ein verrückter Wissenschaftler (gespielt vom Computer) fechten miteinander einen Kampf um die Schaffung der ersten transgenetischen Tomate aus. Mit eingepflanzten menschlichen Genen verwandelt sich die Tomate in ein Tomatensandwich, in Ketchup oder Pizzasauce mit bis zu drei zusätzlichen Ingredienzen. Aber ist das ethisch? »Hast du Lust auf ein Spiel?«, fragte er.

»Ich komme wegen Louise.«

Er hatte ihre Untersuchungsergebnisse auf dem Tisch ausgebreitet. Die Prognose lautete auf etwa 100 Monate. Er wies darauf hin, dass es leicht für Louise war, sich keine Sorgen über ihren Zustand zu machen, solange sie sich fit und wohl fühlte, dass sich das aber ändern würde, sobald sie anfinge, ihre Kraft zu verlieren.

»Aber warum sollte man sie wie eine Kranke behandeln, bevor sie wirklich krank ist?«

»Wenn wir sie jetzt behandeln, besteht eine Chance, die Krankheit aufzuhalten. Wer weiß?« Er zuckte die Achseln, lächelte und klimperte mit ein paar Tasten auf seinem Terminal. Die Tomate schielte boshaft.

»Weißt du es nicht?«

»Krebs ist ein unvorhersagbarer Zustand. Es ist eine Krankheit, bei der der Körper sich gegen sich selbst wendet. Wir verstehen das noch nicht. Wir wissen, was geschieht, aber nicht, warum es geschieht und wie wir es aufhalten können.«

»Dann hast du Louise nichts zu bieten.«

»Außer ihrem Leben.«

»Sie will nicht zu dir zurück.«

»Seid ihr nicht beide ein bisschen zu alt für den romantischen Traum?«

»Ich liebe Louise.«

»Dann rette sie.«

Elgin setzte sich vor seinen Bildschirm. Er betrachtete unsere Unterredung als beendet. »Die Schwierigkeit ist die«, sagte er, »wenn ich das falsche Gen wähle, werde ich mit Ketchup angespritzt. Verstehst du mein Problem?«

Liebe Louise,
ich liebe Dich mehr als das Leben. Ich habe keine glücklichere Zeit gekannt als die Zeit mit Dir. Ich wusste nicht, dass so viel Glück möglich ist. Kann man Liebe anfassen? Für mich ist es greifbar, das Gefühl zwischen uns, ich wiege es in meinen Händen, wie ich Deinen Kopf in meinen Händen wiege. Ich halte mich an der Liebe fest wie ein Kletterer am Seil. Ich wusste, unser Weg würde steil sein, aber ich habe nicht mit der senkrechten Felswand gerechnet, vor der wir angelangt sind. Wir könnten sie erklimmen, das weiß ich, aber die Belastung wäre zu groß für Dich.

Ich gehe heute Nacht fort, ich weiß noch nicht, wohin, ich weiß nur, dass ich nicht zurückkommen werde. Du brauchst die Wohnung nicht zu verlassen; ich habe Vorkehrungen getroffen. Du bist sicher in meinem Heim, aber nicht in meinen Armen. Wenn ich bleibe, wirst Du es sein, die geht, in Schmerzen, ohne Hilfe. Unsere Liebe war nicht dazu gedacht, Dich Dein Leben zu kosten. Das kann ich nicht ertragen. Könnte es mein Leben sein, ich gäbe es mit Freuden hin. Du bist zu mir gekommen in den Kleidern, die Du am Leib getragen hast. Das war genug. Nicht mehr, Louise. Kein Geben mehr. Du hast mir bereits alles gegeben.

Bitte geh mit Elgin. Er hat versprochen, mich wissen zu lassen, wie es Dir geht. Ich werde jeden Tag an Dich denken, viele Male am Tag. Mein Körper trägt die Abdrücke Deiner Hände. Dein Fleisch ist mein Fleisch. Du hast mich entziffert, und jetzt bin ich leicht zu lesen. Die Botschaft ist einfach: meine Liebe zu Dir. Ich will, dass Du lebst. Verzeih meine Fehler. Verzeih mir.

Ich packte und nahm den Zug nach Yorkshire. Ich verwischte meine Spuren, damit Louise mich nicht finden konnte. Ich nahm meine Arbeit mit und das bisschen Geld, das nach Abzahlung des Wohnungskredits für ein Jahr übrig geblieben war, Geld genug für einige Monate. Ich fand ein kleines Häuschen und ein Brieffach für meine Verleger und einen mir wohlgesinnten Menschen, der sich bereit erklärt hatte, mir zu helfen. Ich nahm einen Job in einer schicken Bar an, einem Lokal kontinentalen Stils für die *nouveau refugées*, denen Fish and Chips zu vulgär waren. Wir servierten Pommes frites mit Dover-Seezunge, die nie eine Klippe gesehen hatte. Wir servierten Garnelen, die so tief in Eis verpackt waren, dass wir sie manchmal irrtümlich in einen Drink gaben. »Eine neue Mode, Sir, Scotch on the rocks à la prawn.« Danach wollten alle so etwas.

Meine Aufgabe war es, Weinkühler mit Frascati auf eleganten kleinen Tischen abzuladen und die Bestellungen für das Abendessen entgegenzunehmen. Wir boten »Mediterranean Special« (Fisch und Pommes), »Pavarotti

Special« (Pizza und Pommes), »Olde Englyshe Special« (Würstchen und Pommes) und »Lovers Special« (Rippenstück für zwei mit Pommes und Gewürzessig). Man konnte auch à la carte essen, aber keiner konnte die Karte finden. Die ganze Nacht schwang die mit grünem Boi bespannte und mit Ziernägeln beschlagene Tür zur Küche auf und zu und gab jedes Mal kurz den Blick auf zwei geschäftige Küchenchefs mit turmhohen Mützen frei.

»Roll noch ne Pizza an, Kev.«

»Sie will ne Portion Mais extra.«

»Okay, dann gib mal den Dosenöffner her.«

Das ständige Pfeifen der wie ein NASA-Terminal übereinandergestapelten Mikrowellenherde ging größtenteils im hypnotischen Dröhnen der Basslautsprecher in der Bar unter. Keiner fragte je, wie sein Essen zubereitet wurde, und hätten sie gefragt, hätte eine Ansichtskarte von der Küche mit den Komplimenten des Küchenchefs sie sicher beruhigt. Es war nicht unsere Küche, aber sie hätte es sein können. Das Brot war so weiß, dass es leuchtete.

Ich kaufte mir ein Fahrrad für die zweiunddreißig Kilometer zwischen der Bar und dem heruntergekommenen Cottage, das ich gemietet hatte. Ich wollte zu erschöpft sein, um nachzudenken. Trotzdem war jede Drehung des Rads Louise.

In meinem Cottage gab es einen Tisch, zwei Stühle, einen Flickenteppich und ein Bett mit einer abgewrackten Matratze. Wenn ich es warm haben wollte, hackte ich Holz und machte mir ein Feuer. Das Häuschen war seit Langem verlassen. Niemand wollte darin wohnen, und keiner außer mir wäre dumm genug gewesen, es zu mieten. Es gab kein Telefon, und das Bad befand sich in der

Mitte eines halb abgeteilten Raumes. Durch ein schlecht abgedichtetes Fenster pfiff der Wind herein. Der Boden knarrte wie in einem billigen Horrorfilm. Es war schmutzig, deprimierend und ideal. Die Besitzer hielten mich für verrückt. Ich bin verrückt.

Es gab einen schmuddeligen Lehnstuhl beim Kamin, in seinem schlabbrigen Bezug zusammengesunken wie ein alter Mann in einem Anzug aus längst vergangener Blütezeit. Ich will in ihm sitzen und nie wieder aufstehen. Ich will hier verrotten, langsam in dem verblassten Muster versinken, unsichtbar werden zwischen den toten Rosen. Wenn man durch die dreckigen Fenster sehen könnte, sähe man nur die Wölbung meines Hinterkopfs über dem Rand des Lehnstuhls. Man sähe meine Haare, schütter und dünn geworden, ergraut, ausgefallen. Der Totenkopf im Stuhl, dem Rosenstuhl im stagnierenden Garten. Was für ein Sinn liegt in der Bewegung, wenn Bewegung Leben bedeutet und Leben Hoffnung? Ich habe weder Leben noch Hoffnung. Da ist es doch besser, sich der abbröckelnden Wandvertäfelung hinzuzugesellen, sich mit dem Staub niederzulassen und von jemandem durch die Nasenlöcher eingesogen zu werden. Täglich atmen wir die Toten ein.

Was sind die Merkmale eines Lebewesens? In der Schule, im Biologieunterricht, habe ich Folgendes gelernt: Ausscheidung, Wachstum, Reizbarkeit, Fortbewegungsfähigkeit, Nahrungsaufnahme, Fortpflanzung und Atmung. Das ist keine sehr lebendige Aufzählung, will mir scheinen. Wenn das alles ist, was ein Lebewesen ausmacht, kann ich ebenso gut tot sein. Was ist mit diesem anderen weitverbreiteten Merkmal lebender Wesen; dem Verlangen, geliebt zu werden? Nein, es fällt nicht unter das Stichwort Fortpflanzung. Ich habe kein Verlangen, mich fortzupflanzen, aber ich suche immer noch nach Liebe. Fortpflanzung. Eine auf Hochglanz polierte Speisezimmereinrichtung im Queen-Anne-Stil zum Aktionspreis. Massives Holz. Will ich das? Die Modellfamilie, zwei plus zwei im fix und fertig abgepackten Satz zur leichten Heimmontage. Ich will kein Modell, ich will das Original in natürlicher Größe. Ich will mich nicht fortpflanzen, ich will etwas ganz und gar Neues schaffen.

Kämpferische Worte, aber der Kampfgeist hat mich verlassen.

Ich versuchte ein bisschen sauber zu machen. Ich schnitt ein wenig Winterjasmin in dem zerrupften Garten und brachte ihn ins Haus. Er sah aus wie eine Nonne in einem Slum. Ich kaufte einen Hammer und ein paar Hartfaserplatten und reparierte die ärgsten Schäden, sodass ich beim Feuer sitzen konnte, ohne zugleich den Wind zu spüren. Das war schon ein Fortschritt. Mark Twain hat sich ein Haus gebaut mit einem Fenster über dem Feuer, damit er den Schnee auf die Flammen fallen sehen konnte. Ich hatte ein Loch, durch das der Regen hereinkam, aber ich hatte ja auch ein Leben, durch das der Regen hereinkam.

Ein paar Tage nach meiner Ankunft hörte ich ein schwaches Jaulen draußen. Ein Geräusch, das trotzig und forsch hätte wirken sollen, aber nicht ganz so klang. Ich zog mir die Stiefel an, nahm eine Taschenlampe und stolperte durch den Januarmatsch. Er war tief und zähflüssig. Um einen Weg zu meinem Haus freizuhalten, musste ich ihn täglich mit Asche bestreuen. Die Asche war im

Schlamm versunken, das Wasser aus der Dachrinne lief mir direkt vor die Haustür. Jeder Windstoß wehte die Ziegel vom Dach.

Eng an die Wand des Hauses gedrückt, wenn man schwitzendes, von Flechten zusammengehaltenes dickbäuchiges Ziegelwerk eine Wand nennen kann, fand ich einen mageren, räudigen Kater. Er sah mich aus Augen an, in denen Hoffnung und Angst sich mischten. Er war nass bis auf die Haut und zitterte. Ich zögerte nicht, beugte mich hinunter und nahm ihn bei der Hautfalte am Genick, so wie Louise mich genommen hatte.

Im Licht sah ich, dass wir beide, der Kater und ich, schmutzig waren. Wann hatte ich zuletzt ein Bad genommen? Meine Kleider waren muffig, meine Haut war grau. Das Haar hing mir in leblosen Fetzen herunter. Der Kater war auf einer Seite mit Öl verschmiert, und am Bauch stand ihm der schlammverklebte Pelz wie eine Punkfrisur ab.

»Heute ist Badetag in Yorkshire«, sagte ich und trug den Kater zu der müden alten Emaillebadewanne auf drei Klauenfüßen. Die vierte Stütze war eine Bibelausgabe. »… denn Gott der Herr ist ein Fels ewiglich.« Mit einer Serie von wütenden Schreien, inständigen Bitten, Streichhölzern und Feuerzeugbenzin setzte ich den alten Boiler in Gang, bis er schließlich rumpelnd und spuckend übel riechende Dampfwolken gegen die abblätternden Wände des Badezimmers puffte. Ich sah die Augen des Katers, der mich entgeistert beobachtete.

Wir wurden sauber, alle zwei, er eingewickelt in ein Handtuch, ich in meinen einzigen Luxus, ein wollig weiches Badetuch. Sein Kopf war klein mit dem am Schädel klebenden Fell. Ihm fehlte ein Stück von einem Ohr, und über einem Auge hatte er eine böse Schramme. Er zitterte in meinen Armen, obwohl ich ihm ganz sanft etwas von einer Schale Milch erzählte. Später, in dem klapprigen Bett, begraben unter einer so missbrauchten Daunendecke, dass die Federn sich nicht rührten, wenn ich sie schüttelte, lernte ein milchgesättigter Kater schnurren. Er schlief die ganze Nacht auf meiner Brust. Ich schlief nicht sehr viel. Ich versuchte nachts wach zu bleiben bis zur völligen Erschöpfung, um mich den Träumen zu entziehen, die einen, der viel zu verbergen hat, morgens heimsuchen. Manche Leute hungern sich tagsüber aus, nur um festzustellen, dass ihre kasteiten Körper nachts den Kühlschrank geplündert und sich mit rohem Fleisch, Katzenfutter, Toilettenpapier und allem, was sonst noch greifbar war, vollgestopft haben, um das Bedürfnis zu befriedigen.

Neben Louise zu schlafen war eine Freude gewesen, die oft zum Sex geführt hatte, davon aber getrennt gewesen war. Die köstlich gemäßigte Wärme ihres Körpers, eine Hauttemperatur, die perfekt mit der meinen harmonierte. Mich von ihr wegzudrehen, nur um mich Stunden später wieder zurückzudrehen und an die Kurve ihres Rückens zu schmiegen. Ihr Geruch. Spezifischer Louise-Geruch. Ihr Haar. Eine rote Decke, die uns beide einhüllte. Ihre Beine. Sie waren nie ganz glatt, weil sie sie nie genug rasierte. Die nachwachsenden Stoppeln machten sie immer ein bisschen rau, und ich mochte das. Sie ließ sie nie lange stehen, daher weiß ich nicht, welche Farbe sie hatten, aber ich spürte sie mit meinen Füßen, wenn ich ihr über das Schienbein fuhr, die langen Knochen ihrer Beine, reich an Knochenmark. Knochenmark, in dem die Blutzellen gebildet werden, die roten und die weißen. Rot und weiß, die Farben Louises.

In psychologischen Ratgebern empfehlen sie einem, mit einem Kissen im Arm zu schlafen, um leichter über einen schmerzlichen Verlust hinwegzukommen. Nicht gerade mit einem sogenannten *Dutch wife*, einem Polster, wie man es sich in den Tropen zwischen die Beine schiebt, damit es den Schweiß aufsaugt. »Das Kissen wird Sie in den langen, endlosen Stunden trösten. Wenn Sie schlafen, wird sein Vorhandensein Ihnen unbewusst guttun. Wenn Sie aufwachen, wird Ihnen das Bett weniger groß und einsam vorkommen.« Wer schreibt solche Bücher? Glauben sie das wirklich, diese bemühten Ratgeber, dass 60 x 40 cm Polsterfülle in einem Leinenüberzug den Schmerz eines gebrochenen Herzens lindern können? Ich will kein Kissen, ich will dein lebendiges, atmendes Fleisch. Ich will, dass du im Dunkeln meine Hand hältst, ich will mich auf dich rollen und mich in dich schieben. Wenn ich mich in der Nacht umdrehe, ist das Bett breit wie ein Kontinent. Ein endloser weißer Raum, in dem ich dich nicht finden werde. Ich bereise ihn Zentimeter um Zentimeter, aber du bist nicht da. Es ist kein Spiel, du wirst nicht plötzlich irgendwo hervorspringen und mich überraschen. Das Bett ist leer. Ich bin darin, aber das Bett ist leer.

Ich nannte den Kater »Hopeful«, weil er mir am ersten Tag ein Kaninchen brachte, das wir mit Linsen aßen. Es gelang mir an diesem Tag, ein wenig zu übersetzen, und als ich von der Bar zurückkam, saß Hopeful vor der Tür mit einem gespitzten Ohr und einem Ausdruck solcher Erwartung, dass ich einen Augenblick, einen einzigen klaren Augenblick, vergaß, was ich getan hatte. Am folgenden Tag fuhr ich mit dem Rad zur Bibliothek, aber ich ging nicht in die russische Abteilung, wie ich es vorgehabt hatte, sondern zu den medizinischen Büchern. Ich begann mich wie besessen mit Anatomie zu beschäftigen. Wenn ich Louise nicht aus meinen Gedanken verbannen konnte, würde ich mich in ihr ertränken. In der klinischen Sprache, der sachlichen Betrachtung des saugenden, schwitzenden, gefräßigen und defäkierenden Ich, fand ich ein Liebesgedicht an Louise. Ich würde sie genauer kennenlernen, intimer noch als die Haut, das Haar und die Stimme, nach denen ich vor Sehnsucht verging. Ich würde ihr Plasma haben, ihre Milz, ihre Synovialflüssigkeit. Ich würde sie erkennen, auch wenn ihr Körper längst schon dahingeschwunden wäre.

DIE ZELLEN, GEWEBE, SYSTEME UND HOHLRÄUME DES KÖRPERS

DIE MENSCHLICHEN ZELLEN VERMEHREN SICH DURCH MITOTISCHE TEILUNG, SOLANGE DER MENSCH LEBT. BIS ZUR VOLLENDUNG DES WACHSTUMS VOLLZIEHT SICH DIE VERMEHRUNG RASCHER. DANACH WERDEN NEUE ZELLEN GEBILDET, UM DIE ABGESTORBENEN ZU ERSETZEN. EINE BEMERKENSWERTE AUSNAHME SIND DIE NERVENZELLEN. WENN SIE ABSTERBEN, WERDEN SIE NICHT ERSETZT.

In den verborgenen Zonen ihres Knochenmarks produziert sich Louise in abnormem Maße. Die verlässliche Funktion ihres Organismus hängt von Regulationsmechanismen ab, aber die weißen T-Zellen sind zu Räubern geworden. Sie gehorchen den Gesetzen nicht. Sie schwärmen in den Blutstrom aus und bringen die ruhige Ordnung von Milz und Eingeweiden durcheinander. In den Lymphknoten schwellen sie vor Stolz an. Früher war es ihre Aufgabe, Louises Körper gegen Feinde von außen zu schützen. Sie waren ihre Immunität, ihr sicherer Schutz gegen Infektionen. Nun sind sie zu Feinden im Inneren geworden. Die Sicherheitskräfte haben rebelliert. Louise ist das Opfer eines Gewaltstreichs.

Lass mich in dich hineinkriechen, über dich wachen,

sie in die Falle locken, wenn sie über dich herfallen. Warum kann ich ihre blinde Flut nicht eindämmen, die dein Blut verseucht? Warum gibt es keine Schleusentore an der Pfortader? Das Innere deines Körpers ist unschuldig, nichts hat ihn je das Fürchten gelehrt. Deine Arterienbahnen vertrauen ihrer Last, sie überprüfen die Transporte im Blut nicht. Du bist zum Überfließen voll, aber der Wächter schläft, und es geschieht Mord in deinem Inneren. Wer kommt hier? Lass mich meine Laterne heben. Es ist nur das Blut; rote Zellen, die Sauerstoff zum Herzen transportieren, Thrombozyten, die für eine ordnungsgemäße Gerinnung sorgen. Weiße Zellen, B und T, ein paar nur, die wie immer ganz locker vorüberziehen.

Der verlässliche Körper hat einen Fehler gemacht. Das ist nicht der rechte Zeitpunkt, Pässe abzustempeln und den Himmel zu betrachten. Dahinter kommen Hunderte von ihnen. Hunderte zu viel, bis auf die Zähne bewaffnet für eine Aufgabe, an der kein Bedarf besteht. Kein Bedarf? Bei dieser Waffengewalt?

Da kommen sie angewirbelt im Blutstrom und suchen einen Kampf vom Zaun zu brechen. Aber da ist keiner, gegen den sie kämpfen können, außer dir, Louise. Der Fremdkörper bist jetzt du.

GEWEBE, WIE ZUM BEISPIEL DIE SCHLEIMHÄUTE DES MUNDES, SIND FÜR DAS BLOSSE AUGE SICHTBAR, ABER DIE MILLIONEN ZELLEN, AUS DENEN SIE SICH ZUSAMMENSETZEN, SIND SO KLEIN, DASS MAN SIE NUR MITHILFE EINES MIKROSKOPS SEHEN KANN.

Das bloße Auge. Wie viele Male hat sich mein lüsternes bloßes Auge an dir erfreut. Ich habe dich unbekleidet gesehen, zum Waschen hinabgebeugt, die Kurve deines Rückens, die Gegenkurve deines Bauches. Ich habe dich unter mir gehabt, um dich genau zu studieren, habe die Narben zwischen deinen Schenkeln gesehen, wo du einmal auf Stacheldraht gefallen bist. Du siehst aus, als hätte ein Tier dich in seinen Klauen gehabt, seine stahlharten Nägel in deine Haut geschlagen und scharfe Male des Besitzanspruches zurückgelassen.

Meine Augen sind braun, sie sind wie Schmetterlinge über deinen Körper geflattert. Ich habe die Strecke zwischen den Elfenbeinküsten deines Körpers im Flug zurückgelegt. Ich kenne die Wälder, wo ich rasten und mich stärken kann. Ich habe mit meinem bloßen Auge eine Karte von dir angelegt, die ich wohlverborgen verwahre.

Die Millionen Zellen, aus denen deine Gewebe sich zusammensetzen, sind auf meiner Netzhaut gespeichert. Im Nachtflug weiß ich genau, wo ich bin. Dein Körper ist meine Landebahn.

Das Innere deines Mundes ist mir durch Zunge und Speichel vertraut. Seine Kämme und Täler, das geriefte Dach, die Festung der Zähne. Die weiche Glätte an der Innenseite deiner Oberlippe ist von einem rauen Wirbel unterbrochen, wo du dich einmal verletzt hast. Die Gewebe von Mund und Anus heilen rascher als alle anderen, aber es bleiben Zeichen zurück für jene, die darauf zu achten gewillt sind. Ich bin gewillt. In deinem Mund ist eine Geschichte eingefangen. Ein zertrümmertes Auto und eine zerschmetterte Windschutzscheibe. Der einzige Zeuge ist die Narbe, schartig wie die Narbe von einem Duell, bei der man noch die Stiche auf der Haut sieht.

Mein bloßes Auge zählt deine Zähne inklusive der Plomben. Die Schneidezähne, die Eckzähne, die Backenzähne und die Vorbackenzähne. Zweiunddreißig insgesamt. Einunddreißig in deinem Fall. Nach dem Sex zerreißt du dein Essen wie ein Tiger und lässt dir das Fett übers Kinn tropfen. Manchmal schlägst du die Zähne in meine Schultern und lässt seichte Wunden darin zurück. Willst du mir Narben zufügen, die den deinen entsprechen? Ich trage die Wunden wie ein Ehrenabzeichen. Die Abdrücke deiner Zähne sind leicht zu sehen unter meinem Hemd, aber das meinem Inneren eintätowierte L ist für das bloße Auge unsichtbar.

ZU DESKRIPTIVEN ZWECKEN WIRD DER MENSCHLICHE KÖRPER IN HOHLRÄUME EINGETEILT. DIE SCHÄDELHÖHLE ENTHÄLT DAS GEHIRN. SIE WIRD VON DEN SCHÄDELKNOCHEN BEGRENZT.

Lass mich in dich eindringen. Ich bin der Gräberarchäologe. Ich würde mein Leben der Beschriftung deiner Passagen widmen, der Ein- und Ausgänge dieses eindrucksvollen Mausoleums, deines Körpers. Wie eng und verborgen sind doch die Schächte und Brunnen der Jugend und Gesundheit. Ein stochernder Finger kann kaum den Beginn eines Vorraums entdecken, geschweige denn zu den weiten wasserhaltigen Hallen vordringen, in denen Gebärmutter, Eingeweide und Hirn sich verbergen.

Bei alten oder kranken Menschen blähen sich die Nasenlöcher, die Augenhöhlen bilden tiefe, bittende Tümpel. Der Mund wird schlaff, die Zähne fallen aus ihrer ersten Verteidigungslinie. Sogar die Ohren werden trompetenartig. Der Körper macht Platz für die Würmer.

Wenn ich dich in meiner Erinnerung einbalsamiere, werde ich dir zuerst das Hirn durch deine gefälligen Körperöffnungen herausholen. Nun, wo ich dich verloren habe, kann ich nicht zulassen, dass du dich entwickelst, du sollst ein Foto sein, kein Gedicht. Du musst bar allen Lebens sein, so wie ich bar allen Lebens bin. Wir werden gemeinsam sinken, du und ich, hinunter, hinunter in die finstere Leere, wo einmal die lebenswichtigen Organe waren.

Ich habe immer deinen Kopf bewundert. Die kräftige Front deiner Stirn und den langen Schädel. Dein Hinterkopf ist leicht gewölbt und fällt dann zu einer tiefen Senke im Nacken ab. Ich habe mich ohne Furcht von deinem Kopf abgeseilt. Ich habe deinen Kopf in meinen Händen gehalten, ihn genommen, die Wogen des Widerstands geglättet und mein Verlangen bezähmt, in die Haut hineinzubohren, um zu deinem Sitz vorzudringen. Diese Höhle ist der Ort, wo du weilst. Dort wird die Welt nach deiner alles verschlingenden Taxonomie erschaffen und kategorisiert. Es ist eine seltsame Mischung von Sterblichkeit und Protzerei, das allsehende, allwissende Hirn, Herrin über so vieles, zu Tricks und Heldentaten fähig. Zum Verbiegen von Löffeln und zu höherer Mathematik. Hinter den harten Begrenzungen dieses Raumes verbirgt sich das verletzliche Ich.

Es wird sich nicht vermeiden lassen, dass meine Kleider Flecken abbekommen, wenn ich in dich eindringe, die Hände voller Geräte, um aufzuzeichnen und zu analysieren. Wenn ich zu dir komme mit einer Taschenlampe und einem Notizblock, einem medizinischen Schaubild und einem Lappen, um die Schweinerei aufzuwischen. Ich werde dich sauber und ordentlich in Beutel abfüllen lassen. Ich werde dich in Plastik lagern wie Hühnerleber. Gebärmutter, Eingeweide, Hirn, sauber etikettiert und wieder an ihren Platz getan. Ist das der Weg, einen anderen Menschen zu erkennen?

Ich weiß, wie sich dein Haar aus dem Nackenknoten löst und deine Schultern mit Licht umspült. Ich kenne das Kalzium deiner Backenknochen. Ich kenne die Waffe deiner Kieferknochen. Ich habe deinen Kopf in meinen Händen gehalten, aber ich habe nie dich gehalten. Nicht dich in deinen Räumen, deinem Geist, deinen Lebenselektronen.

»Erforsche mich«, sagtest du, und ich packte meine Seile, Thermosflaschen und Landkarten zusammen, in der Hoffnung, bald wieder daheim zu sein. Ich habe mich in dein Massiv fallen lassen, und jetzt finde ich keinen Weg mehr heraus. Manchmal glaube ich, ich bin frei, ausgespuckt wie Jonas aus dem Bauch des Wals, aber dann gehe ich um eine Ecke und erkenne mich wieder. Erkenne mich in deiner Haut, deinen Knochen, sehe mich in den Höhlen schwimmen, die die Wände aller ärztlichen Wartezimmer zieren. Dies ist die Art, auf die ich dich kenne. Du bist, was ich kenne.

DIE HAUT

DIE HAUT BESTEHT AUS ZWEI HAUPTSCHICHTEN: DER DERMIS UND DER EPIDERMIS.

Seltsamer Gedanke, dass der Teil von dir, den ich am besten kenne, schon tot ist. Die Zellen auf der Oberfläche deiner Haut sind dünn und flach, ohne Blutgefäße und Nervenendigungen. Tote Zellen, am dicksten auf deinen Handflächen und Fußsohlen. Dein sepulkraler Körper, den du mir in der Vergangenheit geschenkt hast, schützt deinen weichen Kern vor den Belästigungen der Außenwelt. Ich bin eine solche Belästigung, die dich mit nekrophiler Besessenheit streichelt, die wie aufgebahrt vor mir liegende Schale liebt.

Das tote Du wird ständig vom toten Ich abgerubbelt. Deine Zellen zerfallen und blättern ab, Futter für Staubmilben und Bettwanzen. Von deinem Abfall nähren sich ganze Kolonien von Lebewesen, die auf Haut und Haaren grasen, die nicht mehr gebraucht werden. Du spürst nichts. Wie könntest du auch? Deine ganzen Empfindungen kommen von tiefer drinnen, aus den lebendigen Schichten, wo die Dermis sich erneuert und eine weitere Panzerschicht bildet. Du bist ein Ritter in glänzender Rüstung.

Rette mich. Schwing mich hinauf neben dich, lass mich die Arme um deine Taille schlingen, mich an dir festhalten. Lass meinen Kopf an deinem Rücken nicken. Dein Geruch wiegt mich in den Schlaf, ich kann mich in den warmen Daunen deines Körpers vergraben. Deine Haut schmeckt salzig und leicht zitronig. Wenn ich mit der Zunge eine lange feuchte Linie über deine Brüste ziehe, kann ich die feinen Härchen spüren, die Runzeln des Hofes, den Kegel deiner Brustwarze. Deine Brüste sind Bienenstöcke, aus denen Honig fließt.

Ich bin ein Geschöpf, das dir aus der Hand frisst. Ich wäre der Junker, der dir vortreffliche Dienste leistet. Ruh dich jetzt aus, lass mich dir die Stiefel aufschnüren, die Füße massieren, wo die Haut schwielig und wund ist. Nichts an dir ist mir widerwärtig; weder Schweiß noch Schmutz noch Krankheit und ihre stumpfen Male. Leg deinen Fuß in meinen Schoß, und ich will dir die Nägel schneiden und den Druck eines langen Tages lindern. Es war ein langer Tag für dich, mich zu finden. Du bist voller blauer Flecken. Geplatzte Feigen sind der fahle Purpur deiner Haut.

Der an Leukämie erkrankte Körper ist sehr schmerzempfindlich. Ich könnte jetzt nicht grob zu dir sein, dir dem Schmerz nahe Schreie der Lust entlocken. Wir haben einander blaue Flecken zugefügt, die blutdurchströmten Kapillargefäße zerquetscht, jene haarfeinen, verästelten Röhrchen zwischen Arterien und Venen, die das Verlangen des Körpers schreiben. Die Leidenschaft hat dir immer das Blut in die Wangen getrieben. Das war, als wir die Lage noch beherrschten, unsere Körper Verschwörer waren in unserer Lust.

Meine Nervenendigungen wurden empfindlich für winzige Veränderungen deiner Hauttemperatur. Nicht nur im primitiven Sinn von heiß und kalt. Ich versuchte die Sekunde herauszufinden, in der deine Haut sich verdickte. Den Beginn der Leidenschaft, wenn die Hitze durchkam, der Herzschlag kräftiger wurde, schneller. Ich wusste, dass deine Blutgefäße anschwollen und deine Poren sich weiteten. Die körperlichen Wirkungen der Lust sind leicht zu lesen. Manchmal hast du vier- oder fünfmal geniest wie eine Katze. Ganz gewöhnliche Vorgänge, die sich Millionen Mal am Tag auf der ganzen Welt ereignen. Ein ganz gewöhnliches Wunder, die Veränderung deines Körpers unter meinen Händen. Und dennoch, wie konnte ich an dieses offenkundige Wunder glauben? Unglaublich, unfassbar, dass du mich begehren solltest.

Ich lebe von meinen Erinnerungen wie eine abgetakelte Primadonna. Ich sitze in diesem Sessel neben dem Feuer, die Hand auf der Katze, rede laut unzusammenhängendes närrisches Zeug. Auf dem Boden liegt offen ein hinuntergefallenes medizinisches Lehrbuch. Für mich ist es ein Buch voller Zaubersprüche. Haut, sagt es. Haut.

Du warst milchweiß und frisch zu trinken. Wird deine Haut sich verfärben, ihr Schimmer matt werden? Werden dein Hals und deine Milz sich aufblähen? Werden die straffen Konturen deines Magens anschwellen unter einer unfruchtbaren Last? Es könnte sein, und dann wird mein privates Bild von dir nur noch eine schlechte Reproduktion sein. Es könnte sein, aber wenn du gebrochen bist, bin ich es auch.

DAS SKELETT

DIE KLAVIKULA ODER DAS SCHLÜSSELBEIN: DAS SCHLÜSSELBEIN IST EIN LANGER, S-FÖRMIG GEKRÜMMTER KNOCHEN. DER KNOCHENSCHAFT IST FÜR DEN ANSATZ DER MUSKELN AUFGERAUT. DAS SCHLÜSSELBEIN IST DIE EINZIGE KNOCHENVERBINDUNG ZWISCHEN DEN OBEREN EXTREMITÄTEN UND DEM ACHSENSKELETT.

Ich kann nicht an einen Knochen denken, wenn ich mir die geschmeidige S-förmige Krümmung und ihre fließenden Bewegungen vorstelle, ich denke an ein Musikinstrument, dessen Name dieselbe Wurzel hat. Clavis. Schlüssel. Klavichord. Das erste Saiteninstrument mit einer Tastatur. Dein Schlüsselbein ist beides, Tastatur und Schlüssel. Wenn ich meine Finger in die Vertiefungen hinter dem Knochen drücke, spüre ich dich wie eine weichschalige Krabbe. Ich entdecke die Öffnungen zwischen den Muskelansätzen, wo ich mich in die Sehnen deines Halses drücken kann. Der Knochen verläuft in perfekter Ausgewogenheit vom Brustbein zu den Schulterblättern. Er fühlt sich an wie gedrechselt. Wozu braucht ein Knochen tänzerische Eleganz?

Du hast ein Kleid mit einem Dekolleté, das deine

Brüste vorteilhaft zur Geltung bringt. Ich nehme an, die Vertiefung in der Mitte ist die Stelle, die üblicherweise die Blicke auf sich zieht. Ich aber hatte den Wunsch, mich mit Zeigefinger und Daumen an den Gelenkansätzen deines Schlüsselbeines festzuhaken, die Finger zu spreizen und das Netz meiner Hand auszubreiten, bis es deine Kehle erreichte. Du fragtest mich, ob ich dich erdrosseln wolle. Nein, ich wollte mich dir einpassen, nicht nur auf die herkömmliche Art, sondern in allen nur möglichen Vertiefungen.

Es war ein Spiel, Knochen auf Knochen aufeinanderzupassen. Es heißt angeblich, der Unterschied mache den größten Teil der sexuellen Anziehungskraft aus, aber es gibt so vieles an uns, das gleich ist.

Knochen von meinem Knochen. Fleisch von meinem Fleisch. Um mich deiner zu erinnern, berühre ich meinen eigenen Körper. So war sie, hier und hier. Die körperliche Erinnerung tappt durch die Tür herein, die der Geist zu versiegeln trachtete. Ein Skelettschlüssel zu Blaubarts Zimmer. Der blutige Schlüssel, der den Schmerz aufschließt. Der Verstand sagt, vergiss, der Körper heult. Die Gelenkansätze deines Schlüsselbeins bringen mich um. So war sie, hier und hier.

DIE SCAPULA ODER DAS SCHULTERBLATT: DIE SCAPULA IST EIN FLACHER, DREIECKIG GEFORMTER KNOCHEN, DER AUF DER HINTEREN BRUSTWAND ÜBER DEN RIPPEN LIEGT UND DURCH MUSKEL VON IHNEN GETRENNT IST.

Deine Schulterblätter, zusammengelegt wie Fächer – niemand würde Flügel in ihnen vermuten. Du lagst auf dem Bauch, und ich knetete die harten Ränder deines Fluges. Du bist ein gefallener Engel, aber immer noch wie Engel sind; der Körper leicht wie eine Libelle, große goldene Schwingen, die durch die Sonne schneiden.

Wenn ich nicht achtgebe, wirst du mich schneiden. Wenn ich zu unvorsichtig über die scharfen Ränder deiner Scapula streiche, wird meine Hand bluten, wenn ich sie hebe. Ich kenne die Stigmata der Vermessenheit. Die Wunde, die nicht heilen wird, wenn ich dich als selbstverständlich betrachte.

Nagle mich an dich. Ich will dich reiten wie einen Nachtmahr. Du bist das geflügelte Pferd Pegasus, das sich nicht satteln lässt. Spanne dich unter mir. Ich will sehen, wie deine Muskelstränge sich beugen und strecken. So viel verborgene Kraft in solch unschuldigen Dreiecken.

Bäum dich nicht auf unter mir, all deine Kraft entfaltend. Ich fürchte dich in unserem Bett, wenn ich die Hand ausstrecke, um dich zu berühren, und die zwei scharfen Messer auf mich gerichtet fühle. Du schläfst mit dem Rücken zu mir, damit ich dein ganzes Ausmaß kennenlerne. Es ist genug.

DAS GESICHT: DER GESICHTSSCHÄDEL WIRD AUS DREIZEHN KNOCHEN GEBILDET. DER VOLLSTÄNDIGKEIT HALBER SOLLTE AUCH DAS STIRNBEIN HINZUGEFÜGT WERDEN.

Von den Visionen, die mich im Wachen und im Schlafen heimsuchen, ist dein Gesicht die beharrlichste. Dein Gesicht, spiegelglatt und spiegelklar. Dein Gesicht im Mond, vom kühlen Widerschein versilbert, dein Gesicht, das in seiner Rätselhaftigkeit mich enthüllt.

Ich schnitt dein Gesicht aus, wo es am Eis auf dem Teich hängen geblieben war, dein Gesicht größer als mein Körper, dein Mund mit Wasser gefüllt. Ich drückte dich an meine Brust an jenem verschneiten Tag, deine Umrisse gruben sich schartig in meine Jacke. Als ich meine Lippen auf deine eiskalte Wange drückte, verbranntest du mich. Die Haut in meinem Mundwinkel riss ein, mein Mund füllte sich mit Blut. Je fester ich dich an mich drückte, desto rascher schmolzest du dahin. Ich hielt dich, wie der Tod dich halten wird. Der Tod, der langsam den schweren Vorhang der Haut herunterzieht, um den knochigen Käfig dahinter freizulegen.

Die Haut wird schlaff, verfärbt sich gelb wie Kalkstein,

wie von der Zeit verwitterter Kalkstein, und lässt die Marmorierung der Venen durchschimmern. Die blasse Durchsichtigkeit wird hart und kalt. Die Knochen selbst werden gelb wie Stoßzähne.

Dein Gesicht spießt mich auf. Ich bin durchbohrt. In die Löcher stopfe ich Splitter der Hoffnung, aber die Hoffnung heilt mich nicht. Soll ich meine Augen mit Vergessen bedecken, meine Augen, die schmal geworden sind vor lauter Schauen? Stirnbein, Gaumenbein, Nasenbein, Tränenbein, Wangenknochen, Kieferknochen, Pflugscharbein, untere Nasenmuschel, Unterkiefer.

Diese Wörter sind mein Schild, mein Schutz, diese Wörter erinnern mich nicht an dein Gesicht.

DIE SINNE UND DIE SINNESORGANE

GEHÖR UND OHR: DIE OHRMUSCHEL IST DER TEIL DES ÄUSSEREN OHRES, DER SEITLICH VOM KOPF ABSTEHT. SIE SETZT SICH AUS ELASTISCHEN FASERKNORPELN ZUSAMMEN, DIE MIT HAUT UND FEINEN HAAREN BEDECKT SIND. SIE HAT TIEFE FURCHEN UND WÜLSTE. DER VORSTEHENDE ÄUSSERE WULST WIRD HELIX GENANNT. DAS OHRLÄPPCHEN IST DER WEICHE BIEGSAME TEIL AM UNTEREN ENDE.

Schallwellen pflanzen sich mit einer Geschwindigkeit von rund 335 Metern pro Sekunde fort. Das ist etwa ein Fünftel einer Meile, und Louise ist vielleicht zweihundert Meilen entfernt. Wenn ich jetzt rufe, wird sie mich in etwa siebzehn Minuten hören. Ich muss einen Spielraum für das Unerwartete lassen. Sie könnte ja gerade unter Wasser schwimmen.

Ich rufe Louise von den Stufen zur Eingangstür, denn ich weiß, dass sie mich nicht hören kann. Ich heule in den Feldern den Mond an. Tiere im Zoo machen das Gleiche, in der Hoffnung, ein anderes ihrer Art wird den Ruf erwidern. Ein Zoo in der Nacht ist ein sehr trauriger Ort. Hinter den Gitterstäben, für eine Weile verschont von vivisektierenden Blicken, schreien die nach Arten voneinander getrennten Tiere, denn sie kennen instinktiv die Landkarte der Zugehörigkeit. Lieber wären sie Räuber und Beute als hier, in dieser befremdenden Sicherheit. Ihre Ohren, besser als die ihrer Wärter, nehmen das Summen des Straßenverkehrs und die Geräusche aus noch geöffneten Schnellimbissen wahr. Sie hören all die Laute menschlichen Leids. Was sie nicht hören, ist das Gemurmel im Unterholz und das Knistern des Feuers. Die Geräusche des Tötens. Das gegen kurze Schreie andonnernde Tosen des Flusses. Sie stellen die Ohren auf, bis sie scharf gespitzt sind, aber die Geräusche, auf die sie horchen, sind zu weit entfernt.

Ich wünschte, ich könnte deine Stimme wieder hören.

DIE NASE: DER GERUCHSSINN IST BEIM MENSCHEN IM ALLGEMEINEN WENIGER GUT AUSGEBILDET ALS BEIM TIER.

Ich habe immer noch die Körpergerüche meiner Geliebten in der Nase. Den Hefegeruch ihres Geschlechts. Den reichen gärenden Sog gehenden Brotteigs. Meine Geliebte ist eine Küche, in der ein Rebhuhn brät. Ich werde mich in den Wildbretgeruch ihrer niedrigen Höhle begeben und meinen Hunger an ihr stillen. Drei Tage ohne Waschen, und sie ist gut abgehangen und zart. Ihre Röcke schwingen von ihrem Körper hoch, ihr Geruch ist ein Reifen um ihre Schenkel.

Meine Nase zuckt schon vor der Eingangstür, ich kann sie durch die Diele auf mich zukommen riechen. Sie ist ein Parfumflakon, der nach Sandelholz und Hopfen duftet. Ich möchte sie entkorken. Ich möchte meinen Kopf gegen die offene Wand ihrer Lenden drücken. Sie ist fest und reif, eine dunkle Mischung von frisch duftender Streu und Weihrauchmadonna. Weihrauch und Myrrhe, bittere verschwisterte Gerüche von Tod und Glauben.

Wenn sie blutet, verändern die vertrauten Gerüche ihre

Farbe. An diesen Tagen ist Eisen in ihrer Seele. Sie riecht wie ein Gewehr.

Meine Geliebte ist gespannt und schussbereit. Sie hat die Witterung ihrer Beute aufgenommen. Sie vernichtet mich, wenn sie in dünnem weißem Rauch kommt, der nach Salpeter riecht. An sie geschossen, will ich nur noch die letzten Schlieren ihres Verlangens, die von ihrem Schoß zu den Nerven aufsteigen, die die Ärzte olfaktorisch nennen.

GESCHMACK: ES GIBT VIER GRUNDLEGENDE GESCHMACKSEMPFINDUNGEN: SÜSS, SAUER, BITTER UND SALZIG.

Meine Geliebte ist ein Olivenbaum, der am Meer wurzelt. Ihre Frucht ist bitter und grün. Es ist meine Wonne, zu ihrem Kern vorzudringen. Ihrem kleinen Kern, der sich hart anfühlt auf der Zunge. Ihrem dickfleischigen, von Salzadern durchzogenen Wickelkern. Wer isst eine Olive, ohne zuerst das Fleisch anzustechen? Der ersehnte Augenblick, wenn die Zähne einen kräftigen Schwall klaren Saftes herausschießen lassen, der das Gewicht des Landes in sich trägt, die Launen des Wetters, ja sogar den Vornamen des Olivenzüchters.

Die Sonne ist in deinem Mund. Das Platzen einer Olive ist, wie wenn ein klarer Himmel sich bedeckt. Die heißen Tage, wenn der Regen kommt. Iss den Tag, wo der Sand dir die Fußsohlen verbrannte, ehe das Gewitter kam und die Regentropfen deine Haut Blasen werfen ließen.

Unser verschwiegener Hain ist schwer von Früchten. Ich werde mich wie ein Wurm in dich hineinfressen bis zum Kern, dem rauen dickfleischigen Wickelkern.

DAS AUGE: DAS AUGE BEFINDET SICH IN DER AUGENHÖHLE. ES IST FAST KUGELFÖRMIG UND HAT EINEN DURCHMESSER VON ETWA 2,50 CM.

Licht pflanzt sich mit einer Geschwindigkeit von 186 000 Meilen pro Sekunde fort. Jeder Körper, der in das Blickfeld des Auges kommt, reflektiert Lichtstrahlen in den Augapfel. Ich sehe eine Farbe, wenn ein Körper Licht von einer bestimmten Wellenlänge reflektiert und alle anderen Wellenlängen absorbiert. Jede Farbe hat eine andere Wellenlänge; rotes Licht hat die längste. Ist das der Grund, weshalb ich es überall zu sehen glaube? Ich lebe in einer roten Blase, gewoben aus Louises Haar. Es ist die Jahreszeit der Sonnenuntergänge, aber es ist nicht die sinkende Lichtscheibe, die mich im Schatten des Gartens verweilen lässt. Es ist die Farbe, nach der ich verrückt bin, dein flutendes Rot, das über die Ränder des Himmels auf die braune Erde auf die grauen Steine rinnt. Auf mich.

Manchmal laufe ich hinaus in den Sonnenuntergang, die Arme weit ausgebreitet wie eine Vogelscheuche, in dem Glauben, ich könnte vom Rand der Welt in den feurigen Ofen springen und in dir verbrennen. Ich möchte meinen Körper in die flammenden Streifen des blutunterlaufenen Himmels hüllen.

Alle anderen Farben werden absorbiert. Die stumpfen Töne des Tages dringen nie in meinen nachtschwarzen Schädel. Ich lebe in vier leeren Wänden wie ein Einsiedler. Du warst ein hell erleuchteter Raum, und ich habe die Tür geschlossen. Du warst ein buntfarbener Rock, der in den Schmutz gerungen wurde.

Siehst du mich in meiner blutdurchtränkten Welt? Grünäugiges Mädchen, mit den weit auseinanderstehenden Augen wie Mandeln, komm in Flammenzungen und mach mich wieder sehend.

März. Elgin hatte versprochen, mir im März zu schreiben.

Ich zählte die Tage wie jemand unter Hausarrest. Es war bitterkalt, und die Wälder waren voller wilder weißer Narzissen. Ich versuchte Trost in den Blumen zu finden, im unbeirrbaren Knospen der Bäume. Das war neues Leben, ein wenig davon würde doch wohl auf mich abfärben?

Die Bar, auch bekannt unter dem Namen »A Touch of Southern Comfort«, veranstaltete ein Frühlingsfest, um Kunden wiederanzulocken, deren überzogene Konten sich noch nicht vom Weihnachtsfest erholt hatten. Wir Angestellten bekamen zu diesem Anlass lindgrüne Bodys verpasst und dazu einen einfachen Kranz aus künstlichen Krokussen um den Kopf. Die Getränke hatten alle ein Frühlingsthema: Märzhasenpunsch, Windhafercocktail, Blaumeise. Es spielte keine Rolle, was bestellt wurde, die Zutaten waren bis auf die alkoholische Grundlage die gleichen. Ich mixte billigen Brandy, japanischen Whisky, etwas, was sich Gin nannte, und hin und wieder einen Schuss lausigen Sherry mit Orangensaft, dünner Sahne, weißem Würfelzucker und verschiedenen Nahrungsmittelfarben. Das Ganze aufgefüllt mit Sodawasser, und für 5 Pfund das Paar (wir servierten sie nur paarweise im »Southern Comfort«) ein spottbilliges Angebot in der sogenannten Happy Hour.

Die Betriebsleitung bestellte einen Märzpianisten und trug ihm auf, sich mit seiner eigenen Geschwindigkeit durch das Songbook von Simon und Garfunkel durchzuspielen. Aus irgendeinem Grund blieb er mit autistischer Zwanghaftigkeit an *Bridge Over Troubled Water* kleben, und jedes Mal, wenn ich um fünf zur Arbeit kam, segelte das *Silver Girl* auf den Worten einer bereits tränen- und cocktailseligen Gästeschar an mir vorüber. Zu den üppigen Akkorden und Herzschmerztremolos unserer Gäste hüpften wir Fühlingsgrünen von Tisch zu Tisch, lieferten kleine Fressrationen mit Pizza und in Krügen abgefüllten Seelentrost ab. Ich begann meine Mitmenschen zu verachten.

Immer noch kein Wort von Elgin. Arbeite noch härter, mix noch mehr Cocktails, bleib lange auf, schlaf nicht, denk nicht. Ich hätte zu trinken anfangen können, hätte es etwas Geeignetes gegeben.

»Ich würde gerne sehen, wo du wohnst.«

Ich stand hinter der Bar und schüttelte grimmig ein paar Liter »Lethal Extra« im Mixbecher, als Gail Right mir klarmachte, dass sie die Absicht hatte, mit mir nach Hause zu kommen. Um zwei Uhr früh, nachdem wir den letzten unserer Nachtvögel aus seinem feuchtfröhlichen Nest gekippt hatten, schloss sie das Lokal ab und verstaute mein Fahrrad im Kofferraum ihres Wagens. Sie hatte eine Tammy-Wynette-Kassette im Rekorder.

»Du bist sehr zurückhaltend«, sagte sie. »Ich mag das. Das erleb ich selten bei der Arbeit.«

»Warum führst du diesen Laden?«

»Mit irgendwas muss ich mir ja den Lebensunterhalt verdienen. Kann mich nicht gut auf den Märchenprinzen verlassen in meinem Alter.« Sie lachte. »Und mit meinen Neigungen.«

Stand by your man, sagte Tammy, *and show the world you love him*.

»Ich denke an ein Country-und-Western-Festival im Sommer, was hältst du davon?« Gail nahm die Kurven zu schnell.

»Was werden wir anziehen müssen?«

Sie lachte wieder, schriller diesmal. »Gefällt dir dein kleiner Body nicht? Ich finde, du siehst süß darin aus.« Sie dehnte das »Ü«, sodass es weniger nach Kompliment, sondern mehr nach einem gähnenden Abgrund klang.

»Es ist sehr nett von dir, dass du mich heimbringst«, sagte ich, »kann ich dir vielleicht was anbieten?«

»Oh ja«, sagte sie. »Ooh jaa.«

Unter dem frostigen Himmel stiegen wir aus ihrem Wagen. Mit frostigen Fingern sperrte ich die Tür auf und bat sie frostigen Herzens hinein.

»Hübsch und warm ist es hier«, sagte sie und kauerte sich vor dem Ofen zusammen. Sie hatte einen breiten Hintern. Er erinnerte mich an einen Freund, der auf seinen Shorts (GL)ASS. HANDLE WITH CARE stehen gehabt hatte. Sie wackelte damit und warf einen Figurenkrug um.

»Macht nichts«, sagte ich. »Er war sowieso zu dick für den Kamin.«

Sie machte es sich in dem zitternden Lehnstuhl bequem und akzeptierte den angebotenen Kakao mit einer anzüglichen Bemerkung über Casanova. Ich hatte das für ein esoterisches Faktum gehalten.

»Es ist nicht wahr«, sagte ich. »Schokolade ist ein wunderbares Sedativum.« Was auch nicht wahr ist, aber ich dachte mir, Gail Right könnte vielleicht empfänglich sein für eine kleine Betonung des Geistes gegenüber der Materie. Ich gähnte nachdrücklich.

»Anstrengender Tag«, sagte sie. »Anstrengender Tag. Lässt mich an andere Dinge denken. Dunkle, aufregende Dinge.«

Ich dachte an Sirup. Wie mochte es wohl sein, in Gail Rights Morast zu versinken?

Ich hatte einmal einen Freund, der hieß Carlo, ein dunkler, aufregender Kerl. Er verlangte von mir, dass ich mir alle Körperhaare abrasiere, und machte dasselbe bei sich. Er behauptete, das würde das Empfindungsvermögen steigern, doch ich kam mir vor wie ein Gefangener in einem Bienenstock. Ich wollte ihm eine Freude machen. Er roch nach Tannenzapfen und Portwein, sein langer Körper dampfte vor Leidenschaft. Es dauerte sechs Monate mit uns, dann lernte Carlo Robert kennen, der größer war, breitschultriger und dünner als ich. Sie tauschten ihre Rasierklingen aus, und ich wurde fortan geschnitten.

»Wovon träumst du?«, fragte Gail.

»Von einer alten Liebe.«

»Du magst sie alt, was? Das ist gut. Übrigens, ich bin nicht so alt, wie ich ausschau, nicht wenn du zur Polsterung kommst.«

Sie gab dem Lehnstuhl einen kräftigen Schlag, und eine Wolke Staub senkte sich über ihr zerflossenes Make-up. »Ich muss dir was sagen, Gail, es gibt jemand anderen.«

»Es gibt immer jemand anderen.« Sie seufzte und starrte in die klumpige Brühe ihres Kakaos wie eine Wahrsagerin in Trance.

»Groß, dunkel und hübsch?«

»Groß, rothaarig und schön.«

»Dann erzähl uns eine Gutenachtgeschichte«, sagte Gail. »Wie ist sie?«

Louise, zweiflügeliges Mädchen, in Flammen geboren, 35. 34-22-36. 10 Jahre verheiratet. 5 Monate mit mir zusammen. Doktorat in Kunstgeschichte … hochintelligent. 1 Fehlgeburt (oder 2?), 0 Kinder. 2 Arme, 2 Beine, zu viele weiße T-Zellen. 97 Monate zu leben.

»Nicht weinen«, sagte Gail, vor meinem Sessel kniend, ihre plumpe beringte Hand auf meiner dünnen kahlen. »Nicht weinen. Du hast das Richtige getan. Sie wäre gestorben, wie hättest du dir das verzeihen können? Du hast ihr eine Chance gegeben.«

»Es ist unheilbar.«

»Ihr Arzt sagt das aber nicht. Sie kann ihm doch vertrauen, oder?«

Ich hatte Gail nicht alles erzählt.

Sie berührte sehr sanft mein Gesicht. »Du wirst wieder glücklich sein. Wir könnten miteinander glücklich sein, meinst du nicht?«

Sechs Uhr früh, und ich lag in meinem durchgesackten gemieteten Doppelbett, und neben mir lag wie ein Sack Gail Right. Sie roch nach Puder und Holzschwamm. Sie schnarchte laut, und es würde noch eine Weile dauern, bis sie aufwachte, also stand ich auf, borgte mir ihren Wagen und fuhr zur Telefonzelle.

Wir hatten nichts miteinander gehabt. Ich hatte ihr mit der ganzen Begeisterung eines Gebrauchtsofahändlers ein wenig über ihr gut gepolstertes Fleisch gestreichelt. Sie hatte mir den Kopf getätschelt und war eingeschlafen, und das war gut so, denn mein Körper war etwa so empfindlich wie ein Taucheranzug.

Ich steckte das Geld in den Schlitz, horchte auf das Läuten, und mein Atem füllte die kahle Telefonzelle mit Dampf. Mein Herz überschlug sich. Jemand hob ab, schläfrig, mürrisch.

»HALLO? HALLO?«

»Hallo, Elgin.«

»Weißt du eigentlich, wie viel Uhr es ist?«

»Früher Morgen nach einer weiteren schlaflosen Nacht.«

»Was willst du?«

»Unsere Vereinbarung. Wie geht es ihr?«

»Louise ist in der Schweiz. Sie war ziemlich krank, aber jetzt geht es ihr viel besser. Wir haben gute Resultate erzielt. Sie wird nicht so bald nach England zurückkehren, wenn überhaupt. Du kannst sie nicht sehen.«

»Ich will sie nicht sehen.« (LÜGNER LÜGNER)

»Das ist gut, denn sie will dich ganz bestimmt nicht sehen.«

Die Verbindung war unterbrochen. Für einen Augenblick hielt ich den Hörer noch in der Hand und starrte blöde in die Sprechmuschel. Louise war okay, das allein war wichtig.

Ich stieg ins Auto und fuhr die menschenleeren Meilen heimwärts. Sonntag früh und keiner unterwegs. Vor den Fenstern in den oberen Stockwerken waren überall noch die Vorhänge zugezogen, die Häuser entlang der Straße schliefen noch. Ein Fuchs lief mir über den Weg, aus seinem Maul hing schlaff ein Huhn. Ich würde mich mit Gail befassen müssen.

Zu Hause gab es nur zwei Geräusche: das metallische Ticken der Uhr und Gails Schnarchen. Ich schloss die Tür zum Treppenaufgang und blieb allein mit der Uhr. Am sehr frühen Morgen haben die Stunden eine andere Beschaffenheit, sie dehnen sich und sind voller Versprechen. Ich holte meine Bücher hervor und versuchte zu arbeiten. Russisch ist die einzige Sprache, in der ich gut bin, und das ist ein Vorteil, denn es gibt nicht allzu viele von uns, die sich um dieselben Aufträge reißen. Den Frankophilen geht es da schlechter, jeder will vor einem Pariser Café sitzen und die Neuausgabe von Proust übersetzen. Ich nicht. Ich hatte lange Zeit geglaubt, eine Tour de Force wäre ein Schulausflug.

»Du Dummkopf«, sagte Louise und boxte mich zärtlich.

Sie stand auf, um Kaffee zu machen, und brachte ihn herein, frisch, mit dem Geruch nach Plantagen und Sonne. Der aromatische Dampf wärmte unsere Gesichter und beschlug meine Brille. Sie zeichnete ein Herz auf jedes Glas. »Damit du niemanden siehst außer mir«, sagte sie. Ihr Haar zinnoberrot, ihr Körper alle Schätze Ägyptens. So etwas wie dich werde ich nie wieder finden, Louise. Ich werde niemanden sehen außer dir.

Ich arbeitete, bis die Uhr zwölf schlug und von oben ein schreckliches Gepolter hörbar wurde. Gail Right war aufgewacht.

Ich begab mich rasch zum Teekessel, denn ich spürte, dass irgendeine Beschwichtigung nötig sein würde. Würde mich eine Kanne Tee schützen? Ich streckte die Hand nach Earl Grey aus, entschied mich dann aber für Empire Blend. Ein Tee, der hält, was er verspricht.

Ein Tee für starke Gemüter. Ein Tee mit so viel Tannin, dass Designer ihn zum Färben benutzen.

Sie war im Bad. Ich hörte das Zittern und Beben der Wasserrohre, dann den Angriff auf das Email. Unwillig trennte sich der Boiler von seinem heißen Wasser, gab keuchend und schnaufend seinen letzten Tropfen her, ein schreckliches Klirren, und dann war es still. Hoffentlich hatte sie den Kesselstein nicht aufgestört.

»Passen Sie auf, dass Sie den Kesselstein nicht aufstören«, hatte der Bauer gesagt, als er mich durchs Haus geführt hatte. Er hatte es gesagt, als wäre der Kesselstein irgendein furchterregendes Geschöpf, das unter dem heißen Wasser hauste.

»Was passiert, wenn ich es tue?«

Er schüttelte schicksalsschwer den Kopf. »Kann ich nicht sagen.«

Ich bin sicher, er meinte, dass er es nicht wusste, aber war es nötig, dass er es wie einen uralten Fluch klingen ließ? Ich nahm Gails Tee und klopfte an die Tür.

»Nur nicht schüchtern«, rief sie.

Ich stemmte die Tür auf und knallte den Tee auf den Badewannenrand. Das Wasser war braun. Gail war streifig. Sie sah aus wie ein frisch angeschnittener, gut durchwachsener Speck. Ihre Augen waren klein und rot von der vergangenen Nacht. Ihr Haar stand wie ein Strohschober vom Kopf ab. Mich schauderte.

»Kalt, was?«, sagte sie. »Schrubb mir doch bitte mal den Rücken, Darling.«

»Ich muss einheizen, Gail. Damit du's warm hast.«

Ich flüchtete die Treppe hinunter und heizte tatsächlich ein. Ich hätte mit Freuden das ganze Haus in Brand gesteckt, mich davongemacht und Gail darin rösten lassen. Das ist nicht höflich, sagte ich mir. Warum graut dir so vor einer Frau, deren einziger Fehler ist, dass sie dich mag, und deren einzige Qualität es ist, überlebensgroß zu sein?

Bum, bum, bum, bum, bum, bum, bum. Gail Right stand am Ende der Treppe. Ich richtete mich auf und produzierte rasch ein Lächeln.

»Hallo, Schatz«, sagte sie und küsste mich mit einem saugenden Geräusch. »Hast du Speck und Brot?«

Während Gail sich durch die Überreste von Herbst-Effie – des Bauern jährliches Schlachtschwein – hindurcharbeitete, teilte sie mir mit, dass sie meine Arbeitsschichten in der Bar ändern würde, damit wir zusammen arbeiten könnten. »Ich werde dir auch mehr Geld geben.« Sie leckte sich das Fett von der Unterlippe und vom Arm, auf den es getröpfelt war.

»Ich möchte eigentlich nicht. Ich bin zufrieden, wie es ist.«

»Du stehst unter Schock. Versuch es eine Weile auf meine Weise.« Sie schielte über die Rinde ihres Frühstücksbrotes zu mir hin. »Hat es dir nicht gefallen, einmal ein bisschen Gesellschaft daheim zu haben? Deine Hände, die waren überall gestern Nacht.«

Ihre eigenen Hände zwängten Effie zwischen ihre Kiefer, als fürchtete sie, das Schwein könnte immer noch den Mumm aufbringen und um sein Leben rennen. Sie hatte den Speck selbst gebraten und das Brot ins Fett getaucht, bevor sie die beiden Hälften zusammengeklappt hatte. Ihre Fingernägel waren nicht ganz frei von rotem Lack, und ein bisschen davon war aufs Brot gekommen. »Ich liebe Brot mit Speck«, sagte sie. »Wie du mich berührt hast. So leicht und geschickt, spielst du Klavier?«

»Ja«, sagte ich mit unnatürlich hoher Stimme. »Entschuldige mich bitte.«

Ich erreichte die Toilette gerade noch, bevor es mir hochkam. Auf die Knie, Sitz rauf, Kopf runter, rein in die Muschel mit der Stuckatur aus Haferbrei. Ich wischte mir den Mund ab, spülte ihn mit Wasser und spuckte das Brennen aus, das mir tief hinten in der Kehle saß. Wenn Louise eine chemotherapeutische Behandlung bekommen hatte, litt sie vielleicht jeden Morgen so. Und ich war nicht bei ihr. Vergiss nicht, genau das ist ja der Sinn der Sache, genau das ist der Sinn, sagte ich zu mir selbst im Spiegel. Solange sie bei Elgin ist, braucht sie diesen Weg nicht zu gehen.

Woher willst du das wissen?, sagte die piepsende zweifelnde Stimme, die ich so sehr zu fürchten gelernt hatte.

Ich kroch zurück ins Wohnzimmer und nahm einen Schluck Whisky aus der Flasche. Gail hielt sich einen Taschenspiegel vors Gesicht und schminkte sich.

»Hoffentlich kein Laster?«, sagte sie und blinzelte unter ihrem Lidstrich.

»Ich fühl mich nicht wohl.«

»Du schläfst nicht genug, das ist dein Problem. Ich hab dich heute früh um sechs gehört. Wo bist du hin?«

»Ich musste jemanden anrufen.«

Gail legte ihren Schminkstift weg. Es stand *Automatic*

Eyeliner Pencil auf der Seite der Hülse, aber das Ding sah eher wie der elektrische Stab eines Viehtreibers aus.

»Du musst sie vergessen.«

»Da kann ich ebenso gut mich vergessen.«

»Was machen wir heute?«

»Ich muss zur Arbeit.«

Gail betrachtete mich einen Augenblick und stopfte dann ihre Utensilien in ein Plastiktäschchen. »Du bist nicht interessiert an mir, was, Darling?«

»Es ist nicht, dass ich …«

»Ich weiß, du denkst, dass ich eine fette alte Schlampe bin, die bloß ein festes, saftiges Stück Fleisch will. Okay, du hast recht. Aber ich würde meinen Teil beisteuern. Ich würde mich um dich kümmern und dir eine gute Freundin sein und auf dich schauen. Ich bin kein Schnorrer, und ich bin keine Nutte. Ich bin ein Mädchen mit einem weiten Herz und einem Körper, der mit der Zeit ein bisschen aus dem Leim gegangen ist. Soll ich dir mal was sagen, Darling? Die fleischlichen Gelüste kommen einem nicht mit derselben Geschwindigkeit abhanden wie das gute Aussehen. Das ist eine grausame Tatsache. Man hat immer noch den gleichen Spaß daran. Und das ist hart. Aber ich hab noch einiges zu bieten. Ich komm nicht mit leeren Händen zum Tisch.« Sie stand auf und nahm ihre Schlüssel. »Denk mal drüber nach. Du weißt, wo du mich findest.«

Ich sah zu, wie sie mit ihrem Wagen wegfuhr, und fühlte mich deprimiert und beschämt. Ich legte mich wieder ins Bett, gab den Kampf auf und träumte von Louise.

April. Mai. Ich setzte meine Ausbildung zum Krebsspezialisten fort. Auf der Sterbestation begannen sie, mich den Leichenfledderer zu nennen. Es war mir gleich. Ich besuchte Patienten, hörte mir ihre Geschichten an, fand Kranke, die sich erholt hatten, und saß bei anderen, die starben. Ich dachte, alle Krebspatienten würden starke, liebevolle Familien haben. Es wird so viel Tamtam um das »Miteinander durchstehen« gemacht. Fast als wäre es eine Familienkrankheit. Die Wahrheit ist, dass viele Krebspatienten allein sterben. »Was wollen Sie?«, fragte mich schließlich eine der jungen Assistenzärztinnen. »Ich will wissen, wie es ist. Ich will wissen, was es ist.« Sie zuckte die Achseln. »Sie vergeuden Ihre Zeit. An den meisten Tagen denke ich, wir vergeuden alle unsere Zeit.«

»Wozu dann überhaupt sich damit befassen? Warum befassen Sie sich damit?«

»Warum? Das ist eine Frage für die ganze Menschheit, meinen Sie nicht?« Sie wandte sich zum Gehen, dann drehte sie sich beunruhigt noch einmal nach mir um. »Sie haben doch nicht Krebs, oder?«

»Nein.«

Sie nickte. »Wissen Sie, manchmal wollen Leute, die ihre Diagnose erst seit Kurzem kennen, die Insiderstory über die Behandlung. Die Ärzte sind oft sehr herablassend, auch hochintelligenten Patienten gegenüber. Manche von ihnen versuchen dann selbst die Wahrheit herauszufinden.«

»Und was finden sie heraus?«

»Wie wenig wir wissen. Wir sind im späten zwanzigsten Jahrhundert, und was sind die Werkzeuge unseres Gewerbes? Messer, Sägen, Nadeln und Chemikalien. Ich habe keine Zeit für alternative Medizin, aber ich kann verstehen, warum sie eine so starke Anziehungskraft hat.«

»Sollten Sie nicht für jede Möglichkeit Zeit haben?«

»Bei einer Achtzigstundenwoche?«

Sie verschwand. Ich nahm mein Buch *Die moderne Krebsbehandlung* und ging nach Hause.

Juni. Der trockenste Juni seit Menschengedenken. Die Erde, die in sommerlicher Pracht prangen sollte, war verkümmert vor Wassermangel. Die Knospen waren voller Versprechen, aber sie wuchsen nicht an. Die sengende Sonne war ein Schwindel. Die Sonne, die Leben bringen sollte, trug Tod in jeden unbarmherzigen Morgen.

Ich beschloss, zur Kirche zu gehen. Nicht, weil ich gerettet werden wollte, und auch nicht, weil ich mir vom Kreuz Trost erhoffte. Was ich wollte, war eher Trost im Glauben der anderen zu finden. Ich mag es, mich anonym unter die liedersingende Menge zu mischen, der Fremde an der Tür, der sich keine Gedanken zu machen braucht über das Geld fürs Dach oder die Gestaltung des Erntedankfestes. Früher einmal haben alle geglaubt, und der Glaube war in vielen Tausend kleinen, über die ganzen britischen Inseln verstreuten Kirchen zu finden. Mir fehlen die Kirchenglocken, die sonntagmorgens von Dorf zu Dorf läuten. Gottes Dschungeltelegraf, der die frohe Botschaft weitergibt. Und es war eine frohe Botschaft insofern, als die Kirche ein Zentrum war und ein Weg. Die anglikanische Kirche in ihrer unspektakulären, wohlwollenden Teilnahme war ganz entschieden ein wichtiger Faktor im Dorfleben. Das langsame Fortschreiten der Jahreszeiten fand sein jeweiliges Echo im Allgemeinen Gebetbuch. Ritual und Stille. Rauer Stein und raue Erde.

Nun ist es schwer, unter vier Kirchen eine zu finden, die noch alle Feiertage begeht und etwas mehr bietet als ein bisschen Abendmahl jeden zweiten Sonntag und hin und wieder ein Pfarrfest.

Die Kirche ganz in meiner Nähe war ein tätiges Unternehmen und kein Museum. Ich entschied mich also für die Abendandacht und wichste meine Schuhe. Ich hätte wissen müssen, dass es einen Haken geben würde.

Der Bau stammte zum Teil noch aus dem dreizehnten Jahrhundert, mit Umbauten aus georgianischer und viktorianischer Zeit. Er war aus dem soliden Stein, der sich organisch aus dem Land zu erheben scheint. Gewachsen, nicht gemacht. Von der Farbe und Substanz des Kampfes. Des Kampfes, ihn aus dem Stein zu hauen und für Gott zu formen. Er war massiv, erdschwarz und trotzig. Auf dem Architrav über dem niedrigen Hauptgang war ein Transparent mit der Inschrift JESUS LIEBT DICH angebracht.

Geh mit der Zeit, sagte ich mir mit leisem Unbehagen.

Über die Steinplatten schritt ich hinein in diese ganz eigene Kirchenkälte, die noch so viele Gasheizungen und Mäntel nicht durchdringen können. Nach der Hitze des Tages fühlte sie sich an wie die Hand Gottes. Ich schlüpfte in eine dunkle Kirchenbank mit einem Baum an der Tür und suchte nach dem Gebetbuch. Es war keins da. Dann begannen die Tamburine. Das waren ernst zu nehmende Tamburine, groß wie Basstrommeln, mit Bändern herausgeputzt wie ein Maibaum und rundherum beschlagen wie das Halsband eines Pitbull-Terriers. Eines kam durch das Seitenschiff auf mich zu und blitzte mir ins Ohr. »Preiset den Herrn«, sagte sein Besitzer und versuchte verzweifelt, es unter Kontrolle zu halten. »Ein Fremder in unserer Mitte.«

Dann brach die ganze Kirchengemeinde mit Ausnahme von mir in den Gesang von Bibeltexten, durchsetzt von vereinzelten Rufen in freier Vertonung aus. Die herrliche Orgel stand verschlossen und staubig da, wir hatten ein Akkordeon und zwei Gitarren. Ich wollte wirklich gern hinaus, aber vor dem Haupteingang stand ein strammer grinsender Landmann, der aussah, als könnte er ungemütlich werden, wenn ich vor der Kollekte das Weite suchte.

»Jesus wird euch überwältigen!«, schrie der Pfarrer. (Gott, der Ringkämpfer?)

»Jesus wird euch gefügig machen!« (Gott, der Vergewaltiger?)

»Jesus geht von Kraft zu Kraft!« (Gott, der Bodybuilder?)

»Vertraut euch Jesus an, und er wird es euch mit Zinsen vergelten.«

Ich bin bereit, die Vielseitigkeit Gottes anzuerkennen, aber ich bin sicher, wenn es ihn gibt, ist er keine Bausparkasse.

Ich hatte einmal einen Freund, der hieß Bruno. Nach vierzig Jahren der Zügellosigkeit und des Mammons fand er Jesus unter einem Kleiderschrank. Fairerweise muss gesagt werden, dass der Kleiderschrank ihm vier Stunden lang nach und nach den Widerstand aus den Lungen gedrückt hatte. Er machte Hausentrümpelungen und war in Ausübung seiner Tätigkeit mit einem doppeltürigen viktorianischen Ungetüm in Konflikt geraten. Die Art Kleiderschrank, in der arme Leute wohnten. Er wurde schließlich von der Feuerwehr befreit, aber er blieb steif und fest dabei, es sei der Herr selbst gewesen, der die schwere Eiche höher und höher hatte hinaufschweben lassen. Er nahm mich einige Zeit danach in die Kirche mit und beschrieb mir anschaulich, wie Jesus aus dem Schrank gekommen war, um ihn zu retten. »Heraus aus dem Schrank und hinein in dein Herz«, schwärmte der Pastor.

Ich habe Bruno danach nie wiedergesehen, er schenkte mir sein Motorrad zum Zeichen der Entsagung und betete, dass es mich zum Herrn führen möge. Leider flog es am Stadtrand von Brighton in die Luft.

Zwei Hände, die nach meinen griffen und sie wie Tschinellen gegeneinanderzuschlagen begannen, rissen mich aus meiner harmlosen Träumerei. Ich begriff, dass ich zum Takt klatschen sollte, und erinnerte mich eines weiteren Ratschlags meiner Großmutter. »Wenn du im Dschungel bist, heul mit den Wölfen.« Ich schmiss mir ein künstliches Grinsen ins Gesicht wie ein Kellner bei McDonald's und tat, als wäre ich bei bester Laune. Ich war nicht bei schlechter Laune, ich war überhaupt nicht bei Laune. Kein Wunder, dass es heißt, Jesus fülle eine Leere, als wären die Menschen Thermosflaschen. Das hier war der leerste Ort, an dem ich je gewesen war. Gott mag voller Mitleid sein, aber ein bisschen Geschmack muss er doch wohl haben.

Wie ich geahnt hatte, war der kampfsporttrainierte Landmann für die Kollekte zuständig, und sobald er erfreut mein verbogenes Zwanzig-Pence-Stück entgegengenommen hatte, ergriff ich die Flucht. Ich floh hinaus in die Felder und Wiesen, wo die Schafe grasten, wie sie es schon seit zehn Jahrhunderten taten. Ich floh zu dem Teich, wo die Libellen nach Mücken schnappten. Ich floh, bis die Kirche ein dunkles Knäuel vor dem Himmel war. Wenn Beten am Platz ist, dann war es hier am Platz, mit dem Rücken an eine trockene Felswand gelehnt, die Füße auf der festgetretenen Erde. Ich hatte jeden Tag seit Dezember für Louise gebetet. Ich wusste nicht ganz, zu wem ich betete, ja nicht einmal, warum. Aber ich wollte, dass jemand auf sie aufpasse. Sie besuche und tröste. Dass jemand der kühle Wind sei und der tiefe Strom. Ich wollte sie beschützt wissen, und ich hätte kesselweise gemästete Wassermolche gekocht, wäre ich davon überzeugt gewesen, dass das hilft. Was das Beten anlangte, so half es mir dabei, meine Gedanken zu konzentrieren. An Louise als Mensch für sich allein zu denken, nicht an Louise als meine Geliebte, meinen Schmerz. Es half mir, mich selbst zu vergessen, und das war ein großer Segen. »Du hast einen Fehler gemacht«, sagte die Stimme. Es war keine piepsende verschlagene Stimme diesmal, es war eine kräftige und freundliche Stimme, und ich hörte sie deutlicher und deutlicher. Ich hörte sie laut und vernehmlich, und ich war nicht sicher, ob ich noch ganz bei Verstand war. Was sind das für Menschen, die Stimmen hören? Johanna von Orleans, ja, aber was ist mit all den anderen, den Traurigen und den Unheilvollen, die die Welt mit Trommelschlägen ändern wollen?

Ich hatte Elgin in diesem Monat nicht erreichen können, obwohl ich ihm dreimal geschrieben und ihn zu jeder passenden und unpassenden Stunde angerufen hatte. Ich vermutete ihn in der Schweiz, aber was, wenn Louise im Sterben lag? Würde er es mir sagen? Würde er mir erlauben, sie noch einmal zu sehen? Ich schüttelte den Kopf. Das konnte nicht sein. Das würde aus allem eine

Absurdität machen. Louise lag nicht im Sterben, sie war sicher in der Schweiz. Sie stand in einem langen grünen Rock neben einem Wasserfall. Das Wasser lief ihr vom Haar über die Brüste, ihr Rock war durchsichtig, ich schaute genauer hin. Ihr Körper war durchsichtig. Ich sah ihre Blutbahnen, die Ventrikel ihres Herzens, die langen Knochen ihrer Beine – wie Stoßzähne. Ihr Blut war rein und rot wie Sommerrosen. Sie duftete und knospte. Keine Dürre. Kein Schmerz. Wenn es Louise gut geht, geht es mir gut.

Heute fand ich ein Haar von ihr auf einem meiner Mäntel. Der goldene Faden fing das Licht ein. Ich wickelte die Enden um meinen Zeigefinger und zog es glatt. Es war mehr als einen halben Meter lang auf diese Weise. Ist das der Faden, der mich an dich bindet?

Kein Ratgeber gegen Kummer und Trauer sagt einem, wie es ist, wenn man unerwartet etwas von dem geliebten Menschen findet. Es wird empfohlen, das Haus auf keinen Fall zu einem Mausoleum zu machen, nur Dinge zu behalten, die glückliche, positive Erinnerungen bringen. Ich hatte Bücher über den Tod gelesen, zum Teil, weil meine Trennung von Louise endgültig war, und zum Teil, weil ich wusste, dass sie sterben würde und ich mit diesem zweiten Verlust vielleicht gerade dann würde fertigwerden müssen, wenn der erste nicht mehr ganz so heftig brannte. Ich wollte damit fertigwerden. Wenn ich auch das Gefühl hatte, dass mein Leben entzweigeschlagen worden war, wollte ich dennoch leben. Ich habe Selbstmord nie als eine Lösung betrachtet, und wenn man noch so unglücklich ist.

Vor ein paar Jahren kam eine Freundin von mir bei einem Verkehrsunfall ums Leben. Sie wurde auf ihrem Fahrrad unter den sechzehn Rädern eines Ferntransporters zu Tode gemalmt.

Als ich ihren Tod einigermaßen überwunden hatte, begann ich sie auf der Straße zu sehen, immer nur flüchtig, in einiger Entfernung vor mir, mit dem Rücken zu mir, dann tauchte sie in der Menge unter. Ich habe mir sagen lassen, das sei nicht ungewöhnlich. Ich sehe sie immer noch, wenn auch seltener, und eine Sekunde lang glaube ich immer noch, sie ist es wirklich. Von Zeit zu Zeit habe ich unter meinen Sachen Dinge gefunden, die ihr gehörten. Immer ganz triviale Dinge. Einmal öffnete ich ein altes Notizbuch, und ein Zettel fiel heraus, tadellos erhalten, die Tinte wie frisch, überhaupt nicht verblasst. Sie hatte ihn mir vor fünf Jahren auf meinen Platz in der British Library gelegt. Es war eine Einladung zum Kaffee für vier Uhr. Ich werde meinen Mantel holen und ein bisschen Kleingeld, und dann gehe ich hinüber in das überfüllte Café, und du wirst dort sein heute. Du wirst doch dort sein?

Du wirst es überwinden … Es sind die Klischees, die schuld sind an der Misere. Einen Menschen zu verlieren, den man liebt, heißt, sein Leben für immer zu ändern. Man überwindet es nicht, weil »es« der Mensch ist, den man geliebt hat. Der Schmerz hört auf, es gibt neue Menschen, aber die Lücke schließt sich nie. Wie könnte sie? Die Besonderheit eines Menschen, der einem genügend bedeutete, dass man sich seinetwegen grämte, wird durch den Tod nicht ausgelöscht. Dieses Loch in meinem Herzen hat deine Form, und niemand sonst kann es füllen. Warum sollte ich wollen, dass jemand es füllt?

Ich habe in letzter Zeit viel über den Tod nachgedacht, die Endgültigkeit des Todes, die mitten in der Luft endende Debatte. Einer von uns war noch nicht fertig, warum ist der andere gegangen? Und warum ohne Vorwarnung? Selbst der Tod nach einer langen Krankheit kommt ohne Vorwarnung. Der Augenblick, auf den man sich sorgfältig vorbereitet hat, überfällt einen im Sturm. Die Truppen drangen durchs Fenster ein und schnappten sich die Leiche, und jetzt ist die Leiche weg. Vorvorigen Mittwoch vor einem Jahr warst du da, und jetzt bist du nicht da. Warum nicht? Der Tod lässt uns in die verblüffte Logik eines kleinen Kindes verfallen. Wenn gestern, warum nicht heute? Und wo bist du?

Zerbrechliche Geschöpfe eines kleinen blauen Planeten, umgeben von Lichtjahren schweigenden Raumes. Finden die Toten Frieden jenseits des Lärmens der Welt? Welchen Frieden gibt es für uns, deren tiefste Liebe sie nicht einmal für einen Tag zurückholen kann? Ich hebe den Kopf zur Tür und erwarte, dich im Türrahmen zu sehen. Ich weiß, das war deine Stimme im Korridor, aber wenn ich hinauslaufe, ist der Korridor leer. Ich kann tun, was ich will, es ändert nichts. Du hast das letzte Wort gehabt.

Das Flattern im Magen hört auf und der dumpfe Schmerz, der einen wach hält. Manchmal denke ich an dich und mir wird schwindlig. Die Erinnerung steigt mir zu Kopf wie Champagner. All die Dinge, die wir miteinander getan haben. Und hätte jemand gesagt, dies sei der Preis dafür, ich wäre bereit gewesen, ihn zu bezahlen. Das überrascht mich; dass mit dem Schmerz und der Verwirrung ein Strahl der Erkenntnis kommt. Es war es wert. Liebe ist es wert.

August. Nichts zu berichten. Zum ersten Mal, seit ich Louise verlassen hatte, war ich deprimiert. Die Monate davor waren voll rasender Verzweiflung gewesen und zugleich gedämpft vom Schock. Ich war halb verrückt gewesen, wenn Verrücktsein heißt, sich am Rand der wirklichen Welt zu befinden. Im August fühlte ich mich leer und krank. Ich war zu mir gekommen, hatte mir nüchtern vor Augen geführt, was ich getan hatte. Ich war nicht mehr berauscht vom Schmerz. Körper und Seele wissen, wie man sich versteckt vor den Problemen, die zu schmerzhaft sind, um sich damit auseinanderzusetzen. Wie das Opfer einer schweren Verbrennung ein Schmerzplateau erreicht, so stellt der seelisch Leidende fest, dass der Kummer eine Hochebene ist, von der aus man sich eine Zeit lang selbst beobachten kann. Solche Distanz war mir nicht mehr gegönnt. Meine manische Energie war aufgezehrt, meine Tränen waren verbraucht. Ich schlief wie ein Toter und erwachte unausgeruht. Wenn mir das Herz wehtat, konnte ich nicht mehr weinen. Ich fühlte nur noch das Gewicht des Unrechts. Ich hatte Louise im Stich gelassen, und es war zu spät.

Welches Recht hatte ich, zu entscheiden, wie sie leben sollte? Welches Recht hatte ich, zu entscheiden, wie sie sterben sollte?

Im »Touch of Southern Comfort« war Country-und-Western-Monat. Es war auch Gail Rights Geburtstag. Sie war Löwe, was mich nicht überraschte. In der betreffenden Nacht, heißer als alle Höllen und laut über alle Dezibel, feierten wir zu Füßen von Howlin' Dog House Don, HD2, wie er sich gern nennen ließ. Die Fransen an seiner

Jacke hätten einen ganzen Schopf Haare ausgemacht, hätte er einen gebraucht. Hätte er auch, aber er war felsenfest davon überzeugt, dass sein »Unsichtbares Toupet« eben das sei. Seine Hose war eng genug, um ein Wiesel zu ersticken. Wenn er nicht in sein Mikrofon sang, klemmte er es sich zwischen die Beine. Über dem Hintern trug er die Aufschrift NO ENTRY.

»Frechheit«, sagte Gail. »Ich hab schon bessere Löcher auf einem Feldweg gesehen.« Und sie lachte grölend über ihren eigenen Witz.

HD2 war ein großer Hit. Die Frauen liebten es, wie er ihnen rote Papiertaschentücher aus seiner Brusttasche zuwarf und die tieferen Töne wie ein heiserer Elvis grölte. Die Männer wirkten nicht allzu beunruhigt über seine schwulen Späßchen. Er setzte sich ihnen auf die Knie und quäkte, »Na so ein liebes Bubi«, während die Frauen sich an einem weiteren Gin Fizz festhielten.

»Nächste Woche mach ich was für die Damen«, sagte Gail. »Herrenstrip.«

»Ich dachte, wir hätten Country-und-Western dran.«

»Haben wir auch. Er behält das Halstuch um.«

»Und du glaubst, das wird sie anturnen?«

»Es geht nicht darum, sie anzuturnen, es geht um den Spaß.«

Ich schaute zur Bühne. Howlin' Dog House Don hielt seinen Mikrofonständer in Armlänge von sich und schmachtete: »Bist es wirklich duuuu?«

»Jetzt mach mal lieber Tempo«, sagte Gail. »Wenn er mit dem da fertig ist, werden sie sich rascher an der Bar anstellen als eine Schar Nonnen vor dem wahren Kreuz Christi.« Sie hatte eine Waschschüssel voll »Dolly Parton on Ice« gemixt, die Spezialität dieses Monats. Ich begann die Gläser aufzureihen und die winzigen Plastikbusen, die unsere Cocktailschirmchen ersetzten.

»Gehen wir doch nachher miteinander essen«, sagte Gail. »Keine Bedingungen. Um Mitternacht mach ich fertig, wenn du Lust hast, gilt das auch für dich.«

Und so kam es, dass ich vor einem Teller Spaghetti Carbonara im »Magic Pete's« landete.

Gail war betrunken. Sie war so betrunken, dass sie den Kellner rief, als ihr eine ihrer falschen Wimpern in die Suppe fiel, und ihm erklärte, es sei ein Tausendfüßler. »Ich will dir mal was sagen, Kleines«, erklärte sie und beugte sich zu mir wie ein Zoowärter, der einem Pinguin einen Fisch zuwirft. »Willst es hören?«

Es gab nichts anderes zu hören. »Magic Pete's« war ein durchgehend geöffneter Schuppen mit wenig Ambiente und viel Hochprozentigem. Entweder ich hörte mir Gails Enthüllung an, oder ich steckte 50 Pence in die Jukebox. Ich hatte keine 50 Pence.

»Du hast einen Fehler gemacht.«

Im Zeichentrickland ist das der Augenblick, in dem eine Säge durch den Boden stößt und ein sauberes Loch rund um Bugs Bunnys Stuhl aussägt. Was meint sie damit: Ich habe einen Fehler gemacht?

»Wenn du uns meinst, Gail, ich konnte nicht ...«

Sie unterbrach mich. »Ich meine dich und Louise.«

Sie brachte die Worte kaum heraus. Sie hatte den Mund auf die Fäuste gestützt und die Ellbogen auf den Tisch. Sie versuchte immer wieder, nach meiner Hand zu greifen, rutschte aber jedes Mal seitlich in den Eiskübel.

»Du hättest sie nicht im Stich lassen dürfen.«

Sie im Stich lassen? Das klang nicht nach der Heldentat, die mir vorschwebte. Hatte ich mich nicht für sie geopfert? Mein Leben für das ihre hingegeben?

»Sie war kein Kind.«

Doch, sie war ein Kind. Mein Kind. Mein Baby. Das zarte Ding, das ich beschützen wollte.

»Du hast ihr keine Chance gegeben, zu sagen, was sie wollte. Du bist gegangen.«

Ich musste gehen. Sie wäre um meinetwillen gestorben. War es nicht besser für mich, um ihretwillen ein halbes Leben zu leben?

»Was is los?«, nuschelte Gail. »Hast ’n Frosch im Hals?« Keinen Frosch, den Wurm des Zweifels. Für wen halte ich mich? Für Sir Lancelot? Louise ist eine präraffaelitische Schönheit, aber das macht mich nicht zu einem mittelalterlichen Ritter. Dennoch wollte ich unbedingt das Richtige getan haben.

Wir wankten aus »Magic Pete's« hinaus und auf Gails Wagen zu. Ich war nicht betrunken, aber Gail zu stützen war eine wackelige Angelegenheit. Sie war wie ein übrig gebliebener Pudding von einer Kinderparty. Sie beschloss, mit mir nach Hause zu kommen, auch wenn ich im Lehnstuhl schlafen müsste. Meile um Meile ging sie meine Fehler durch. Ich begann zu wünschen, ich hätte getan, was ich ursprünglich wollte: einen Teil der Geschichte für mich behalten. Sie war nicht mehr zu bremsen jetzt. Sie war ein Dreitonnenlaster auf einem steilen Gefälle.

»Wenn es etwas gibt, was ich nicht ausstehen kann,

Honey, dann diese Leute, die ohne Grund den Helden spielen. Die machen nur Probleme, damit sie sie hinterher lösen können.«

»Hältst du mich für so einen Menschen?«

»Ich halte dich für total verrückt. Vielleicht hast du sie nicht geliebt.«

Das ließ mich das Lenkrad so wild herumreißen, dass Gails Geschenkbox mit Tammy-Wynette-Kassetten über die hintere Ablage rutschte und ihren nickenden Hund köpfte. Gail erbrach sich auf ihre Bluse.

»Das Problem mit dir«, sagte sie, während sie sich abwischte, »ist, dass du in einem Roman leben willst.«

»Quatsch. Ich lese nie Romane. Außer russischen.«

»Die sind die schlimmsten. Das hier ist nicht Krieg und Frieden, Honey, das ist Yorkshire.«

»Du bist betrunken.«

»Richtig. Ich bin dreiundfünfzig und wild wie ein Waliser mit einer Lauchstange im Arsch. Dreiundfünfzig. Gail, die alte Schlampe. Was für ein Recht hat sie, ihre Nase hinter deine glänzende Rüstung zu stecken? Das denkst du doch, hab ich recht, Honey? Ich schau vielleicht nicht ganz wie ein Götterbote aus, aber dein Mädchen ist nicht die Einzige, die Flügel hat. Ich hab auch welche hier drunter.« (Sie tätschelte ihre Achselhöhlen.) »Ich bin ein bisschen herumgeflogen in der Welt und hab dabei ein paar Dinge aufgeschnappt, und eins davon will ich gratis an dich weitergeben. Man lässt die Frau, die man liebt, nicht im Stich. Schon gar nicht, weil man glaubt, es wäre zu ihrem eigenen Besten.« Sie bekam einen heftigen Anfall von Schluckauf und bedeckte ihren Rock mit halb verdauten Muscheln. Ich gab ihr mein Taschentuch. Schließlich sagte sie: »Mach dich auf die Socken und fahr zu ihr.«

»Ich kann nicht.«

»Wer sagt das?«

»Ich sag das. Ich hab mein Wort gegeben. Selbst wenn ich im Unrecht bin, jetzt ist es zu spät. Würdest du mich sehen wollen, wenn ich dich im Stich gelassen hätte mit einem Mann, den du verachtest?«

»Ja«, sagte Gail und verlor das Bewusstsein.

Am folgenden Morgen nahm ich den Zug nach London. Die durch das Fenster strömende Hitze machte mich schläfrig, und ich sank in einen leichten Schlummer, in dem Louises Stimme zu mir drang, als wäre sie unter Wasser. Sie war unter Wasser. Wir waren in Oxford, und sie schwamm im Fluss, grün schimmernd über ihrem Schimmer, dem Perlschimmer ihres Körpers. Wir hatten uns ins Gras gelegt, ins sonnenverbrannte, ins Gras, das zu Heu wurde, ins spröde Gras auf ausgedörrtem Lehm, ins Queckengras, das uns mit roten Striemen zeichnete. Der Himmel war blau wie die blauen Augen von Mamas Liebling, kein Blinzeln einer Wolke, steter Blick, was für ein Lächeln. Ein Vorkriegshimmel. Vor dem Ersten Weltkrieg gab es Tage um Tage wie diese; weite englische Wiesen, Insektengesumme, Unschuld und blauer Himmel. Landarbeiter, die das Heu aufluden, Frauen mit Schürzen um die Mitte, die Krüge mit Limonade trugen. Die Sommer waren heiß und die Winter verschneit. Es ist eine hübsche Geschichte.

Da bin ich und denke mir meine eigenen Erinnerungen an gute Zeiten aus. Als wir zusammen waren, war das

Wetter besser, waren die Tage länger. Sogar der Regen war warm. So war es doch, oder? Weißt du noch, damals … Ich sah Louise mit überkreuzten Beinen unter dem Pflaumenbaum in dem Garten in Oxford sitzen. Die Pflaumen sehen wie Vipernköpfe aus in ihrem Haar. Ihr Haar ist noch feucht vom Fluss und ringelt sich um die Pflaumen. In ihrem kupferroten Haar wirken die grünen Blätter wie Grünspan. Meine Grünspanmadonna. Louise ist eine der wenigen Frauen, die wahrscheinlich auch in verschimmeltem Zustand noch schön wären.

An jenem Tag fragte sie mich, ob ich ihr treu sein würde, und ich antwortete, »Mit meinem ganzen Herzen«. War ich ihr treu gewesen?

Let me not to the marriage of true minds
Admit impediments; love is not love
Which alters when it alteration finds
Or bends with the remover to remove.
Oh no it is an ever fixed mark
That looks on tempests and is never shaken
It is the star to every wandering bark
Whose worth's unknown altho' his highth be taken.

Ich liebte dieses Sonett, als ich jung war. Ich dachte, *a wandering bark* sei ein junger Hund, so ähnlich wie in Dylan Thomas' *Porträt des Künstlers als junger Hund*.

Ich bin eine herumirrende Barke gewesen, aber ich dachte, ich wäre ein sicheres Schiff für Louise. Und dann habe ich sie über Bord geworfen.

»Wirst du mir treu sein?«

»Mit meinem ganzen Herzen.«

Ich nahm ihre Hand und steckte sie unter mein T-Shirt. Sie nahm meine Brustwarze zwischen Finger und Daumen und drückte sie.

»Und mit deinem ganzen Fleisch?«

»Du tust mir weh, Louise.«

Leidenschaft ist nicht wohlerzogen. Ihre Finger krallten sich in mich hinein. Sie hätte mich mit Stricken an sich gebunden und uns, Gesicht zu Gesicht, aufeinander liegen lassen, unfähig, uns zu rühren außer aufeinander, unfähig, etwas zu spüren außer einander. Sie hätte uns aller Sinne beraubt, mit Ausnahme des Tast- und Geruchssinnes. In einer blinden, tauben und stummen Welt könnten wir unsere Leidenschaft *ad infinitum* zum Abschluss bringen. Das Ende wäre, wieder von vorne anzufangen. Nur sie, nur ich. Sie war eifersüchtig, aber ich auch. Die Liebe machte sie wild, aber mich auch. Wir waren geduldig genug, um die Haare auf dem Kopf des anderen zu zählen, aber zu ungeduldig, um uns auszuziehen. Keiner von uns dominierte, wir trugen die gleichen Wunden. Sie war mein Zwilling, und ich habe sie verloren. Haut ist wasserdicht, aber meine Haut war nicht wasserdicht gegen Louise. Sie hat mich überflutet, und die Flut ist noch nicht zurückgegangen. Ich wate immer noch durch sie hindurch, sie klopft an meine Türen und bedroht meine innerste Sicherheit. Ich habe keine Gondel vor dem Tor, und die Flut steigt weiter. Schwimm um dein Leben, hab keine Angst. Ich habe Angst.

Ist das ihre Rache? »Ich lass dich nie wieder fort.«

Ich ging direkt in meine Wohnung. Ich erwartete nicht, Louise dort zu finden, und doch gab es Anzeichen dafür, dass sie hier gewohnt hatte; ein paar Kleider, Bücher, der Kaffee, den sie mochte. Ich schnupperte am Kaffee, und der Geruch sagte mir, dass sie längere Zeit nicht da gewesen war, die Bohnen rochen schal, und das hätte sie nie geduldet. Ich griff nach einer Weste von ihr und vergrub mein Gesicht darin. Sehr schwach ihr Parfum.

Wieder zu Hause zu sein versetzte mich in eine seltsam gehobene Stimmung. Warum sind Menschen so widersprüchlich? Dies war der Schauplatz von Kummer und Trennung, ein Ort der Trauer, aber die Sonne, die durch die Fenster schien, und der Garten voller Rosen gaben mir wieder Hoffnung. Wir waren hier auch glücklich gewesen, und ein wenig von diesem Glück hatte die Wände durchtränkt und auf den Möbeln sein Muster zurückgelassen.

Ich beschloss, Staub zu wischen. Ich habe schon früher festgestellt, dass die Verrichtung niedriger Arbeit den Rattenkäfig des Gehirns beruhigt. Ich musste zumindest so lange aufhören, mich zu quälen und zu grübeln, bis ich einen vernünftigen Plan entwickelt hatte. Ich brauchte Frieden, und Frieden war etwas, woran es mir immer gefehlt hatte.

Als ich dabei war, die letzten Spuren von Miss Havisham wegzuschrubben, fand ich ein paar an Louise adressierte Briefe aus dem Krankenhaus, wo sie sich eine zweite Diagnose eingeholt hatte. Da sie immer noch symptomfrei sei, hieß es darin, sei keine Behandlung vonnöten. Die Lymphknoten seien leicht geschwollen, aber die Schwellung sei seit sechs Monaten unverändert. Der beratende Arzt empfahl regelmäßige Kontrollen und ein normales Leben. Die drei Briefe datierten aus einer Zeit, zu der ich schon weg gewesen war. Es gab auch ein sehr eindrucksvolles Schriftstück von Elgin, in dem er Louise daran erinnerte, dass er sich seit zwei Jahren mit ihrem Fall befasse und sie seiner bescheidenen Meinung nach (»Darf ich Dich daran erinnern, Louise, dass ich es bin und nicht Mr. Rand, der am besten dafür qualifiziert ist, Entscheidungen auf diesem unsicheren Gebiet zu treffen.«) eine Behandlung brauche. Die Adresse seiner Schweizer Klinik stand auf dem Briefkopf.

Ich rief an. Die Dame am Telefon wollte nicht mit mir reden. Es seien keine Patienten in der Klinik. Nein, ich könne nicht mit Herrn Rosenthal sprechen. Ich begann mich zu fragen, ob die Dame vielleicht eine von Inges Rezeptionistinnen war.

»Kann ich mit Frau Rosenthal sprechen?« (Wie ich es hasste, das sagen zu müssen.)

»Frau Rosenthal ist nicht mehr hier.«

»Kann ich dann mit dem Arzt sprechen?«

»*Herr* Rosenthal (sie unterstrich meinen Fauxpas) ist auch nicht hier.«

»Wann wird er kommen?«

Das konnte sie nicht sagen. Ich schleuderte den Hörer hin und setzte mich auf den Boden.

Okay. Keine andere Möglichkeit. Louises Mutter. Louises Mutter und Großmutter lebten zusammen in Chelsea. Sie betrachteten sich als australische Aristokratie, das heißt, sie stammten von Sträflingen ab. Sie wohnten in einem dieser schick umgebauten ehemaligen Kutscherhäuschen, aus dessen Oberstock sie den Fahnenmast vom Buckingham-Palast sehen konnten. Die Großmutter verbrachte die ganze Zeit im Oberstock und führte darüber Buch, wann die Königin anwesend war und wann nicht. Gelegentlich unterbrach sie ihre Beobachtungen, um sich ein wenig mit Essen zu bekleckern. Sie hatte eine ruhige Hand, aber sie bekleckerte sich gern. Es machte ihrer Tochter Arbeit. Louise mochte ihre Großmutter recht gern. Mit einem kleinen Hang zu Dickens nannte sie sie die Alte Erbse; Erbsen waren das, was ihre Großmutter am liebsten verschüttete. Ihre einzige Bemerkung zu Louises Trennung von Elgin war gewesen: »SIEH ZU, DASS DU DAS GELD KRIEGST.«

Die Mutter war komplizierter und auf sehr unaristokratische Weise ewig darum besorgt, was wohl die Leute sagen würden. Als ich an der Gegensprechanlage meinen Namen sagte, weigerte sie sich, mich einzulassen.

»Ich weiß nicht, wo sie ist, und es geht Sie nichts an.«

»Mrs. Fox, bitte öffnen Sie die Tür, bitte.«

Schweigen. Eines Engländers Heim ist seine Burg, aber eines Australiers Häuschen ist Freiwild. Ich hämmerte mit beiden Fäusten an die Tür und schrie Mrs. Fox' Namen, so laut ich konnte. Sofort tauchten gegenüber zwei wohlfrisierte Köpfe im Fenster auf wie der Kasperl und die Prinzessin im Guckkasten. Die Eingangstür flog auf. Es war nicht Mrs. Fox, es war die Alte Erbse persönlich.

»Glauben Sie vielleicht, Sie sind auf Kängurujagd, oder was?«

»Ich suche Louise.«

»Sie kommen mir nicht durch diese Tür!« Mrs. Fox erschien.

»Kitty, wenn wir diese Type nicht reinlassen, werden all unsere Nachbarn denken, wir hätten Läuse oder die

Gerichtsvollzieher …« Die Erbse beäugte mich misstrauisch. »Sie schauen aus wie jemand vom Desinfektionsamt.«

»Mutter, es gibt kein Desinfektionsamt in England.«

»Nein? Das erklärt eine ganze Menge von Gerüchen.«

»Bitte, Mrs. Fox, ich werde Sie nicht lange aufhalten.«

Widerstrebend trat Mrs. Fox zurück, und ich stieg auf den Fußabstreifer.

Als ein Spalt von einem Zentimeter zwischen mir und der Tür war, machte Mrs. Fox sie zu und versperrte mir den weiteren Weg. Ich spürte den Plastikdeckel vom Briefschlitz in der Wirbelsäule.

»Also bringen wir's hinter uns.«

»Ich suche Louise. Wann haben Sie sie zum letzten Mal gesehen?«

»Hoho«, sagte die Erbse und klopfte mit ihrem Stock auf den Boden. »Machen Sie mir keinen blauen Dunst vor. Was kümmert Sie das? Sie haben sie sitzen lassen, und jetzt verduften Sie.«

Mrs. Fox sagte: »Ich bin froh, dass Sie nichts mehr zu tun haben mit meiner Tochter. Sie haben ihre Ehe zerstört.«

»Dagegen habe ich nichts einzuwenden«, sagte Großmutter.

»Wirst du ruhig sein, Mutter? Elgin ist ein großer Mann.«

»Seit wann? Du hast immer gesagt, dass er eine kleine Ratte ist.«

»Ich habe nicht gesagt, dass er eine kleine Ratte ist. Ich habe gesagt, dass er eher klein ist und dass er leider aussieht wie, na ja, ich sagte, wie …«

»Eine Ratte!«, kreischte die Erbse und schlug knapp neben meinem Kopf mit ihrem Stock gegen die Tür. Sie hätte Messerwerfer in einem Zirkus werden sollen.

»Mrs. Fox. Ich habe einen Fehler gemacht. Ich hätte Louise nie verlassen dürfen. Ich habe geglaubt, es sei zu ihrem Besten. Ich habe geglaubt, Elgin könne sie gesund machen. Ich will sie finden und mich um sie kümmern.«

»Es ist zu spät«, sagte Mrs. Fox. »Sie hat mir gesagt, sie will Sie nie wieder sehen.«

»Sie hat eine schlimmere Zeit durchgemacht als ne Kröte auf ner Landebahn«, sagte die Erbse.

»Geh und setz dich hin, Mutter, du wirst müde«, sagte Mrs. Fox und stützte sich auf das Treppengeländer. »Ich mach das schon alleine.«

»Das hübscheste Ding diesseits von Brisbane und wird so behandelt! Wissen Sie, Louise sieht genauso aus wie ich, als ich jünger war. Ich hab eine tolle Figur gehabt damals.«

Es war schwer, sich vorzustellen, dass die Erbse überhaupt je eine Figur gehabt hatte. Sie war wie eine Kinderzeichnung von einem Schneemann, nur zwei Kreise, einer auf den anderen geklatscht. Zum ersten Mal bemerkte ich ihr Haar: Die hochgedrehten Strähnen hatten etwas Schlangenhaftes, eine lebendige, bewegte Masse, die ihren engen Fesseln entschlüpfte, genau wie Louises Haar. Louise hatte mir gesagt, dass die Erbse die unbestrittene Schönheitskönigin Westaustraliens gewesen war. Sie hatte in den Zwanzigerjahren mehr als hundert Heiratsanträge bekommen: von Bankiers, Goldsuchern und Geschäftsmännern aus der City, die Landkarten des neuen Australiens entrollten, das sie erbauen wollten, und sagten: »Das alles gehört dir, mein Schatz, wenn du die Meine wirst.« Die Erbse hatte einen Schafzüchter geheiratet und sechs Kinder bekommen. Ihr nächster Nachbar war einen Tagesritt entfernt gewesen. Ich sah sie plötzlich in einem Kleid bis zum Boden, Hände auf den Hüften, auf einem Feldweg, der sich am flachen Horizont verlor. Nichts als Flachheit und der Streifen Himmel, um die Entfernung zu messen. Miss Helen Louise, ein brennender Busch im trockenen Land.

»Was schaust du so dämlich?«

Ich schüttelte den Kopf. »Mrs. Fox, haben Sie irgendeine Ahnung, wohin Louise gegangen ist?«

»Ich weiß, dass sie nicht in London ist, das ist alles. Vielleicht ist sie im Ausland.«

»Hat ne Stange Geld aus dem Doktor rausgeholt. Der hat jetzt so wenig zu beißen wie ne Bohrassel in ner Kunststofffabrik. Hehehe.«

»Mutter, willst du bitte aufhören!« Mrs. Fox wandte sich an mich. »Ich glaube, es ist besser, wenn Sie jetzt gehen. Ich kann Ihnen nicht helfen.«

Mrs. Fox öffnete die Tür, gleichzeitig ging die ihrer Nachbarn zu.

»Was hab ich euch gesagt?«, sagte die Erbse. »Wir sind verrufen.« Angewidert wandte sie sich ab und klapperte an ihrem Stock durch die Diele davon.

»Sie wissen doch, dass Elgin dieses Jahr in die *Honour's List* aufgenommen werden sollte? Das hat Louise ihn gekostet.«

»Seien Sie nicht lächerlich«, sagte ich. »Eine glückliche Ehe hat nichts damit zu tun.«

»Und warum stand er dann nicht auf der Liste?« Sie schlug die Tür zu, und ich hörte sie in der Diele weinen. War es um die verlorene Verbindung zu den Großen und Würdigen der Gesellschaft, oder war es um ihre Tochter?

Abend. Paare auf den dampfenden Straßen, Hand in Hand. Aus einem Fenster im ersten Stock eine Reggae-Band, die noch einen weiten Weg vor sich hatte. Restaurants bemühten sich um südliches Flair, aber ein Korbstuhl auf einer schmutzigen Straße mit vorbeiknirschenden Bussen ist noch nicht Venedig. Ich sah zu, wie der Wind den Abfall zwischen Pizzas und Korbflaschen umherwirbelte … Ein Kellner, der aussah, als hätte er es faustdick hinter den Ohren, richtete sich seine Fliege im Spiegel der Kassiererin, klopfte ihr aufs Hinterteil, legte sich ein Pfefferminzbonbon auf die rote Zunge und stolzierte zu einer Gruppe minderjähriger Mädchen hinüber, die Campari Soda tranken. »Möchten die Damen vielleicht was essen?«

Ich stieg in den erstbesten Bus, ohne darauf zu achten, wohin er fuhr. Was spielte es für eine Rolle, wo ich Louise um nichts näher gekommen war? Die Stadt schwärte. Der Busfahrer wollte die Türen nicht öffnen, während der Bus fuhr. Der Geruch nach Burger und Chips lag in der Luft. Eine dicke Frau in einem ärmellosen Nylonkleid saß mit gespreizten Beinen da und fächelte sich mit ihrem Schuh Luft zu. Ihr Make-up hatte sich in schmutzige Furchen verkrochen.

»MACH DIE TÜREN AUF, ARSCHLOCH!«, schrie sie.

»Leck mich«, sagte der Fahrer, ohne sich umzudrehen. »Kannste nicht lesen, was da steht? Kannste nicht lesen?«

Auf der Tafel stand REDEN MIT DEM FAHRER WÄHREND DER FAHRT VERBOTEN. Im Augenblick standen wir stockstill in einem Verkehrsstau.

Während die Temperatur weiter stieg, nahm der Mann vor mir Zuflucht zu seinem Mobiltelefon. Wie alle Mobiltelefonbenutzer hatte er nichts Dringendes zu sagen, er wollte es einfach nur sagen. Er schaute uns alle an, um zu sehen, ob wir ihn wohl auch anschauten. Als er schließlich sagte, »Na, dann gute Nacht, Kev«, fragte ich ihn sehr höflich, ob ich mir das Ding einen Augenblick ausborgen dürfe, und bot ihm eine Pfundmünze dafür an. Er zögerte, sich von einem so wesentlichen Teil seines Machismo zu trennen, erklärte sich aber bereit, die Nummer für mich zu wählen und mir das Telefon ans Ohr zu halten. Nachdem es einige Male vergeblich geläutet hatte, sagte er, »Na, das war's dann wohl«, steckte mein Pfund in die Tasche und hing sich seinen Schatz wieder an einer Bulldoggenkette um den Hals. In Louises Haus war keiner ans Telefon gegangen. Ich beschloss, hinzufahren und selbst nachzusehen.

Ich fand ein Taxi, um mich durch die dicke Hitze des sinkenden Tages bringen zu lassen, und wir bogen genau in dem Augenblick auf den Platz ein, als Elgins BMW am Straßenrand hielt. Er stieg aus und öffnete einer Frau die Beifahrertür. Sie war eine fesche Nummer in strengem Kostüm, dezentem Make-up und der Art Frisur, die es mit Gewittern aufnimmt, ohne dass sich ein Härchen krümmt. Sie hatte eine kleine Reisetasche, Elgin einen Koffer, sie lachten miteinander. Er küsste sie und kramte nach seinen Schlüsseln.

»Steigen Sie aus oder nicht?«, fragte mein Fahrer.

Ich versuchte Ruhe zu bewahren. Auf den Eingangsstufen holte ich tief Luft und drückte auf die Klingel. Bleib ruhig, bleib ruhig, bleib ruhig.

Die fesche Nummer kam zur Tür. Ich lächelte strahlend und marschierte um sie herum in die große Diele. Elgin hatte mir den Rücken zugewandt.

»Liebling …«, begann sie.

»Hallo, Elgin.«

Er wirbelte herum. Ich hatte nicht gedacht, dass Menschen das im wirklichen Leben tun, nur in verrückten Krimis. Elgin bewegte sich wie Fred Astaire und stellte sich zwischen mich und die fesche Nummer. Ich weiß nicht, warum.

»Sei doch so nett und mach uns Tee, Schatz«, sagte er, und sie ging.

»Musst du sie bezahlen, damit sie so folgsam ist, oder ist es Liebe?«

»Ich hab dir gesagt, dass du nie wieder hierherkommen sollst.«

»Du hast mir eine ganze Menge Dinge gesagt, um die ich mich nicht hätte kümmern sollen. Wo ist Louise?«

Für den Bruchteil einer Sekunde sah Elgin wirklich überrascht aus. Er glaubte, ich müsse es wissen. Ich sah mich in der Diele um. Ein neuer Tisch mit geschwungenen Beinen, ein scheußliches Ding aus Ahornholz mit eingelegtem Messingdekor. Sicher stammte es aus einem dieser Geschäfte, wo es keine Preiszettel gibt, aber der Preis schreit einem vom ganzen Möbelstück entgegen. Es war die Art Dielentisch, wie Innenarchitekten sie für arabische Kunden kaufen. Gleich in der Nähe stand ein Radiator. Louise war eine Weile nicht hier gewesen.

»Darf ich dich hinausbegleiten?«, sagte Elgin.

Ich packte ihn bei der Krawatte und stieß ihn gegen die Tür. Ich habe nie Boxstunden genommen, also musste ich mich auf meinen Instinkt verlassen und ihm den Kehlkopf in die Luftröhre drücken. Es schien zu funktionieren. Leider konnte er nicht reden. »Wirst du mir sagen, was passiert ist, wirst du?« Zieh die Krawatte ein bisschen enger und schau dir an, wie seine Augen hervorquellen.

Die fesche Nummer kam mit zwei Tassen die Stufen wieder heraufgetrippelt. Zwei Tassen. Wie unhöflich. Sie blieb stocksteif stehen wie eine Schmierenkomödiantin, dann kreischte sie: »LASSEN SIE MEINEN VERLOBTEN LOS!« Ich war so schockiert, dass ich es tat. Elgin stieß mir die Faust in den Magen und drückte mich an die Wand, bis mir die Luft wegblieb. Ich glitt zu Boden und jaulte wie ein Seehund. Elgin trat mir gegen die Schienbeine, aber das spürte ich erst später. Alles, was ich sehen konnte, waren seine glänzend gewichsten Schuhe und ihre Lackledersandalen. Ich übergab mich. Während ich mich auf den schwarz-weißen Rhomben des Marmorfußbodens zusammenkauerte wie eine Hintergrundfigur in einem Vermeer, sagte Elgin so bombastisch, wie ein halb strangulierter Mann das kann: »Es stimmt. Louise und ich sind geschieden.«

Ich spuckte immer noch Ei- und Tomatensandwich, aber ich rappelte mich mit der Anmut eines alten Penners hoch, wischte mir über den Mund und fuhr dann mit meinem getüpfelten Handrücken über Elgins Blazer.

»Mein Gott, sind Sie widerlich«, sagte die fesche Nummer. »Mein Gott.«

»Soll ich Ihnen eine Gutenachtgeschichte erzählen?«, fragte ich sie. »Alles über Elgin und seine Frau Louise? Oh, und über mich auch.«

»Geh zum Wagen, Liebling, und ruf die Polizei an, ja?«

Elgin öffnete die Tür, und die fesche Nummer trippelte davon. Selbst in meiner klapprigen Verfassung war ich verblüfft. »Warum muss sie vom Wagen aus telefonieren, oder willst du bloß angeben?«

»Meine Verlobte telefoniert zu ihrer eigenen Sicherheit vom Wagen aus.«

»Nicht vielleicht, weil es etwas gibt, was sie nicht hören soll?«

Elgin lächelte mitleidig, er war nie sehr gut gewesen im Lächeln, sein Mund verzog sich bloß irgendwie in seinem Gesicht. »Ich finde, es ist Zeit, dass du gehst.«

Ich blickte die Straße hinunter zum Auto. Die fesche Nummer hatte das Telefon in einer Hand und die Anleitung auf den Knien.

»Ich glaube, wir haben noch ein paar Minuten, Elgin. Wo ist Louise?«

»Ich weiß es nicht, und es ist mir egal.«

»Das entspricht nicht dem, was du zu Weihnachten gesagt hast.«

»Voriges Jahr dachte ich, ich könnte Louise zur Einsicht bringen. Ich habe mich geirrt.«

»Es hatte nicht vielleicht etwas mit der *Honour's List* zu tun, oder?«

Ich erwartete keine Reaktion, aber seine blassen Wangen wurden rot wie bei einem Clown. Er stieß mich unsanft die Stufen hinunter. »Das reicht, verschwinde.« Mein Kopf wurde klar, und für einen kurzen Augenblick spürte ich die Kräfte eines Samson in mir. Ich stand unter ihm auf der Treppe, unter der Wasserlinie seines Neids. Ich dachte an den Morgen, als er uns in der Küche provoziert hatte. Er hatte gewollt, dass wir uns schuldig fühlen, dass wir davonkriechen, dass wir uns von den Erwachsenenregeln des Anstands die Freude verderben lassen. Stattdessen hatte Louise ihn verlassen. Der äußerste Akt an Selbstsüchtigkeit; eine Frau, die sich voranstellt.

Ich war außer Rand und Band. Außer Rand und Band vor Freude über Louises Entkommen. Ich stellte mir vor, wie sie ihre Sachen gepackt, die Tür hinter sich zugemacht, ihn für immer verlassen hatte. Sie war frei. Bist du das, die da über die Felder fliegt, mit dem Wind unter deinem Flügel? Warum habe ich dir nicht vertraut? Bin ich auch nur ein Jota besser als Elgin? Nun hast du uns beide zu Narren gemacht und bist auf und davon. Die Schlinge hat sich nicht um dich zugezogen. Sie hat sich um uns zugezogen.

Außer Rand und Band. Elgin fertigmachen. Hier würden meine Gefühle überlaufen, nicht über Louise in Springbrunnen der Dankbarkeit, sondern hier, auf ihn herab, in schwefeligen Strömen.

Er begann seiner feschen Nummer Zeichen zu geben, indem er wild mit den Armen durch die Luft ruderte, eine dumme männliche Marionette mit den Schlüsseln zu einem Superschlitten. »Elgin, du bist doch Arzt, oder? Du wirst sicher noch wissen, dass ein Arzt von der Größe einer Faust auf die Größe eines Herzens schließen kann. Da ist meine.«

Ich sah Elgins Ausdruck völliger Überraschung, als meine Fäuste, zu unheiligem Gebet verschränkt, sich in Opferhaltung seinem Kinn näherten. Zusammenprall. Mit einem grausigen Knirschen, wie bei einem Fleischwolf, kippte sein Kopf nach hinten. Elgin zu meinen Füßen in der Position eines Fötus und blutend. Er gibt Geräusche von sich wie ein Schwein am Trog. Er ist nicht tot. Warum nicht? Wenn es für Louise so leicht ist zu sterben, warum ist es dann für Elgin so schwer, das Gleiche zu tun?

Der Zorn verließ mich. Ich holte ein Kissen aus der Diele und legte seinen Kopf in eine bequemere Stellung. Als ich sein zerschlagenes Gesicht auf das Kissen bettete, fiel ihm ein Zahn aus dem Mund. Gold. Ich legte seine Brille auf den Tisch in der Diele und ging langsam die Stufen hinunter auf das Auto zu. Die fesche Nummer war halb drinnen, halb draußen, ihr Mund flatterte wie ein Falter. »Oh Gott. Oh mein Gott. Oh Gott, oh Gott«, als könne die Wiederholung erreichen, was Glaube nicht zuwege brachte.

Das Telefon baumelte nutzlos von dem Riemen um ihr Handgelenk. Durch das Knacken hindurch hörte ich die Stimmen der Vermittlung FEUER POLIZEI NOTRUF. MIT WEM WOLLEN SIE SPRECHEN? FEUER POLIZEI NOTRUF. MIT WEM … Sachte griff ich nach dem Telefon. »Den Notruf, bitte. Die Adresse ist 52 Nightingale Square NW3.«

Als ich in meine Wohnung zurückkehrte, war es finster. Mein rechtes Handgelenk war stark geschwollen, und ich hinkte. Ich tat Eis in ein paar Plastikbeutel und klebte sie mir mit Tixoband um meine lahmen Glieder. Ich wollte nichts als schlafen, und ich schlief auch tatsächlich auf den staubigen Laken, zu erschöpft, um sie zu wechseln. Ich schlief zwanzig Stunden, dann nahm ich mir ein Taxi zum Krankenhaus und verbrachte fast noch einmal so viel Zeit in der Ambulanz. Ich hatte mir einen Knochen im Handgelenk gebrochen.

In Gips bis zum Ellbogen legte ich ein Verzeichnis aller

Krankenhäuser an, die eine Krebsstation hatten. Keine davon hatte von Louise Rosenthal oder Louise Fox gehört. Sie war nirgendwo zur Behandlung. Ich sprach mit dem Arzt, den sie konsultiert hatte, aber er weigerte sich, mir irgendetwas zu sagen, außer dass sie derzeit nicht seine Patientin sei. Freunde von ihr, die ich kennengelernt hatte, sagten mir, dass sie im Mai plötzlich verschwunden war, und seither hatten sie sie nicht mehr gesehen. Ich versuchte es mit ihrer Scheidungsanwältin. Sie hatte keine Kontaktadresse mehr. Nach langen Schwierigkeiten gelang es mir, sie dazu zu überreden, mir die Anschrift zu geben, die sie während der Scheidungsverhandlungen benutzt hatte.

»Sie wissen, dass das unethisch ist?«

»Wissen Sie, wer ich bin?«

»Ja. Und deshalb mache ich eine Ausnahme.«

Sie verschwand und blätterte raschelnd in ihren Akten. Meine Lippen waren trocken.

»Da haben wir es: 41a Dragon Street NW 1.«

Es war meine Adresse.

Ich blieb sechs Wochen in London, bis Anfang Oktober. Ich hatte mich damit abgefunden, dass man mich zur Verantwortung ziehen würde für jegliche Art Schaden, den ich Elgin zugefügt hatte. Es kam keine Klage. Ich ging zu dem Haus und fand alle Fensterläden verschlossen. Aus Gründen, die er allein kannte, würde ich nichts mehr von Elgin hören. Was konnten das für Gründe sein, wenn er sich an mir vielleicht sogar mit einer Gefängnisstrafe hätte rächen können? Das Grauen packt mich, wenn ich an diese Verrücktheit denke. Ich habe immer schon einen wilden Zug in mir gehabt, es beginnt mit einem Klopfen in der Schläfe, und dann drehe ich durch; ich weiß es, aber ich kann es nicht kontrollieren. Kann es kontrollieren. Habe es jahrelang kontrolliert, bis ich Louise kennenlernte. Sie hat die dunklen und die lichten Seiten aus mir herausgeholt. Das ist das Risiko, das man eingeht. Ich hätte mich nicht bei Elgin entschuldigen können, denn es tat mir nicht leid. Es tat mir nicht leid, aber ich schämte mich, klingt das seltsam?

In der Nacht, dem schwärzesten Teil der Nacht, wenn der Mond tief steht und die Sonne noch nicht aufgegangen ist, wachte ich auf, überzeugt davon, dass Louise allein weggegangen war, um zu sterben. Meine Hände zitterten. Ich wollte das nicht. Ich zog meine andere Wirklichkeit vor; Louise irgendwo in Sicherheit, im Begriff, Elgin und mich zu vergessen. Vielleicht mit jemand anderem. Das war der Teil des Traumes, aus dem ich zu erwachen versuchte. Trotzdem war das besser als der Schmerz über ihren Tod. Wie die Dinge nun einmal lagen, hing mein Gleichgewicht von ihrem Glück ab. Ich musste an diese Geschichte glauben. Ich erzählte sie mir jeden Tag und drückte sie jede Nacht an meine Brust. Sie war mein Tröster. Ich baute verschiedene Häuser für Louise, bepflanzte ihre Gärten. Sie war in der Sonne im Ausland. Sie war in Italien und aß Muscheln am Strand. Sie hatte eine weiße Villa, die sich im See spiegelte. Sie war nicht krank und verlassen in irgendeinem gemieteten Zimmer mit dünnen Vorhängen. Sie war wohlauf. Louise war wohlauf.

Charakteristisch für den an Leukämie erkrankten Körper ist ein rascher Verfall nach einer Remission. Eine Remission kann durch Radiotherapie oder Chemotherapie herbeigeführt werden, oder sie kann auch von selbst eintreten, keiner weiß, warum. Kein Arzt kann genau vorhersagen, ob sich die Krankheit stabilisiert und für wie lange. Das trifft auf alle Krebsarten zu. Der Körper tanzt mit sich selbst.

Die Nachkommenschaft der Stammzelle hört auf, sich zu teilen, oder die Teilungsgeschwindigkeit wird wesentlich langsamer, das Wachstum des Tumors kommt zum Stillstand. Der Patient kann schmerzfrei sein. Wenn die Remission in einem frühen Stadium eintritt, bevor die toxischen Wirkungen der Behandlung den Körper völlig niedergeknüppelt haben, kann der Patient sich wohl fühlen. Leider sind Haarausfall, Hautverfärbungen, chronische Verstopfung, Fieber und neurologische Störungen der wahrscheinliche Preis für ein paar Monate mehr Leben. Oder ein paar Jahre. Das ist das Vabanquespiel.

Das Problem ist die Metastasierung. Krebs hat eine einzigartige Eigenschaft; er kann von seinem Entstehungsort zu fernen Geweben wandern. Meistens sind es die Metastasen, die den Patienten töten, und es ist die Biologie der Metastasen, die die Ärzte nicht verstehen. Sie haben nicht die richtigen Voraussetzungen, um sie zu verstehen. Nach ärztlicher Denkweise besteht der Körper aus einer Serie von Einzelteilen, die nach Bedarf gesondert zu betrachten und zu behandeln sind. Dass der Körper in seiner Krankheit als Ganzes agieren könnte, ist eine Vorstellung, die sie aus der Fassung bringt. Holistische Medizin ist etwas für Wunderheiler und Spinner, oder? Kümmern wir uns nicht darum. Lassen wir die Medikamente anrollen, bombardieren wir das Schlachtfeld, versuchen wir es mit direkter Bestrahlung des Tumors. Hilft nichts? Dann her mit den Brechstangen, den Sägen, den Messern und Nadeln. Milz von der Größe eines Fußballs? Verzweifelte Maßnahmen für verzweifelte Krankheiten. Vor allem, da sich oft schon Metastasen gebildet haben, bevor der Patient zum Arzt kommt. Sie sagen das nicht gerne, aber wenn der Krebs sich schon ausgebreitet hat, ändert die Behandlung des offenkundigen Problems, Lunge, Brust, Haut, Darm, Blut, nichts an der Prognose.

Ich bin heute auf den Friedhof gegangen und zwischen den Katakomben herumspaziert und habe an die Toten gedacht. Die Totenschädel über den gekreuzten Knochen, wie man sie auf älteren Gräbern noch recht häufig sieht, berührten mich unangenehm mit ihrer Fröhlichkeit. Warum schauen sie so erfreut, diese grinsenden Schädel, die nichts Menschliches mehr an sich haben? Dass Totenschädel grinsen, wirkt abstoßend auf uns, die wir mit dunklen Blumen und traurigen, ernsten Gesichtern kommen. Dies ist ein Ort der Trauer, ein Ort der Stille und des Bedauerns. Auf uns, in unseren Mänteln gegen den Regen, wirkt der graue Himmel zusammen mit den grauen Gräbern bedrückend. Hier enden wir alle, aber lasst uns nicht in diese Richtung schauen. Solange unsere Körper kräftig sind und dem schneidenden Wind trotzen, lasst uns nicht an den tiefen Schlamm denken oder den geduldigen Efeu, dessen Wurzeln uns finden.

Sechs Sargträger in langen Mänteln und weißen Schals trugen den Leichnam zu Grabe. Es in diesem Stadium Grab zu nennen, ist eigentlich zu viel der Ehre. In einem Garten wäre es vielleicht ein Graben für ein neues Spargelbeet. Man füllt es mit Dünger und bepflanzt es. Ein optimistisches Loch. Aber das hier ist kein Spargelbeet, es ist die letzte Ruhestätte des Verstorbenen.

Man achte auf den Sarg. Dieser hier ist aus Volleiche, kein Furnier. Die Griffe sind solides Messing, kein lackiertes Eisen. Innen ist er mit Rohseide ausgekleidet und mit Meeresschwämmen gepolstert. Rohseide verrottet so anmutig. Sie legt sich in eleganten Fetzen um die Leiche. Die billige Acrylauskleidung für das gewöhnliche Volk zersetzt sich nicht. Ebenso gut könnte man sich in einem Nylonstrumpf begraben lassen.

Do it yourself hat sich auf diesem Gebiet nie durchgesetzt. Es ist etwas Makaberes daran, sich seinen eigenen Sarg zu basteln. Man kann Bastelsätze für Boote, für Häuser, für Gartenmöbel kaufen, aber es gibt keine Bastelsätze für Särge. Vorausgesetzt, dass die Löcher vorgebohrt sind und übereinanderpassen, würde ich keine Schwierigkeiten sehen. Wäre es nicht der größte Liebesdienst, den man dem geliebten Menschen erweisen kann?

Das heutige Begräbnis hier versinkt in einem Blumenmeer; blasse Lilien, weiße Rosen und Trauerweidenzweige. Es beginnt immer gut, und dann weicht alles der Apathie und Plastiktulpen in einer Milchflasche. Die Alternative ist eine an den Grabstein geklebte Pseudo-Wedgwood-Vase mit einem regen- und sonnenfesten struppigen Gesteck von Woolworth, unter dem sie fast umkippt. Ich habe nichts gegen Woolworth.

Ich frage mich, ob mir etwas entgeht. Vielleicht ist es einfach so, dass Gleich und Gleich sich gern gesellt, und deshalb sind die Blumen eben tot. Vielleicht denken die Menschen, dass die Dinge auf einem Friedhof tot sein sollten. Darin liegt eine gewisse Logik. Vielleicht ist es pietätlos, den Ort mit blühender Sommerschönheit und Herbstpracht zu überschwemmen. Ich für meinen Teil würde einer roten Berberitze vor einem cremefarbenen Marmorstein den Vorzug geben.

Um zu dem Loch zurückzukehren, wie wir es alle einmal müssen. Nicht ganz zwei Meter lang, nicht ganz zwei Meter tief und sechzig Zentimeter breit ist das Standardmaß, aber auf Wunsch gibt es auch Änderungen. Es ist ein großer Gleichmacher, das Loch, denn egal welcher Firlefanz hineinkommt, am Ende bewohnen Reich und Arm das gleiche Heim. Von Erde gebundene Luft. Unser aller Gallipoli, wie sie es in der Branche nennen.

Es ist harte Arbeit, ein Loch zu graben. Die Öffentlichkeit, habe ich mir sagen lassen, wisse das nicht zu schätzen. Es ist ein altmodischer, zeitaufwendiger Beruf, und er muss getan werden bei Frost und Hagel. Graben Sie einmal, während der Schlamm Ihnen die Stiefel durchweicht. Lehnen Sie sich an der Seite der Grube an, um ein bisschen zu verschnaufen, und werden Sie nass bis auf die Knochen. Im neunzehnten Jahrhundert sind Totengräber oft an der Feuchtigkeit gestorben. Sich sein eigenes Grab graben war damals keine Metapher.

Für die Hinterbliebenen ist das Loch ein schrecklicher Ort. Ein schwindelerregender Abgrund des Verlusts. Es ist das letzte Mal, dass man an der Seite dessen ist, den man liebt, und man muss sie, muss ihn in einer finsteren Grube zurücklassen, wo die Würmer sich an ihr Werk machen werden.

Den meisten Menschen bleibt das Bild, bevor der Sargdeckel festgeschraubt wird, ein Leben lang in Erinnerung, löscht andere, freundlichere Bilder aus. Vor dem Hinabsenken, wie sie es bei der Bestattung nennen, muss eine Leiche gewaschen und desinfiziert werden, die Körperöffnungen müssen gereinigt und zugestopft werden, und sie wird geschminkt. Diese Pflichten wurden vor noch gar nicht so vielen Jahren regelmäßig daheim erledigt, nur waren es damals keine Pflichten, es waren Akte der Liebe.

Was tun? Den Körper fremden Händen überlassen? Den Körper, der in Krankheit und Gesundheit neben einem gelegen hat. Den Körper, nach dem die Arme sich immer noch sehnen, tot oder nicht. Man war vertraut mit jedem Muskel, kannte die Bewegung der Augenlider im Schlaf. Dies ist der Körper, auf dem dein Name geschrieben steht und der jetzt fremden Händen überlassen wird.

Der Mensch, den du liebtest, ist in ein fremdes Land hinabgestiegen. Du rufst, aber er hört dich nicht. Du rufst in den Feldern und in den Tälern, aber er antwortet nicht. Der Himmel ist verschlossen und still, es ist keiner da. Der Boden ist hart und trocken. Auf diesem Weg wird er nicht zurückkehren. Vielleicht trennt euch nur ein Schleier. Vielleicht wartet er, wartet sie auf den Hügeln. Sei geduldig, und geh mit behänden Füßen, lass deinen Körper wie eine Schriftrolle fallen.

Ich entfernte mich von dem Begräbnis durch den privaten Teil des Friedhofs. Man hatte ihn verwildern lassen. Engel und offene Bibeln waren von Efeu umrankt. Das Gestrüpp wucherte. Die Eichhörnchen, die über die Gräber hüpften, und die Amseln, die im Baum sangen, interessierten sich nicht für die Sterblichkeit. Ihnen genügten Würmer, Nüsse und der Sonnenaufgang.

»Die geliebte Frau von John.« »Die einzige Tochter von Andrew und Kate.« »Hier liegt ein Mensch begraben, der nicht klug, doch zu sehr liebte.« »Asche zu Asche, Staub zu Staub.«

Unter den Stechpalmen gruben zwei Männer ein Grab mit rhythmischer Entschlossenheit. Einer hob die Hand zur Kappe, als ich vorbeikam, und ich kam mir wie ein Schwindler vor, dass ich ein Beileid entgegennahm, das mir nicht gebührte. Das Klirren der Spaten und die leisen Stimmen der Männer waren fröhliche Klänge in dem zur Neige gehenden Tag. Sie würden heimgehen, um Tee zu trinken und sich zu waschen. Absurd, dass der ewig gleiche Tageslauf einem selbst hier ein solches Gefühl der Sicherheit gab.

Ich schaute auf die Uhr. Bald würden sie schließen. Ich sollte wohl gehen, nicht aus Angst, sondern aus Respekt. Die hinter der Reihe von Birken untergehende Sonne warf lange Schatten über den Weg. Die reglosen Steine fingen das Licht ein, es vergoldete die tief eingeschnittenen Buchstaben, ließ die Trompeten der Engel auflodern. Der Boden war lichtüberflutet. Nicht vom gelben Ocker des Frühlings, sondern vom schweren Herbstkarmesin. Die Blutjahreszeit. Es wurde schon geschossen in den Wäldern.

Ich beschleunigte meinen Schritt. Perverserweise wäre ich gerne geblieben. Was tun die Toten nachts? Kommen sie aus ihren Gräbern, dem Wind entgegengrinsend und durch die Rippen pfeifend? Was macht es ihnen aus, dass es kalt ist? Ich blies mir in die Hände und erreichte das Tor, als der Nachtwächter schon mit der schweren Kette und dem Schloss klirrte. Sperrte er mich aus, oder sperrte er sie ein? Er zwinkerte verschwörerisch und klopfte sich zwischen die Beine, wo eine Taschenlampe hing, die fast einen halben Meter lang war. »Mir entgeht nichts«, sagte er.

Ich lief über die Straße zu dem Café, einem schicken Lokal nach kontinentalem Muster, aber mit höheren Preisen und kürzeren Öffnungszeiten. Hier habe ich mich mit dir getroffen, bevor du Elgin verlassen hast. Hierher sind wir nach dem Sex gekommen. Du warst immer hungrig, wenn wir uns geliebt hatten. Du sagtest, am liebsten würdest du mich fressen, also war es anständig von dir, dich mit einem getoasteten Sandwich zu begnügen. Verzeihung, einem Croque Monsieur, laut Speisekarte.

Ich hatte unsere alten Treffpunkte – wie es einem in den psychologischen Ratgebern empfohlen wird – sorgsamst vermieden bis heute. Bis heute hatte ich dich zu finden gehofft oder – bescheidener – herauszufinden gehofft, wie es dir geht. Ich hatte mich nie für eine von Träumen gequälte Kassandra gehalten. Ich werde gequält. Gequält vom Wurm des Zweifels, der sich inzwischen seit Langem in meinen Eingeweiden eingenistet hat. Ich weiß nicht mehr, worauf ich vertrauen soll und was richtig ist. Mein Wurm spendet mir makabren Trost. Die Würmer, die dich fressen werden, fressen zuerst mich. Du wirst den stumpfen Kopf nicht spüren, der sich in dein zerfallendes Gewebe bohrt. Du wirst die blinde Hartnäckigkeit nicht kennenlernen, die Sehnen und Knorpeln trotzt, bis sie auf Knochen stößt. Bis der Knochen selbst nachgibt. Ein Hund auf der Straße könnte an mir nagen, so wenig Substanz habe ich noch. Der Weg vom Friedhofstor führt hierher, zu diesem Café. Es liegt eine unbewusste Beruhigung darin, wenn siedend heißer Kaffee durch eine lebendige Kehle fließt. Sollen sie doch kommen und uns belästigen, wenn sie können, die Gespenster und blutigen Gerippe, die Knochenschädel und die Dämonen. Hier ist Licht und Wärme und Rauch und Sicherheit. Ich beschloss, es mit dem Café zu versuchen, aus Masochismus, aus Gewohnheit, aus Hoffnung. Ich dachte, es könnte mich trösten, obwohl ich bemerkte, wie wenig Trost vertraute Dinge geben konnten. Wie konnten sie es wagen, unverändert zu bleiben, wenn so vieles, was von Bedeutung war, sich verändert hatte? Warum riecht deine Weste unsinnigerweise nach dir, behält deine Form, wenn du nicht da bist, um sie zu tragen? Ich will nicht an dich erinnert werden, ich will dich. Ich habe daran gedacht, London wieder zu verlassen, für eine Weile zurückzukehren zu dem lächerlichen gemieteten Cottage. Warum nicht? Einen neuen Anfang machen, ist das nicht eines dieser nützlichen Klischees?

Oktober. Wozu bleiben? Nichts ist schlimmer als ein Ort voller Menschen, wenn man allein ist. Die Stadt ist immer voller Menschen. Seit ich bei einem Calvados und einem Espresso in diesem Café sitze, ist die Tür elfmal aufgegangen, um einen jungen Mann einzulassen, der sich zu einem Calvados und einem Espresso mit einem Mädchen trifft, oder ein Mädchen, das sich mit einem jungen Mann trifft. Das Personal in den langen Schürzen macht Witze hinter der hohen Theke aus Messing und Glas. Es gibt Musik, Soul, alle sind beschäftigt, glücklich oder, wie es scheint, mit Entschlossenheit unglücklich. Diese beiden da drüben, er nachdenklich, sie aufgeregt. Die Dinge stehen nicht besonders gut, aber zumindest reden sie. Bloß ich bin allein in diesem Café, und ich war einmal gerne allein. Das war zu einer Zeit, als ich den

Luxus genoss, zu wissen, dass bald jemand die schwere Tür aufstoßen würde, um nach mir zu sehen. Ich erinnere mich an diese Zeiten, als ich eine Stunde früher zu der Verabredung kam, um allein etwas zu trinken und ein Buch zu lesen. Es tat mir fast leid, wenn die Stunde kam und die Tür sich öffnete und es Zeit war, aufzustehen und dich auf die Wange zu küssen und deine kalten Hände zu reiben. Es war das Vergnügen, in einem warmen Mantel durch den Schnee zu spazieren, dieses Alleinsein aus eigenem Antrieb. Wer möchte schon nackt im Schnee spazieren gehen?

Ich zahlte und ging. Hier draußen auf der Straße, mit entschlossenen Schritten, kann ich den Eindruck erwecken, dass ich irgendwo hinmuss. Es brennt ein Licht in meiner Wohnung, und du wirst da sein, mit deinem eigenen Schlüssel gekommen, wie vereinbart. Ich brauche mich nicht zu beeilen, ich genieße die Nacht und die Kälte auf meinen Wangen. Der Sommer ist vorbei, die Kälte ist willkommen. Ich habe heute eingekauft, und du hast gesagt, du würdest kochen. Ich werde noch schnell den Wein holen. Es gibt mir eine Zuversicht, die meine Glieder leicht macht, zu wissen, dass du da sein wirst. Ich werde erwartet. Es gibt ein Kontinuum. Es gibt Freiheit. Wir können Drachen sein und jeder die Schnur des anderen halten. Kein Grund zur Sorge, dass der Wind zu stark werden könnte.

Da stehe ich vor meiner Wohnung. Es brennt kein Licht. Die Räume sind kalt. Du wirst nicht zurückkommen. Trotzdem werde ich dir, auf dem Boden neben der Tür sitzend, einen Brief mit meiner Adresse schreiben und ihn am Morgen hier zurücklassen, wenn ich gehe … Wenn du ihn bekommst, antworte bitte, ich werde dich im Café treffen, und du wirst dort sein, nicht wahr? Nicht wahr?

Nach dem Donnern des Intercity das langsame Schaukeln des Bummelzuges. Heutzutage nennen mich die britischen Eisenbahnen ihren »Kunden«, aber ich ziehe meine altmodische Bezeichnung »Reisender« vor. Finden Sie nicht, dass der Satz »Ich betrachtete meine Mitreisenden« romantischer und verheißungsvoller klingt als der Satz »Ich betrachtete die anderen Kunden im Zug«? Kunden kaufen Käse, Luffaschwämme und Präservative. Reisende haben das alles vielleicht in ihrem Gepäck, aber der Gedanke an ihre Einkäufe ist nicht das, was sie interessant macht. Ein Mitreisender könnte ein Abenteuer sein. Alles, was ich mit einem Mitkunden gemein habe, ist die Brieftasche.

Auf dem Verbindungsbahnhof rannte ich zwischen dem dröhnenden Lautsprecher und der Tafel mit den Verspätungen hin und her. Hinter der Gepäckabfertigung war eine kleine Gleisanlage, die früher einmal die einzige Gleisanlage auf diesem Bahnhof gewesen war. Vor Jahren waren die Gebäude burgunderrot gewesen, im Warteraum hatte es ein echtes Feuer gegeben und eine Ausgabe der Morgenzeitung. Wenn man den Stationsvorsteher nach der Zeit fragte, zog er eine gewaltige goldene Uhr mit einem Sprungdeckel aus der Westentasche und konsultierte sie wie ein Grieche das Orakel zu Delphi. Die Antwort wurde einem wie eine ewige Wahrheit präsentiert, obwohl sie schon der Vergangenheit angehörte. Ich war noch sehr jung, als solche Dinge geschahen, jung genug, um mich unter der Wampe des Stationsvorstehers zu verstecken, während mein Vater ihm ins Auge sah. Zu jung, als dass man von mir erwartet hätte, dass ich die Wahrheit sage.

Nun ist die kleine Gleisanlage zum Tode verurteilt und wird vielleicht im kommenden Jahr exekutiert. Es gibt keinen Warteraum, keinen Ort, wo man sich vor dem stürmischen Wind oder vor strömendem Regen verstecken könnte. Dies hier ist ein moderner Bahnsteig. Der keuchende Zug kam rüttelnd zum Stehen und rülpste. Er war schmutzig, vier Waggons lang, keine Spur von einem Schaffner oder Zugführer. Keine Spur von einem Fahrer, abgesehen von einer zusammengefalteten Ausgabe der *Sun* am Lokfenster. Im Inneren vereinten sich der heiße Geruch nach Bremsen und der schwere Geruch nach Öl mit dem Geruch nach ungekehrtem Boden und lösten die altvertraute Eisenbahnübelkeit in mir aus. Ich fühlte mich sofort zu Hause, machte es mir bequem und betrachtete die Szenerie durch einen Staubfilm hindurch, der Erinnerungen wachrief.

In einem Vakuum pflanzen sich alle Photonen mit derselben Geschwindigkeit fort. Sie werden langsamer, wenn sie sich durch Luft, Wasser oder Glas usw. bewegen. Photonen von unterschiedlicher Energie verlangsamen ihre Geschwindigkeit unterschiedlich rasch. Hätte Tolstoi das gewusst, hätte er dann die schreckliche Unwahrheit zu Beginn von *Anna Karenina* erkannt? »Alle glücklichen Familien sind einander ähnlich; aber jede unglückliche Familie ist auf ihre besondere Art unglücklich.« Tatsächlich ist es genau umgekehrt. Glück ist etwas Spezifisches. Unglück etwas Generelles. Die Menschen wissen im Allgemeinen genau, warum sie glücklich sind. Sie wissen sehr selten, warum sie unglücklich sind.

Das Unglück ist ein Vakuum. Ein luftleerer Raum, ein erstickter toter Ort, die Behausung des Unglücklichen. Unglück ist eine Mietskaserne, Räume wie Hühnerbatterien, man hockt über seinen eigenen Exkrementen, liegt auf seinem eigenen Dreck. Unglück ist eine Straße, in der Wenden und Halten verboten sind. Man wird vorwärtsgestoßen von denen, die hinter einem kommen, und stolpert über die, die vor einem sind. Man bewegt sich mit rasender Geschwindigkeit, obwohl die Tage in Blei mumifiziert sind. Es geht so schnell, wenn man erst einmal auf diese Bahn geraten ist, dass es keinen Anker in der wirklichen Welt gibt, um die Geschwindigkeit zu drosseln, nichts, woran man sich festhalten könnte. Das Unglück zieht die Stützen des Lebens weg und überlässt einen dem freien Fall. Wie immer die private Hölle eines Menschen beschaffen sein mag, im Unglück findet er Millionen, die ihr gleichen. Es ist die Stadt, in der jedermanns Albtraum wahr wird.

In dem Eisenbahnwaggon, hinter dem dicken Glas, fühle ich mich angenehm sicher vor jeder Verantwortung. Ich weiß, dass ich davonlaufe, aber mein Herz ist eine sterile Zone geworden, in der nichts wachsen kann. Ich will den Tatsachen nicht ins Auge sehen, will nicht die Zähne zusammenbeißen, mich zusammennehmen. In dem leer gepumpten, ausgetrockneten Bett meines Herzens lerne ich ohne Sauerstoff zu leben. Vielleicht finde ich mit der Zeit ein masochistisches Vergnügen daran. Ich bin zu tief gesunken, um Entscheidungen zu treffen, und das bringt ein zu Kopf steigendes Gefühl der Freiheit mit sich. Auf dem Mond gibt es keine Schwerkraft. Es gibt nur tote Seelen in Reih und Glied, alle in unförmigen

Raumanzügen, die jede Berührung unmöglich machen, mit schweren Helmen, die jede Verständigung unmöglich machen. Die unglücklichen Millionen, die sich ohne Hoffnung durch die Zeit bewegen. Es gibt keine Uhren im Unglück, nur ein nie endendes Ticken.

Der Zug hat Verspätung, wir sitzen in einem Bergdurchstich fest, kein Geräusch außer dem Rascheln einer Abendzeitung und den müden Bewegungen der Lokomotive. Nichts wird die Passivität und Verlassenheit der Szene stören. Ich habe meine Füße auf den fleckigen Sitz gegenüber gelegt. Der Mann zwei Plätze weiter schnarcht im Schlaf. Wir können weder hinaus noch weiter. Was spielt es für eine Rolle? Warum nicht sich ausruhen in der überhitzten, abgestandenen Luft? IM NOTFALL DAS GLAS EINSCHLAGEN. Das hier ist ein Notfall, aber ich kann den Arm nicht hoch genug heben, um mir den Weg freizuschlagen. Ich habe nicht die Kraft, den Alarm auszulösen. Ich möchte aufstehen, stark und groß, durch das Fenster springen, mir die Scherben vom Ärmel bürsten und sagen, »das war gestern, dies ist heute«. Ich möchte akzeptieren, was ich getan habe, und loslassen. Aber ich kann nicht loslassen, weil Louise vielleicht noch am anderen Ende des Seils ist.

Der Dorfbahnhof ist klein und mündet direkt auf einen Weg, der durch Felder führt, auf denen der Winterweizen wächst. Es gibt nie einen Bahnsteigschaffner, nur eine 40-Watt-Birne und eine Tafel mit der Aufschrift AUSGANG. Ich bin dankbar für ein wenig Führung.

Der Weg ist dick mit Asche bestreut, die ein hohes Knirschen unter den Schuhen erzeugt. Die Schuhe bekommen Kohlenflecken und sind voller weißer Ascheflocken, aber das ist besser als Schlamm in einer Regennacht. Es regnet nicht heute Nacht. Der Himmel ist klar und hart, keine einzige Wolke, nur Sterne und ein betrunkener Mond, der auf seinem Rücken schaukelt. Eine Reihe von Eschen entlang des Palisadenzaunes, durch den man hinaustritt aus den von Menschenhand geschaffenen Dingen in das weite Land, wo der Boden für nichts anderes gut ist als für Schafe. Ich höre sie unsichtbar an Grasbüscheln mampfen, die dick sind wie ein Pelz. Vorsicht, halt dich rechts, da ist ein Graben.

Ich hätte mir ein Taxi nehmen können in dieser späten Nacht, anstatt die fast zehn Kilometer ohne Taschenlampe zu Fuß zu gehen. Es war der Schlag der Kälte, der Schock in meinen Lungen, der mich den Aschenweg hinaufführte, weg von dem Pub und dem Telefon. Ich hängte mir meine Tasche über den Rücken und begann auf die Umrisse des Berges zuzugehen. Hinauf und drüber. Fünf Kilometer hinauf, fünf Kilometer hinunter. Einmal gingen wir die ganze Nacht, Louise und ich, gingen hinaus aus der Dunkelheit, als wäre sie ein Tunnel. Wir wanderten in den Morgen hinein, der Morgen erwartete uns, er war bereits vollkommen, die Sonne stand hoch über einer flachen Ebene. Als ich zurückblickte, glaubte ich die Dunkelheit dort zu sehen, wo wir sie verlassen hatten. Ich glaubte nicht, dass sie uns nachkommen könnte.

Ich bahnte mir den Weg durch eine Herde von Rindern mit Schlammringen um die Hufe. Auch um meine Füße lagen klumpige Fesseln. Ich hatte nicht mit den Wasserbächen gerechnet, die mir aus den überfließenden

Quellen über die sanften Hänge entgegenkamen. Der Regen auf das von einem trockenen Sommer trockene Land war nicht bis zu den Grundwasserträgern in die Erde eingedrungen, nur bis zu den Quellen, die sie speisten. Sie brachen in schäumenden Sturzbächen hervor und endeten in schlammigen Tümpeln, durch die die Rinder auf der Suche nach langem Gras wateten. Ich hatte Glück, dass der Mond sich in diesen Wassern spiegelte und mir einen Weg zeigte, schlammig zwar, aber nicht ganz durchweicht. Meine Stadtschuhe und dünnen Socken waren nicht sehr widerstandsfähig. Mein langer Mantel war bald schlammbespritzt. Die Kühe bedachten mich mit den ungläubigen Blicken, die sich Tiere für Menschen in freier Natur vorbehalten. Wir kommen ihnen so dumm vor, so überhaupt nicht Teil der Natur. Die Eindringlinge, die die starre Ordnung von Jägern und Gejagten durcheinanderbringen. Tiere wissen, was was ist, bis sie auf uns treffen. Nun, in dieser Nacht sind es die Kühe, die zuletzt lachen. Ihr friedliches Wiederkäuen, ihre ruhigen Körper, schwarz vor dem Berghang, spotten der aufgescheuchten Gestalt mit der schweren Tasche, die stolpernd gegen sie stößt. Halt, stehen geblieben! Gib das Schwanzstück wieder her! Als Vegetarier kann ich nicht einmal auf Rache sinnen. Könnten Sie eine Kuh töten? Das ist ein Spiel, das ich manchmal mit mir spiele. Was könnte ich töten? Ich bringe es bis zu einer Ente, und dann sehe ich eine auf dem Teich, albern schnatternd, Bürzel in die Höh, gelbe Schwimmfüße, die das braune Wasser zerteilen. Könnte ich sie herausfischen und ihr den Hals umdrehen? Mit der Flinte habe ich sie heruntergeschossen, das ist leichter, weil es weit weg ist. Ich will nicht essen, was ich nicht töten kann. Es kommt mir schäbig vor, scheinheilig. Ihr habt nichts zu befürchten von mir, ihr Kühe. Wie ein Körper heben sie die Köpfe. Wie Männer auf dem Klo machen Kühe und Schafe alles gemeinsam. Das hat mich immer beunruhigt. Was haben Glotzen, Grasen und Wasserlassen gemeinsam? Ich ging hinter einen Busch, um zu pinkeln. Warum man sich mitten in der Nacht, mitten im Nichts immer noch einen Busch dafür sucht, ist eines der vielen Geheimnisse des Lebens.

Auf dem Gipfel, auf trockenem Boden, ein pfeifender Wind und eine Aussicht. Die Lichter vom Dorf waren wie Koordinaten in Kriegszeiten, ein geheimer Rat von Häusern und Wegen, in Dunkelheit vermummt. Ich setzte mich hin, um ein mit Ei und Kresse belegtes Brot zu essen. Ein Hase lief vorbei und bedachte mich mit diesem ungläubigen Blick, bevor er wie der Blitz seinen Stummelschwanz in einem Loch verschwinden ließ.

Lichtbänder, wo die Straßen verliefen. Harte Leuchtsignale weit weg in der Industriezone. Am Himmel die roten und grünen Landelichter eines Flugzeugs voller schläfriger Menschen. Direkt unterhalb die weicheren Lichter vom Dorf und in der Ferne ein einzelnes Licht, das wie eine Laterne in einem Fenster über den anderen hing. Ein Leuchtturm auf dem Festland, der den Weg zeigte. Ich wünschte, es wäre mein Haus. Damit ich vom Gipfel herab sehen könnte, wohin ich ging. Mein Pfad führte durch finsteres Dickicht und eine scharfe Senke, bevor der lange Weg nach Hause begann.

Du fehlst mir, Louise. Noch so viel Wasser kann Liebe nicht löschen, auch können Wasserfluten sie nicht ertränken. Was dann kann Liebe töten? Nur dies: Nachlässigkeit. Dich nicht zu sehen, wenn du vor mir stehst. Nicht an dich zu denken in den kleinen Dingen. Nicht zur Seite zu treten für dich, den Tisch nicht zu decken für dich. Dich aus Gewohnheit zu wählen und nicht aus Verlangen, gedankenlos am Blumenverkäufer vorüberzugehen. Das Geschirr schmutzig zu lassen, das Bett ungemacht, am Morgen über dich hinwegzusehen und dich des Nachts benutzen. Eine andere begehren, während ich dir flüchtig die Wange küsse. Deinen Namen sagen, ohne ihn zu hören, zu tun, als wäre es mein angestammtes Recht, ihn zu sagen.

Warum habe ich dich nicht gehört, als du mir sagtest, du würdest nicht zu Elgin zurückkehren? Warum habe ich dein ernstes Gesicht nicht gesehen? Ich dachte wirklich, ich täte das Richtige, und ich dachte, ich täte es aus den richtigen Gründen. Die Zeit hat mir gezeigt, dass etwas faul ist im Kern. Worum ging es wirklich bei meinen Heldentaten und Opfern? Um deine Sturheit oder um meine?

Bevor ich London verließ, sagte mir jemand, wohl zum Trost: »Zumindest ist deine Beziehung zu Louise nicht gescheitert. Es war die perfekte Romanze.«

War sie das? Ist das der Preis für Perfektion? Opernheroik und ein tragisches Ende? Wie wäre es mit einem verschwenderischen Ende? Die meisten Opern enden in Verschwendung. Ein Happy End ist ein Kompromiss. Ist das die Wahl?

Louise, Sterne in den Augen, meine eigene Konstellation. Ich bin dir treu gefolgt, aber ich habe nach unten geblickt. Du hast mich mitgenommen, hinaus aus dem Haus und über die Dächer, weit vorbei am gesunden

Menschenverstand und am guten Benehmen. Kein Kompromiss. Ich hätte dir vertrauen sollen, aber ich habe die Nerven verloren.

Ich rappelte mich wieder hoch und tappte auf gut Glück durch das Gestrüpp vorwärts hinunter zum Weg. Ich kam nur langsam voran, es dauerte anderthalb Stunden, bis ich schließlich meine Tasche über den letzten Graben warf und hinübersprang. Der Mond stand inzwischen hoch und warf lange Schatten auf den holprigen Weg. Alles still, nur hin und wieder ein Fuchs, der zwischen den Bäumen vorbeiflitzte. Alles still, bis auf die erste Eule. Alles still, bis auf das Knirschen meiner Füße auf dem Kies.

Aus etwa einem Kilometer Entfernung sah ich, dass Licht in meinem Haus brannte. Gail Right wusste, dass ich zurückkam, ich hatte sie in der Bar angerufen. Sie hatte die Katze versorgt und versprochen, für mich einzuheizen und mir etwas zum Essen hinzustellen. Ich wollte das Essen und das Feuer, aber nicht Gail Right. Sie würde zu groß sein, zu gegenwärtig, und ich fühlte, dass ich mit jedem Tag weniger gegenwärtig wurde. Ich war müde vom Gehen. Mein Körper war irgendwie angenehm empfindungslos. Ich wollte mein Bett, vergessen für eine Weile. Ich beschloss, sehr bestimmt zu sein mit Gail.

Der Boden sah eisig aus im Mondlicht. Der Weg war silbrig unter meinen Schuhen. Wo der Fluss in einem breiten Band zwischen den Bäumen durchfloss, hing tiefer Nebel über dem Wasser. Das Strömen des Wassers hatte einen harten, vollen, tiefen Bassklang. Ich beugte mich hinunter und spülte mir das Gesicht ab, ließ mir die kalten Tropfen unter den Schal und über die Brust rinnen. Ich schüttelte mich und holte tief Luft, die mir die Lungen wie ein eisiger Hammer mit einem Schlag von der Magengrube bis zur Kehle entzweispaltete. Sehr kalt jetzt und über mir ein Gehänge von metallenen Sternen.

Ich ging ins Haus, die Tür war nicht abgeschlossen, und da war Gail Right, im Sessel halb eingeschlafen. Das Feuer brannte wie ein Zauber, und es waren frische Blumen auf dem Tisch. Frische Blumen und ein Tischtuch. Neue Vorhänge vor dem schäbigen Fenster. Mein Herz sank. Gail hatte anscheinend vor, bei mir einzuziehen. Sie wachte auf und prüfte kurz ihr Gesicht im Spiegel, dann gab sie mir ein Küsschen und öffnete mir den Schal.

»Du bist durch und durch nass.«

»Ich hab am Fluss Station gemacht.«

»Nicht mit dem Gedanken, Schluss zu machen, hoffe ich?«

Ich schüttelte den Kopf und zog mir den Mantel aus, der zu groß schien für mich.

»Setz dich, Honey. Ich hab Tee gemacht.«

Ich ließ mich in den durchgesessenen Lehnstuhl sinken. Ist das das passende Ende? Und wenn nicht das passende, dann das unvermeidliche?

Gail kam mit einer Kanne herein, die dampfte wie Aladins Wunderlampe. Es war eine neue Kanne, nicht das alte, von Sprüngen gezeichnete Ding, das auf dem Regal vor sich hin gerottet hatte. Neu für Alt.

»Ich konnte sie nicht finden, Gail.«

Sie tätschelte mich. »Wo hast du gesucht?«

»Überall, wo es eine Chance gab. Sie ist verschwunden.«

»Menschen lösen sich nicht in nichts auf.«

»Natürlich tun sie das. Sie ist aus der Luft gekommen, und jetzt ist sie dorthin zurückgekehrt. Wo immer sie ist, ich kann nicht hin.«

»Und wenn du könntest?«

»Dann würde ich hingehen. Wenn ich an ein Leben nach dem Tod glaubte, würde ich mich noch heute Nacht in den forellenschwangeren Fluss stürzen.«

»Tu das nicht«, sagte Gail, »ich kann nicht schwimmen.«

»Glaubst du, dass sie tot ist?«

»Glaubst du es?«

»Ich konnte sie nicht finden. Nicht die geringste Spur von ihr. Es ist, als hätte Louise nie existiert, wie eine Romanfigur. Habe ich sie erfunden?«

»Nein, aber du hast es versucht«, sagte Gail. »Sie gehörte dir nicht, damit du sie nach deinem Willen formst.«

»Ist es nicht komisch, dass das Leben, von dem man sagt, es wäre so reich und voll, ein einziger Abenteuerpfad, auf eine Welt zusammenschrumpfen kann, die nicht größer ist als eine Münze? Ein Kopf auf der einen Seite, eine Geschichte auf der anderen. Jemand, den man liebte, und was geschehen ist. Das ist alles, was übrig bleibt, wenn man in den Taschen gräbt. Das Wichtigste ist das Gesicht eines anderen Menschen. Was sonst ist auf den Händen eingeprägt als sie, die Geliebte?«

»Du liebst sie also noch?«

»Von ganzem Herzen.«

»Was wirst du tun?«

»Was kann ich tun? Louise hat einmal gesagt, ›Es sind die Klischees, die schuld sind an der Misere‹. Was willst du von mir hören? Dass ich darüber hinwegkommen werde? Das stimmt doch, oder? Die Zeit stumpft alles ab.«

»Es tut mir leid«, sagte Gail.

»Mir auch. Ich hätte gerne die Möglichkeit, ihr die Wahrheit zu sagen.«

Von der Küchentür her Louises Gesicht. Blasser, schmaler, aber ihr Haar immer noch eine blutfarbene Mähne. Ich streckte die Hand aus und griff nach ihren Fingern, sie nahm die meinen und führte sie an den Mund. Die Narbe unter ihrer Lippe versengte mich. Bin ich total verrückt? Sie ist warm.

Hier beginnt die Geschichte, in diesem schäbigen Raum. Die Wände explodieren. Die Fenster haben sich in Teleskope verwandelt. Mond und Sterne sind in diesem Raum vergrößert. Die Sonne hängt über dem Kamin. Ich strecke die Hand aus und erreiche die Zipfel der Welt. Die Welt ist in diesen Raum gepackt. Auf der anderen Seite der Tür, wo der Fluss ist, wo die Straßen sind, werden wir sein. Wir können die Welt mitnehmen, wenn wir gehen, und dir die Sonne unter den Arm klemmen. Beeil dich jetzt, es wird spät. Ich weiß nicht, ob das ein Happy End ist, aber hier sind wir, frei, vor uns das weite Land.